지금 용서하고 지금 사랑하라

지금 용서하고 지금 사랑하라

글·사진_조연현 | 1판 1쇄 인쇄_2006년 11월 1일 | 1판 1쇄 발행_2006년 11월 6일 | 등록_2005년 12월 15일(제101-86-20069호) | 발행처_도서출판 비채 | 발행인_이영희 | 주소_서울특별시 종로구 경운동 89-4 운현궁 SK허브 B동 712호 | 주문 및 문의 전화_031)955-3220, 팩스_031)955-3111 | 편집부 전화_02)734-0022, 팩스_02)734-0221 | 전자우편_viche@viche.co.kr | ⓒ 2006, 조연현. 이 책의 저작권은 저자에게 있습니다. 저자와 출판사의 허락 없이 내용의 일부를 인용하거나 발췌하는 것을 금합니다. | ISBN 89-92036-23-X 03810 | 책값은 뒤표지에 있습니다.

지금 용서하고 지금 사랑하라

조연현 글·사진

비채

🎖 이 책의 탄생을 축하하며

자신의 아집만 내세우고 이웃을 존중하는 마음을 잃을 때 우리에게 돌아오는
것은 고통뿐이다. 이 책은 갈등과 다툼의 근원을 깨닫게 하고 우리 자신을 성찰
하게 하여 평화로운 세상을 여는 계기를 만들어준다.
지관 스님_ 조계종 총무원장, 한국종교지도자협의회 공동대표의장

이 책은 나와 다른 사람을 대할 때도 사랑과 인내, 관용과 겸손의 삶을 실천하
는 이들의 이야기로 가득하다. 로마 가톨릭 신학자인 한스 큉은 "종교간의 평
화 없이 세계 평화는 없다"고 말했다. 이 책은 세계 평화를 향한 희망의 빛을 보
여준다.
박경조 주교_ 대한성공회 최고지도자, 한국기독교교회협의회 회장

부부가 외국여행을 해도 일주일만 지나면 의견이 달라 서로 등을 돌린 채 돌아
오는 경우가 많다. 서로 사랑하는 사이도 그러할진대, 평생 다른 신앙으로 살아
온 삼소회원들이 19일 동안 힘든 여정을 함께 웃고 손잡으며 지냈다는 것은 그
자체로 희망이다.
정진석 추기경_ 천주교 서울대교구장

종교 때문에 일어나는 갈등과 대립을 볼 때마다 종교인으로서 참으로 부끄러
워지곤 한다. 삼소회의 세계성지순례는 인류 역사의 한판 기운을 바꾸는 계기
가 될 것이다.
이광정 종법사_ 원불교 최고지도자

자기 종교에 대해선 신념을 갖되, 이웃 종교에 대해선 존중하는 마음을 가져야 한다. 이웃 종교 성지를 순례할 때는 그 종교인의 마음으로 임해야 한다. 나도 그리스도인의 마음으로 예루살렘과 파티마를 순례하면서 놀라운 체험을 했다. 내 이상을 실천하는 삼소회원들을 보니 기쁘기 그지없다.
달라이 라마 _ 티베트 불교 최고지도자

우리는 서로 '다른 점'을 드러내는 것이 아니라 '함께 하는' 데 중심을 둔다. 우리는 침묵을 통해 깊은 내면에서 하나가 된다.
제니퍼 학장 _ 퀘이커 공동체 우드브룩 지도자

종교인에게 다른 이의 신앙을 아는 일은 매우 중요하다. 한국 여성 수도자들의 노력이 서로의 신앙을 배워 평화를 일구는 씨앗이 되길 바란다.
아흐메드 알 두바얀 _ 영국 이슬람 최고지도자

우리는 불교와 이슬람의 수도자들이 무엇을 믿고 어떻게 살아가는지 알고 싶어 그들과 꾸준히 대화해왔다. 삼소회처럼 모든 종교는 인류의 평화를 위해 함께 일해야 한다.
미카엘 피처럴드 대주교 _ 로마 교황청 종교간대화위원회 위원장

차례

머리 모양도 옷 색깔도 제각각이지만,
심장은 하나로 두근두근

길가던 사람들이 가던 길을 멈추었다. 그리고 모두가 의아스
럽게 바라보았다. 수녀님과 비구니 스님, 원불교 교무님 등 각기 다
른 옷을 입은 여성 수도자 열여섯 명이 한 버스에 오르는 광경이 너
무도 신기하다는 표정이었다. 그런 사람들의 시선을 뒤로한 채 버
스는 수도자들을 태우고 집결지인 서울 조계사 앞을 출발해 전남
영광을 향해 달리기 시작했다. 가톨릭, 불교, 성공회의 성지와 본부
는 이스라엘, 로마, 인도, 영국 등 모두 외국에 있지만, 원불교는 한
국에서 태어난 종교여서 성지와 본부가 모두 국내에 있다. 다음날
해외 성지로 떠나기 전 원불교 성지를 순례하기 위해서 가는 길이
었다.

마치 소풍을 앞두고 설렘 때문에 아침조차 제대로 챙겨먹지 못한

아이들처럼 수도자들은 들떠 있었다. 그러나 설렘이 전부는 아니었다. 삼소회원들은 한 달에 한 차례씩 만나 함께 침묵 명상을 해왔지만, 이렇게 오랫동안 함께 자고 함께 먹고 함께 지내는 것은 첫 경험이었다. 누구나 익숙해지기 전의 경험은 두렵고 아프게 마련이다. 더구나 금남의 구역에서 살아가는 여성 수도자들은 자기만의 공간을 철저히 지켜오지 않았던가. 그러나 '함께하는 순례'에선 적당한 간격을 유지하며, 적당히 체면을 차릴 수 있는 공간이 허용되지 않는다. 부모 형제의 품을 떠나 '나'를 투신한 출가자에게도 자신과 다른 신앙을 가진 이들과 동행한다는 것은 자신의 아성을 더 큰 바다에 던져야 하는 또 한 번의 출가와 다름없었다.

수도자들의 설레는 미소 속엔 알 듯 모를 듯한 두려움이 언뜻언뜻 묻어났다. 앞으로 원불교에 이어 불교, 성공회, 개신교, 가톨릭의 성지를 차례로 순례하면서 참여해야 할 너무나 생소한 타종교의 의식이 그들을 기다리고 있었다. 자신의 삶 한가운데로 낯선 종교인들이 들어오는 것이다. 그 과정에서 내겐 너무도 익숙한 믿음과 가치가 상대에겐 '당연한 것'으로 받아들여지지 않을 수 있었다. 하나의 믿음에 온몸을 던진 수도자에게 그것은 믿기지 않는 충격이 될 게 분명했다.

내게도 '다름이 과연 아름다울 수 있는지' 실험실 속을 들여다보듯 관전할 수 있는 것은 아니었다. 나 자신도 그 순례단의 일원이었다.

삼소회는 1988년 장애인올림픽을 앞두고 가톨릭과 성공회 수녀님, 불교 스님과 원불교 교무님 들이 장애인들을 위한 음악회를 열면서 시작되었다. 그때 여러 수도자들이 모여 우연히 경복궁 옆 법련사에 들렀을 때 절 내 불일서점의 현장 스님이 즉석에서 지어준 이름이 바로 삼소회三笑會였다. '3인이 웃다' 라는 뜻을 가진 삼소회의 유래는 중국 동진시대로 거슬러 올라간다.

여산 동림사의 고승 혜원 스님은 일생 동안 호계 다리를 결코 넘지 않겠다는 규율을 정하고 수도에 전념했다. 산문 밖으로는 절대로 나가지 않겠다는 것이 혜원 스님의 원칙이었다. 혜원 스님은 유교의 도연명, 도교의 육수정 등 다른 종교의 도인들과 교류하며 우정을 쌓았다. 어느 날 도연명과 육수정이 동림사를 찾아왔다. 혜원 스님은 모처럼 그들과 즐겁게 회포를 풀었다. 스님은 두 사람을 배웅하면서도 도담道談에만 온통 정신이 팔려 있었다. 그런데 두 벗에게만 집중하다 발밑을 보니 이미 호계 다리를 넘어버리지 않았는가. 두 벗에 취해 37년 만에 경계선을 넘어서버린 것이다. 이를 안 세 벗이 크게 웃었다는 데서 '호계삼소' 라는 말이 나왔다.

그러나 순례단이 과연 그들처럼 웃을 수 있을지 아니면 울지는 알 수 없는 일이었다. 미지의 여행에 대한 두려움이 침묵 속에 깊이 숨어 있을 때 갑자기 튀어나온 목소리가 있었다.

"무시선이 뭐예요?"

역시 침묵을 허용치 않는 이는 수다쟁이 카타리나 수녀님이었다.

군살이라곤 없는 조그만 체구의 수녀님은 낙엽이 구르는 소리에도 까르르 웃음을 터트리는 영락없는 소녀였다. 잠시의 침묵도 허용치 않을 만큼 입을 쉬지 않는 수다쟁이 수녀님은 함께 있는 사람들을 왜 신나는지도 모르게 신나게 하는 뭔가가 있었다. 그런 무거운 분위기를 그대로 둘 수녀님이 아니었다.

원불교 성지까지 가는 버스 편은 원불교에서 제공했다. 원불교가 수행, 즉 마음 공부를 아주 중시한다는 것을 보여주듯 수행의 핵심인 '무시선 무처선無時禪無處禪'이란 글귀가 각 자리 앞마다 쓰여 있었다. '무시선 무처선'이란 '참선을 하는 데 때와 장소가 따로 없다'는 뜻이다. 때와 장소를 가리지 않고 매사 마음을 챙기라는 의미이다.

그런데 미처 누군가 답변하기도 전에 카타리나 수녀님의 목소리가 다시 들려왔다.

"시선 둘 곳이 없다는 뜻인가?"

국내 자생 종교로 올곧게 싹을 틔우고 있는 원불교의 핵심 용어를 보고 수녀님은 '시선 둘 곳이 없다'고 너무나 '정직하게' 소리나는 대로 해석하고 만 것이다. 다른 종교에 대해 어느 정도의 지식과 예의를 갖춰야 하는 게 기본인 다종교인 순례에서 이 무슨 무례란 말인가.

수녀님의 해석으로 버스 안은 웃음바다가 되고 말았다. '무시선 무처선'을 늘 가슴속에 새겨두었던 나도 천진난만한 수녀님의 해석에 한바탕 웃지 않을 수 없었다.

수녀님은 10여 년 전 수도원장을 지내고 회갑을 훨씬 넘긴 나이임에도 마치 십대 소녀 같았다. 하지만 연약하게만 보이는 수녀님은 여성 수도자에 대한 터부에 과감히 맞서는 용기도 있었다.

대한성공회의 유일한 여성 수도원인 성가수녀회에선 불과 몇 년 전까지만 해도 머리에 베일만 쓰는 게 아니라 턱받이처럼 생긴 윔플까지 써서 얼굴의 대부분을 가렸다. 세기의 영화배우 오드리 헵번이 〈수녀 이야기〉에서 그런 윔플을 쓰고 나와 대히트를 쳤기에, 평소엔 답답하게만 보이던 베일과 윔플이 상당히 멋져 보이기도 한 때가 있었다.

카타리나 수녀님은 천성적으로 말괄량이여서 베일과 윔플까지 쓰고 수녀 생활을 견뎌내기 어려웠을 것은 불 보듯 뻔한 일이었다. 수녀님은 그 윔플을 벗고 숨 좀 제대로 쉬자고 했단다. 그러자 수녀들이 얼굴을 1센티미터라도 더 드러내는 것을 지극히 못마땅해하던 어른 신부님과 어른 수녀님들이 "오드리 헵번 봐라. 얼마나 예쁘냐. 윔플을 쓰면 얼마나 예쁜데 그걸 벗으려고 그래"라고 했다. 그때 카타리나 수녀님이 그랬단다.

"내가 예뻐 보이려고 수녀 됐나요?"

수녀님의 반격에 윗분들도 할 말이 없어 그 제한을 완화해주었다고 한다. 그 덕에 나도 카타리나 수녀님의 얼굴을 좀더 잘 뵈올 수 있는 혜택을 입게 된 것이다.

"드디어 우리가 기다리고 기다리던 순례를 떠나고 있네요."

카타리나 수녀님이 침묵을 깬 틈을 타 순례의 진행을 맡은 진명 스님이 마이크를 잡았다. 불교방송 라디오에서 '차 한 잔의 선율'이 란 프로그램의 진행자로 명성을 떨친 진명 스님은 이를테면 마이크 체질이었다.

그런 끼가 하루아침에 만들어진 건 아니었다. 20여 년 전 행자 때 부터 이미 그 싹을 보인 것이다. 진명 스님이 막 출가해 행자로 있 을 때였단다. 깊은 산사에 목욕탕이 있을 리 없고 목욕물을 데우기 도 쉽지 않아 행자들은 한 달에 두 번씩 정해진 날에만 큰절에 내려 가서 목욕을 했다. 아직 정식 사미니계도 받지 못한 행자의 처지로 부엌에서 훈련병처럼 고생할 때니 매일 온몸에 땀이 흥건히 배는 것은 당연한 일이었다. 진명 스님은 행자 생활을 함께 하던 도반과 큰절에 목욕하러 내려갔다. 행자 시절에는 일하는 틈틈이 반야심경 이나 초발심자경문 등 기본적인 경이나 염불을 외워야 한다. 그런 데 도반은 도무지 염불을 기억하지 못했다. 그래서 진명 스님이 도 반을 위해 고안해낸 것이 유행가 가사를 염불로 바꿔 부르며 외우 는 것이었다. 어른 스님한테서 꾸중을 밥 먹듯 듣던 도반은 그 덕분 에 염불 실력이 날로 향상되어갔다.

어느 날 두 행자는 보름 만에 목욕을 하고 날아갈 것 같은 기분으 로 산을 올랐다. 큰절에서 올라가는 길은 호젓하기 그지없었다. 신 이 난 두 행자는 다시 염불 외우기에 들어갔다. 유행가 가사에 박자

14

를 맞추다 보니 발걸음도 자연스럽게 스텝이 맞춰졌다. 도반이 신명나게 스텝을 밟자 신이 난 진명 스님은 손을 들어 하늘을 향해 쑤시기 시작했다. 당시 유행했던 트위스트 춤을 개조한 일명 다이아몬드 춤이었다. 두 행자는 유행가인지 염불인지 모를 노래를 부르며, 다이아몬드 춤을 신나게 추면서 산길을 올랐다. 이제 나무와 계곡물도 신이 나 함께 춤을 추었다.

그런데 갑자기 어디선가 소리가 들리는 것이었다. 춤에만 열중했던 두 행자는 처음엔 그 소리를 듣지 못했다. 하지만 저 멀리서 메아리처럼 울리는 소리는 박장대소가 아닌가. 놀란 두 행자가 산 중턱을 바라보니, 바위 위에서 비구니 스님 서넛이 자기들을 보면서 배꼽을 잡고 웃고 있었다. 두 행자는 너무나 놀라 기절할 뻔했다. 행자 주제에 길에서 춤까지 췄으니 쫓겨나도 열 번은 더 쫓겨날 일이었다.

이제 나 죽었소 하고 절에 도착해 죽을 채비를 하고 있는데, 스님들이 어린 행자들의 행동을 귀엽게 보았던지 쫓아내지는 않았다. 그러나 '다이아몬드 춤을 추는 행자'들의 전설이 온 산중에 퍼져버렸다. 그 후로 일거수일투족이 주목을 받는 바람에 더욱 조신하게 굴지 않으면 안 되었다. 그렇게 조심하려니 숨겨진 끼를 무려 20여 년 동안 펼치지 못한 채 숨죽이고 살 수밖에 없었다.

그렇게 조심스런 세월을 보낸 지 어언 20여 년 만에 그의 숨은 끼를 발견한 PD 덕분에 방송국에까지 진출했다. 그러나 젊은 비구니가 그 험하다는 서울에 사는 것도 불안하게 여기는 산사의 노스님들은 전국 사방팔방에 목소리까지 내보내는 그를 조마조마하게 지켜보곤 했다. 이에도 아랑곳없이 진명 스님은 고향 같은 산사에 갈 때도 바흐의 음악을 즐겨 듣곤 했다. 그러면 어머니 같은 노스님이 "너 혼자 이곳까지 왔느냐"고 물었다. 스님은 "바흐랑 같이 왔다"고 답했다. 그럴 때면 노스님은 "아니, 젊은 비구니가 바우 놈하고 단둘이 왔단 말이냐"라고 화들짝 놀라며 "그 바우란 놈 어디 있냐"고 눈을 동그랗게 뜨셨단다.

"스님은 깎은 중, 수녀님은 (베일을) 쓴 중, 교무님은 (머리) 긴 중. 생긴 건 달라도 우린 모두 중 아닙니까."

진명 스님의 능청스런 설명에 버스 안에선 다시 한 번 웃음이 터졌다. 신앙이 다르고 이처럼 머리 모양도 다르지만 수도자라는 공통점을 가진 것은 틀림없었다. 그때 다름을 뛰어넘어 함께하는 데는 노래만 한 게 없다는 듯이 아름다운 화음이 퍼져나오기 시작했다. '원불교 가수'로 알려진 형일 교무님이 선창하자 교무님들이 먼저 따라 부르기 시작했다.

"우리 일찍~ 영산회상~ 운형수제 아니던가~. 오래 두고~ 그리던 이를~ 만난 듯~" 원불교인들이 주로 부르는 이 노래는 '우리가 일찍이 (전생에) 성스러운 장소에서 구름 같은 형과 물 같은 아우처럼 함께 어울려 수도하던 도반이었던 듯하다' 는 뜻을 담고 있다.

형일 교무님의 목소리가 도반들의 가슴과 가슴을 파고들었다. 만난 지 채 한 시간도 지나지 않았지만, 교무님은 아무런 거리낌없이 노래를 선창할 만큼 용감무쌍했다. 교무님은 수도자가 되기 전 처녀 시절부터 수줍음 때문에 옷고름에 얼굴을 파묻던 여느 처녀들과는 달랐다. 교무님이 출가하기 전 옆집에 잘생긴 총각이 살고 있었다. 처녀의 몸으로 문 밖에서 다른 남자 얼굴을 빤히 쳐다보기 어려운 시대였다. 그래서 속만 태우던 시골 처녀 형일의 귀에 어느 날 그 멋진 총각의 목소리가 들렸다. 옆집에서 들려오는 소리였다. 그래서 참을 수 없었던 이 처녀는 그 총각을 몰래 훔쳐보기에 더없이 좋았던 자기 집 감나무에 올라갔다. 감나무에서 멋진 총각을 보며 찌릿찌릿한 전율을 맛본 것까지는 좋았다. 그런데 바로 그때, 아버지가 집에 들어서며 헛기침을 하는 바람에 놀라 발을 헛디뎌 그만 나무 아래로 곤두박질치고 말았다. 무엇 때문에 과년한 처녀가 나무에 올라갔는지 설명할 수도 없고, 온몸에 골병이 들어버린 처녀 형일의 기막힌 처지가 어떠했겠는가. 감나무에서, 아니 사랑에 미끄러져 골병이 얼마나 크게 들었던지, 아버지가 그를 살리려 맑은 똥물을 구해왔다. 시골에선 몸에 골병이 들면 똥물을 맑게 걸러 약으로 쓰는 민간 처방이 있다. 예쁜 처녀 형일은 다시 총각의 얼굴을 보지 못해 똥 씹은 얼굴이었는데, 정말 똥물까지 마신 것이다.

이 노래에 이어 가톨릭과 성공회의 찬송가와 불교의 찬불가가 메들리처럼 이어지는 가운데 차는 전남 영광의 영산 성지로 미끄러져 들어갔다.

원불교 성지 순례의 출정식을 치른 다음날, 밤새 내린 눈에 세상이 온통 하얗게 빛나고 있었다. 순례단은 성탑 앞에 손에 손을 잡고 둘러서 기원했다. "한마음 한뜻으로 세계 성지를 순례하면서 저희들의 뜻이 전 인류의 가슴에 전하여지고 아름다운 결실을 맺도록 간절히 기원하나이다."

'영의 빛'이라는 뜻의 영광靈光에 있는 성지는 예부터 '진리의 성인'이란 뜻의 법성포法聖浦에서 태극 모양으로 물이 들어오는 너른 들녘을 산들이 원만하게 둘러싼 아늑한 곳이다.

원불교 교조 소태산 대종사는 이곳에서 태어나기만 한 게 아니라 자라면서 수도하고, 깨달음을 얻고, 초기에 교화까지 하였다. 성인은 고향에서 배척받는다는 속설과 달리, 소태산은 대각 후 가족과 친척과 마을 사람들을 대상으로 깨달음을 펼쳐 나갔다.

순례단은 소태산의 대각탑 앞에 섰다. 순례의 출정식이었다. 순례단이 함께 기원문을 낭송하자 주위의 수많은 초목군생도 화평한 날을 위해 기도하듯 숨을 죽였다.

저희 모두는 거룩한 마음으로 기원하나이다. 같은 나라에서 태어나 같은 시대에 살면서 불교의 수행자로, 천주교와 성공회 수도자로, 원불교 교무로 출가의 길을 가고 있는 저희 삼소회 일동은 비록 종교의 문을 달리하였으나 함께 마음을 모아 종교 화합과 세계 평화를 기원하며 세계 종교의 성지를 순례하게 되었나이다.

테러도 반테러도 신의 이름으로 자행되는 21세기를 살고 있는 저희들은 독선과 아집과 편견을 넘어, 종교의 울도 넘어 한국 여성 수도자의 이름으로 세계 종교의 성지를 순례하면서 그 모든 가르침이 평화임을 가슴에 거듭 새기며 실천하기를 기원하나이다.

저희들의 이 기도가 비록 미미한 한 방울의 물에 지나지 않을지라도 세계

평화의 바다를 향하여 흘러가 전 인류의 가슴을 적시고 일체 생명을 자비
로, 사랑으로, 은혜로 감싸안기를 기원하오며 진정으로 이 시대의 모든 종
교인들이 세계 평화를 꽃피우는 데 혼신의 힘을 다하기를 기원하나이다.
한마음 한뜻으로 세계 성지를 순례하면서 저희들의 이 뜻이 전 인류의 가
슴에 전하여지고 아름다운 결실을 맺도록 간절히 기원하나이다.

순례단이 간절한 기도를 마치고 전통 한옥집에 들어서자 영산사
무소 소장인 청타원 이경옥 교무님과 영산선학대 총장이신 호타원
황영규 교무님이 따뜻하게 손을 잡아주었다.

그곳에서 김성근 교무님이 장작 가마로 구운 도자기에 대형 연잎
차를 담아 내왔다. 미나리보다 정화력이 백 배나 더 강하다는 대형
연잎차엔 전쟁과 테러를 낳는 갈등과 불화로 오염된 우리의 마음을
정화하라는 말 없는 기원이 담겨 있었다.

침묵의 밤을 지샌 새벽이었다. 어둠을 더듬어 집 밖에 나간 순간
갑자기 펼쳐진 신천지가 놀라웠다. 그새 소리도 없이 엄청난 눈이
내려 세상이 온통 하얗게 빛나고 있었다. 서설이었다.

그 상서로운 눈을 밟고서 고즈넉한 법당에 앉아 삼소회원들은 새
벽기도를 올렸다.

그들이 기도를 올리는 사이 나도 뒤에 앉아 눈을 감고 명상에 잠
겼다. 법당 안을 가득 채운 소태산의 기운이 느껴졌다. 기도를 끝낸
순례단은 어스름 달빛을 받으며 들판 끝 둑길을 걸었다. 소태산과

마을 사람들이 바다를 막아 논을 간척할 때 쌓은 둑이었다. 당시 주위 사람들은 '바다가 논이 된다는 얘기는 듣도 보도 못했다'며 믿으려 들지 않았다. 그런데도 묵묵히 바다를 막아 수만 평의 논을 만들고야 말았는데 그 둑길 위로 순례단이 기러기처럼 줄지어 말 없이 걸었다. 깊은 침묵 속엔 이 순간에도 전쟁과 테러의 고해에서 신음하는 이들을 위해 평화의 둑을 세우려는 눈물의 기도가 담겨 있었다. 이 기도가 순백의 눈 위를 딛는 작은 발자국마다 연꽃으로 피어나고 있었다.

　한 송이, 또 한 송이…….

1

하나됨을 준비하기 **싸움을 끝내다**

"원더풀, 원더풀!" 스님들과 함께 수녀님과 교무님들이 평화롭게 앉아
명상을 하는 모습을 지켜보던 외국 순례객들이 탄성을 질러댔다. 프랑스 청년들과 아가씨였다.
얼마 전 자기 나라에서 일어난 무슬림들의 대규모 시위로 다종교 사회의 첨예한 갈등을 경험한 그들에게
다양한 옷을 입은 여러 종교 수도자들이 함께 명상하는 모습이 신기하기 그지없었던 것이다.

강가 강에 울려 퍼진 3인의 웃음소리

새벽길은 마치 꿈길 같았다. 순례단은 인천공항을 떠나 뭄바이로, 다시 델리를 경유해 꼬박 스물네 시간 만에 바라나시에 도착했다. 한국 사찰 녹야원에서 고단한 몸을 누여 첫 밤을 보낸 순례단은 꼭두새벽에 다시 일어나 안개에 싸인 거리 속으로 들어갔다. 인도의 새벽은 늘 이처럼 안개 속이지만 강가 강은 더욱 심했다. 뭔가 보이고 싶지 않은 비밀을 감추려는 것처럼 강은 온통 뿌연 안개에 싸여 있었다. 어두운 강둑에서 나룻배에 올랐다. 나룻배가 미끄러지듯 안개 속으로 들어갔다.

영겁의 시간 속에서 같은 시대, 같은 땅에서 태어난 우리는 이렇게 한 배에 탔다. 그러나 나룻배에 탄 수도자들은 머리 모양도 옷색깔도 모두 달랐다. 이들은 삼소회란 이름으로 함께 배에 올랐다.

인천공항에서 비행기에 올라 신문을 펼쳤을 때 가장 먼저 눈에 띈 것은 유럽의 성난 무슬림들의 사진이었다. 이슬람 창시자 마호 메트를 풍자한 만화로 인해 유럽은 난리통이었다. 가냘픈 수도자들 이 가는 곳은 이렇게 성난 종교인들의 증오심이 폭발하고 있는 세 상이었다. 우리가 도착한 바라나시는 시도 때도 없이 힌두교와 이 슬람교 신자들 간에 테러와 보복이 이어지고 있는 곳이었다.

그래서 기도는 간절했다. 순례단은 나룻배에 탈 때 날렵하게 동 승한 꼬마 아가씨로부터 은박접시 하나씩을 사들고 기도했다. 접시 엔 작은 촛불이 담겼고, 그 둘레엔 예쁜 꽃들이 둘러싸고 있었다. 촛불을 밝힌 접시를 강가 강에 띄우면 소원이 이루어진다는 인도인 들의 믿음에 따른 것이었다.

'부디 상대 종교, 아니 이웃 종교를 이해하고 포용해 지옥 같은 분쟁 지역들이 천국처럼, 극락처럼 화평해지기를……'

그 간절한 마음을 담아 수녀님도 스님도 교무님도 은박접시 배를 강가 강에 띄워 보냈다. 기원을 담은 은박접시 배에 집중하는 사이 우리 나룻배 옆으로 작은 나룻배 하나가 스르르 밀려왔다. 그 작은 조각배엔 열 살 남짓 되어 보이는 남자아이 둘이 타고 있었다.

"방생, 방생."

그들이 한 말은 한국어가 틀림없었다. 물고기와 물을 담은 비닐 봉지를 번쩍 들면서 "방생, 방생" 하고 외치고 있었다. 인도에 성지 순례를 오는 불자들에게 방생용 물고기를 파는 아이들이었다. 죽어

가는 물고기를 살려 놓아주면 복을 받는다는 방생의 공덕을 믿는 한국 불자들을 겨냥한 것이었다.

그때였다. 한국 땅에서 자랐지만 한국말인 '방생'은 들어본 기억조차 없는 카타리나 수녀님이 소곤소곤하는 소리가 들렸다. 성공회대 영문학과 교수이기도 한 수녀님은 한국말보다 영어가 더 익숙하고, 한국인의 고유한 관습보다 서양의 관습에 더 익숙했다. 그런 수녀님이 남의 기도를 방해하지 않으려고 조용히 소년 장사꾼들에게 말했다.

"I am sorry. We have no time for cooking(미안해서 어쩌지요. 우린 이 물고기를 사봤자 끓여먹을 시간이 없네요)."

원 세상에. 수녀님은 아침 요기도 못하고 추운 강가 강에 나온 순례단의 뱃속을 훈훈하게 데워줄 매운탕 감을 파는 걸로 생각한 것이다. 수녀님 깐엔 '못 팔아줘 미안한 심정'이어서 소년들에게 그렇게 말한 것이었다.

종교적 엄숙함과 고요함이 감돌던 나룻배는 순간 배꼽이 물에 빠지는 소리로 출렁거렸다.

평생 어떤 죄를 저질렀더라도 강가 강에 몸을 담그면 모든 죄가 소멸되고 천국에 태어난다는 믿음으로 강가에서 경건하게 목욕을 하던 한 남자가 무슨 일인가 하고 나룻배를 바라보고 있었다.

붓다가 말하기를, 과거의 죄업은 돌과 같아서 무거운 돌을 강가 강에 빠뜨린 뒤 돌아 떠올라라 하고 아무리 빌어도 돌은 떠오르지 않는다며, 기도로 천국에 가는 것이 아니라 삶의 결과에 따라 다음 생이 결정된다고 했다. 그래서 붓다는 "강가 강에 몸을 담가 천국에 간다면, 강가 강의 물고기들이 가장 먼저 천국에 가겠구나"라고 했다. 그때 나는 생각했다. 방금 물 속에 빠진 우리의 배꼽이 가장 먼저 천국에 갈 것이라고.

사람들은 '불교 수행자'에 대해 어떤 편견을 갖고 있다. 과연 부처님 당시 수행자들의 표정은 어땠을까. 당시 코살라국의 왕이 부처님에게 한 말이 전해온다.

"여위고 거칠고 창백하고 노랗고 맥없어 보이고 혈관이 드러난 것처럼 보이는 다른 수행자들과 달리 부처님의 제자들은 즐겁고, 의기양양하고, 기쁨과 희열에 넘치고, 정신적인 생활을 즐기고, 감각적으로 만족하고, 걱정이 없고, 고요하고, 평화롭고, 사슴과 같은 마음을 지니고 있습니다."

불교에선 깨달음을 위한 일곱 가지 요소 가운데 하나로 기쁨을 든다. 우울하고 음산하고 슬픈 듯한 모습이 아니라 명랑한 것이 더 불교적인 것이다. 불교에서만 그런 것이 아니다. 가톨릭에서도 우울한 성인은 성인이 아니라는 말이 있다.

강가 강에서 수도자들 각자 자기 방식대로 하느님과 부처님과 법신불님을 찾아 기도하던 중 수녀님의 말을 듣는 순간 자기만의 신과 부처님도 물 속에 빠졌다. 수녀님, 스님, 교무님, '세 종교인들의 웃음〔三笑〕'이 강가 강에 울려퍼졌다. 안개가 걷히고 햇살이 밝아왔다. 자기만의 단단한 아성을 지키려는 마음도 웃음과 함께 툭 터졌다. 서로를 바라보는 웃음이 서로에게 거울이 되어 더욱 행복해졌다.

그래서 누군가 말했을까. 우리가 천국에 왔기 때문에 웃는 것이 아니라, 함께 웃는 그곳이 곧 천국이라고.

이번 삶이 아름다워야 다음 삶도 아름답다

강가 강이 겉옷 같은 안개를 벗어버리자 가장 먼저 나체처럼 우리 앞에 다가온 것은 죽음이었다. 한 남자의 시신이 들것에 실려 강변인 가트의 계단 아래로 내려오고 있었다. 시신은 살아 있는 동안 겪었을 고난도, 누렸을 영화도 한낱 거짓인 양 나무토막처럼 누워 있었다.

그 옆 수많은 화장터에선 시신과 장작을 태우는 연기가 비행접시처럼 살아남은 자의 머리 위를 배회했다. 빼빼 마른 개 한 마리가 화장터의 잿더미를 발로 뒤적이며 자기 몫으로 남겨진 죽은 자의 유물을 찾고 있었다. 개가 잿더미를 뒤적이자 재는 바람에 실려 영원한 귀의처인 강가 강에 자신을 던지고, 일부는 별똥별처럼 나룻배로 날아들어 순례단의 수도자들에게 귀의했다.

수도자란 이승에서 내세로 가는 길을 닦는 이들이다. 만약 죽음이 없고 이승에서 저승으로 건너가는 바다가 없다면 종교와 수도자가 있었을까. 고타마 싯다르타는 태어나자마자 어머니를 잃었고, 소년 시절 성 밖에 나갔다가 처음으로 사람들이 늙고 병들어 죽어가는 것을 보고 죽음에 대해 고뇌했다. 그것이 출가와 구도의 계기가 되었다. 또 예수에게 십자가의 죽음과 부활이 없었다면 그리스도교가 있었을까.

카타리나 수녀님도 아주 어린 시절 부모님의 충격적인 죽음을 경험했다. 수녀님의 할아버지는 전북 고창 군수였고, 아버지는 서울 경동고등학교 국어 선생님이었다. 그의 가족은 경동고 사택에서 살았는데, 부모님이 싸우는 것을 한 번도 본 적이 없을 정도로 화목한 가정이었다.

그런데 수녀님이 열 살 때 6·25전쟁이 일어났고, 어느 날 인민군에 끌려간 부모님은 다시 돌아오지 않았다. 한날 한시에 두 분이 모두 총살을 당하고 만 것이다. 수녀님과 여덟 살 난 동생 숙자는 집에서 몇 날 며칠 동안 부모님이 돌아오기만을 기다리며 울었다. 그러다 동생이 우는 소리에 그가 정신을 차렸다. 잠시 학교 선생님을 찾아가 몸을 의탁했지만 모두가 피난을 가는 1·4후퇴 때 그도 동생의 손을 잡고 피난길에 나섰다. 어린 자매는 두 손을 꼭 잡고 한강 다리를 건넜다. 그들이 건너자마자 폭격으로 다리가 끊겼다. 피난민들의 등만 보고 따라 내려가다 서울이 수복됐다는 소식을 들은 어른들이 평택쯤에서 서울 쪽으로 발길을 돌리자 그도 다시 방향을 틀었다. 아무 마을에나 들어가 피난민들 틈에 쪼그리고 앉아 날을 지새웠던 자매는 어느 날 묵었던 마을에서 벗어나는 순간 폭격으로 그 마을이 불바다가 되는 것을 보고 혼비백산하곤 했다. 부모를 잃고 생사를 넘나들던 두 자매는 수원에서 한 경찰이 데려다준 성공회 보육원에 가서야 목숨을 부지할 수 있었다.

선재 스님은 10년 전 간에 병을 얻어 죽을 수도 있다는 경고장을 받은 채로 지금껏 살아왔다. 또 인신 교무님은 자신의 수도원에서 난치병으로 죽어가는 환자들을 부둥켜 안고 보살피며 지내고 있다. 그들 모두에게 죽음은 바로 현실이었다.

그들은 눈앞에서 허망하게 육체가 해체되는 풍경에 까닭 모를 눈물을 훔치고 있었다. 네 명의 장정이 시신을 실은 들것을 메고 오는 사이 유족은 무심하게 시신을 바라보고 있었다. 전쟁터에서 적군에게 머리채를 잡혀 끌려가는 가족의 모습을 지켜보면서도 아무것도 해줄 수 없는 무력한 포로처럼, 산 자는 누구도 죽은 자를 대신해줄 수도 가는 길을 막을 수도 없었다.

화장터가 있는 가트와 불과 10미터도 떨어지지 않은 물가에서 힌두교 수행자인 사두로 보이는 한 남자가 요가 자세로 앉아 강가 강을 향해 손을 모으고 있었다. 흰 머리는 강가 강에 닿을 듯 길었다. 얼굴은 맑았지만 나이를 가늠할 수 없었다. 그가 다시 강가 강의 물을 두 손 가득 떠서는 길고 하얀 자신의 머리에 끼얹고 손을 모으며 나를 바라보았다. 어디선가 많이 본 듯한 그 인상 뒤로 또 한 조각 시신을 태운 연기가 아직도 육체를 떠나지 못한 영혼의 방황을 보여주듯 날갯짓하며 다가왔다.

그 연기에 닿아 글썽거리는 시선 너머로 내게도 커다란 충격을 안겨준 죽음이 환영처럼 서 있었다. 내게도 죽음은 절망이었다. 어쩌면 그것은 절망이 아니라 분노를 가져다주었는지 모른다. 내가 열다섯 살 때까지 사랑채에서 함께 살던 아버지가 어느 날 갑자기 뇌출혈로 한 마디 작별도 고하지 않은 채 떠나가버렸다.

아버지가 세상을 떠난 지 불과 몇 달 뒤 집에 큰 화재가 발생해 어머니가 한밤중에 큰 화상을 입었다. 그때 마을 아주머니들이 "저 귀한 자식들이 하루아침에 고아가 되는구나"라고 웅성거리던 말이 뇌리에 박혔던 소년 시절의 악몽은 두고 두고 두려움의 근원이 되었다. 내가 사랑하는 것을 나의 동의 한 마디 없이 내게서 앗아갈 수 있는 죽음에 대한 깊은 불신이 늘 나를 엄습했다.

죽은 자들은 죽었기에 말이 없었고, 내 주위에서 죽은 자 가운데 누구도 다시 오지 않았다. 나는 젖을 떼듯 관계를 강압적으로 단절시켜버리는 죽음의 그 폭력성이 싫었다. 그런 내 생각과 달리, 죽은 자들은 저세상에서 죽음이 아닌 어떤 다른 삶을 누리고 있을지는 알 수 없는 일이다. 내가 너무도 익숙한 고향을 떠나와야 했듯 그들도 고향을 떠나 또 다른 삶의 세계로 갔을지, 아니면 이 세상 여행을 끝내고 자기 고향으로 돌아갔을지 모를 일이지만, 사랑하는 이의 죽음 앞에서 나는 언제나 명절날 온 고모가 가는 게 싫다며 다리 뻗고 울던 응석받이로 돌아가버렸다.

그렇게 절망스런 죽음들이, 여전히 일어나선 안 될 그 무엇인 양 거부되는 것들이, 이렇게 자연스런 일상처럼 계속되고 있다는 것이 꿈만 같았다. 시신을 멘 네 남자는 들것과 함께 시신을 강가 강에 풍덩 풍덩 두 번 빠뜨리며 이승에서 마지막 세례를 베풀었다. 그리고 시신을 화장대에 누였다. 그 옆엔 삶의 숱한 기억이 새겨진 몸을 남김없이 태워버릴 장작이 놓여 있었다.

그 옆에서 사두는 시신을 세례한 물결의 파고가 그의 눈앞에서 퍼져나가도 아무런 동요가 없었다. 그때서야 나는 나이를 짐작할 수 없는 사두의 모습이 바로 인도의 사원에서 쉽게 볼 수 있는 시바 신과 너무나 닮았다는 것을 알았다. 힌두 사원에서 시바는 남근인 링가로 표현되지만, 간혹 시바를 그린 그림이나 상들도 있었다. 단숨에 뭔가를 파괴할 듯한 건장한 몸임에도 희로애락을 초월한 표정에 긴 머리를 늘어뜨린 그는 영락없는 시바 신이었다.

인도인들은 강가 강이 원래 천상에서 흐르는 풍요의 강이라고 믿는다. 그런데 지상에 큰 가뭄이 들었고, 이를 안타깝게 여긴 한 선인이 강가 강을 지상으로 끌어내리기를 소원하며 고행을 거듭한 결과, 드디어 강가 강을 이 지상으로 끌어내릴 수 있다는 허락을 받았다. 그런데 그 엄청난 물줄기가 하늘에서 떨어지면 이 땅의 모든 것이 다 쓸려내려가 파괴될 수도 있었다. 그래서 이를 염려한 '파괴의

강가 강 인도인들은 강가 강에 몸을 담그면 모든 죄가 소멸되고, 죽은 뒤 재가 된 육신을 강가 강에 뿌리면 극락에 갈 수 있다고 믿는다. 죽음 앞에서 후회스러운 것은 더 많이 가지거나 더 많이 이루지 못한 것이 아니라 더 용서하지 못하고 더 사랑하지 못한 것이다.

신' 시바가 그의 머리로 강물을 받아 그 물줄기를 조각 내 땅으로 내려보낸다고 한다.

시바는 파괴의 신이다. 파괴란 변화의 모습이다. 변화를 통해 새로운 것을 창조한다. 생겨났다 유지되고, 파괴되고 다시 생겨나는 변화는 만물의 법칙이기도 하다. 그래서 파괴의 신 시바는 인도인들이 가장 사랑하는 변화무쌍한 신이다.

시바의 머리칼을 타고 내려오는 이 물을 인도인들은 왜 가장 성스럽게 여기며, 그 강물의 세례를 받으면 천국에 이를 수 있다고 믿게 된 것일까. 나는 알 수 없는 세계를 떠도는 유랑별처럼 인도를 떠돌 때 온갖 오물로 덮인 시궁창 같은 바라나시의 강가 강만이 아니라 수많은 강가 강을 보았다.

강가 강은 광활한 인도의 대지를 적신다. 요가 학교가 있는 비하르 주 뭉게르에선 바다처럼 광대한 강가 강을 보았고, 요가의 땅 리시케시에선 맑디맑은 시내 같은 강가 강을 보았다. 또 더 높은 히말라야의 고산에선 계곡 같은 강가 강을 보았다. 그리고 구름과 비, 물을 먹고 자라는 나무와 뭇 동물들……. 끊임없이 변화해가는 그들이 바로 강가 강으로서 시바 신의 현현이 아니라고 할 수 없었다. 때론 히말라야에서, 바라나시에서, 또는 비로, 나무로, 인간으로 몸을 드러내는 시바 신은 육신을 무너뜨린 그 자리에 어떤 생명을 피워냈을까.

변화에 익숙하지 못해 다른 세상, 다른 사람들처럼 생소한 것에 대해선 먼저 거부 반응을 보이는 나를 보며 그 사두는 다시 강가 강의 물을 한 손 가득히 떠 자신의 머리에 부었다. 그 자연스런 변화와 다름을 받아들임으로써 성스러워지고 천국이 열린다는 것을 보여주기라도 하듯이. 어디엔가 메여 있고 집착이 강하면 결코 물처럼 흐를 수도, 그 흐름을 통해 정화될 수도 없다는 것을 설명해주기라도 하듯이. 보라, 그대가 물이 된다면 윗물과 아랫물은 결국 같은 물일 뿐 죽음도 아니요, 삶도 아니라고 말하는 것처럼.

너무나도 사랑한 가족과 절친한 친구들의 죽음에 대한 절망과 탄식을 끝내고 나도 이제는 그들을 '환송' 할 수 있을 것 같았다. 왜 그렇게 가버렸냐는 '산 자의 푸념' 은 이제 그만둘 수 있을 것 같았다. 화를 내기보다는 그 동안 함께 해줘서 행복했노라고, 감사의 인사와 함께 아름다운 여행을 하라고 말할 수 있을 것 같았다.

죽은 자는 그 혼자 새로운 세상으로 여행을 가는 것이 아니었다. 그 죽음이 이처럼 산 자를 새롭게 할 수 있다는 게 신기했다.

부모의 죽음으로 길고 긴 죽음의 여행을 했던 카타리나 수녀님도 언제부턴가 아름다운 여행을 시작했다. 죽은 자와 죽인 자 모두를 연민으로 대하기 시작하자 죽음은 부활로 승화되었다. 수녀님이 그 아픈 죽음을 겪고도 이토록 아름다운 미소를 지을 수 있다는 것보다 더한 부활의 징표는 없었다.

죽음은 이렇게 죽은 자들만이 아니라 산 자들을 새롭게 탄생시켰다. 한순간 자신이 죽었다고 여겼던 임사체험자들도 '최고의 스승' 인 죽음을 체험한 뒤 삶이 획기적으로 변한다고 한다. 우리가 죽는다고 아는 그것이 죽음이 아니라 새로운 삶의 시작임을 안 그들은 이번 삶이 아름다워야 다음 삶도 아름답다는 사실을 깨달은 것이다. 그래서 미래를 위해, 오직 돈을 벌거나 출세하기 위해 아등거리던 삶이 지금 사랑하고 베풀고 행복해지는 삶으로 전환된다고 한다. 누구에게나 예고 없이 찾아오는 죽음 앞에 섰을 때, 부나 성취 등 물질과 형상은 어느 것 하나 가져가지 못하고 오직 마음만으로 새로운 여행을 떠나야 한다는 것을 깨닫고는 더 많이 가지거나 더 많이 이루지 못한 것이 후회스러운 게 아니라 더 용서하지 못하고 더 사랑하지 못하고 더 베풀지 못한 것이 너무나 후회스럽다는 것을 실감한 때문이었다.

시바 신 같은 사두의 초월적 표정이 가져다준 변화였을까. 순례단도 죽은 자의 여행을 기꺼이 환송하고, 지금 내게 오는 자도 기꺼이 환영하는 마음이 된 것 같았다. 막막한 우주의 한 점인 지구에, 같은 시간에 태어나 함께 지구호를 타고 가는 여행의 동반자들이 더욱 소중해진 것이 분명했다.

나룻배에서 내려 길을 걸을 때 지정 교무님과 베아타 수녀님이 손을 잡았고, 그 뒤로 더 늦기 전 누군가의 손을 잡겠다는 듯이 선재 스님과 마리 코오르 수녀님이 손을 잡고 따랐다. 그들은 서로의 체온을 느끼며 사랑해야 할 산 자들이 있는 땅을 향해 걸었고, 그들 옆으로 들것에 실린 자들은 새로운 여행을 떠날 강가 강의 나루터로 향하고 있었다.

아소카 나무 아래서, 원더풀!

다메크 스투파는 '진리를 보는 탑'이란 뜻이다. 녹야원은 이 탑을 중심으로 푸릇푸릇한 잔디가 깔린 아름다운 동산이었다. 부다가야에서 깨달음을 얻은 부처님은 옛 도반들을 찾아 이곳까지 걸어와 이 아름다운 동산에서 제자들을 깨우치기 시작했다.

진명 스님의 목탁 소리를 따라 수녀님들과 교무님들이 탑을 돌았다. 순례단은 탑돌이를 마친 뒤 허물어진 유적들 옆을 지나 잔디가 깔린, 아소카 나무의 그늘이 드리워진 곳에 둥글게 둘러앉았다.

평화 명상이었다. 침묵이 푸른 초원과 하모니를 이뤘다. 다메크 탑 앞 법회에선 세상의 평화를 기원했지만, 눈을 감고 앉으면 이제 관건은 자신의 평화였다.

"전쟁에서 수백만 명을 정복할 수 있다. 그러나 자기 자신을 정복한 사람은 정복자 가운데 가장 위대한 자이다."

부처님은 탐(탐욕), 진(성냄), 치(무지) 삼독에 물든 마음을 이긴 자는 천하를 얻은 자와도 비교할 수 없는 위대한 자라고 평했다. 예수님도 "마음이 가난한 사람은 행복하다. 하늘나라가 그의 것이다"라고 말씀하셨다. 이슬람에서도 "최고의 성전(지하드)은 자신을 상대로 한 것"이라고 했다.

그런 가르침에도 불구하고 종교인들조차 밖에 있는 이들만을 상대하려는 폭력의 길은 가깝고, 자신을 성찰하는 평화의 길은 멀기만 하다. 어떤 사안에 대해 똑같이 비난을 받더라도 마음이 내면에 머물지 못하고 외부로만 향하면 "너는 나쁜 사람"이라고 상대의 존재를 매도하거나 "죽이고 싶다"고 증오심을 불태우게 마련이다. 그러나 마음을 내면으로 돌리면, 상대에게 자신의 감정을 솔직히 얘기할 수 있고, 자신에 대한 비난을 성찰의 계기로 삼을 수 있다. 수도란 밖으로만 치달아 탐욕과 증오를 일으키는 마음을 내면으로 돌리게 하는 것이다.

"원더풀, 원더풀!"

스님들과 함께 수녀님과 교무님 들이 평화롭게 앉아 명상을 하는 모습을 지켜보던 외국 순례객들이 탄성을 질러댔다. 프랑스 청년들과 아가씨였다. 얼마 전 자기 나라에서 일어난 무슬림들의 대규모 시위로 다종교 사회의 첨예한 갈등을 경험한 그들에게 다양한 옷을 입은 여러 종교 수도자들이 함께 명상하는 모습이 신기하기 그지없었던 것이다.

그들이 "원더풀" 하며 엄지손가락을 세울 때였다. 그 '원더(wonder)'라는 말이 내 귀에 좀더 선명하게 다가왔다. 과연 무엇이 '경이'로운 것인가. 무엇이 경이로움으로 가득 찬 것인가.

나를 그 경이로움으로 이끈 분들은 '상대'와 싸움을 그친 분들이었다. 상대와 시비를 떠난 분들이었다. 폭력엔 반드시 더 큰 폭력으로 맞서는 세계에 살면서도 어떤 순간, 어떤 상황에도 평화와 자비심을 잃지 않은 분들이었다. 탐욕과 증오로 가득한 인간에 대한 절망감을 희망으로 전환시킨 분들이었다. 도저히 따를 수 없을 것처럼 아득하게 느껴지지만, 나 자신과 인류와 세상을 위해 따르지 않으면 안 될 길을 앞서 걸어간 분들이었다.

순례단 옆에 앉아서 나는 죽음의 문 앞에서도 초연했던 그분들의 '경이' 속으로 빨려들어가고 있었다.

아득한 심경 속으로 들어온 인물이 목갈리나였다. 우리에게 목련존자로 잘 알려진 그는 사리푸트라(사리불)와 함께 부처님 최고의 제자였다. 목갈리나는 사리푸트라와 함께 날란다 대학 인근에 살았다고 한다.

그는 당시 인도에서 신통으로 천하 제일이었다고 전해진다. 부처님의 10대 제자 중 '신통 제일'로 불리게 된 것은 그 때문이다. 신통력으론 그를 당할 자가 없어서 다른 종교인들이 불교에 해를 가하고 싶어도 목갈리나가 무서워 감히 그럴 수 없었다고 할 정도였다.

아소카 나무 아래의 침묵 명상 마음이 내면을 보고 있는 사람은 상대에게 자신의 감정을 솔직히 얘기할 수 있고, 자신에 대한 비난을 성찰의 계기로 삼는다. 밖으로만 치달아 탐욕과 증오를 일으키는 마음을 내면으로 돌리는 게 수도의 힘이고 종교의 힘이다.

그만큼 목갈리나는 이름만으로도 두려움의 대상이었다. 다른 종교인들은 목갈리나가 있다는 것을 알면 미리 피하곤 했다. 목갈리나가 사람들에게 공포의 대상이란 얘기를 들은 부처님이 목갈리나에게 말했다.

"누군가에게 해를 끼치면 그 해가 반드시 나에게 미치는 법이다."

억겁 전부터 원한과 원한으로 이어져오는 살생과 폭력의 윤회에 대해 부처님은 설했다. 그리고 그 악순환이 내게 와서 상대방에게 돌려줄 차례가 왔을 때 그 순환의 고리를 끊으라고 했다. 목갈리나는 어떤 경우에도 폭력을 쓰지 않으리라고 서원했다.

신통 제일이었던 목갈리나가 앞으로는 신통을 부리지도, 다른 사람들에게 화를 입더라도 보복하지 않을 것이란 소문이 돌기 시작했다. 그러나 이교도들은 폭력을 당했을 때 보복할 힘이 있는데도 그 힘을 쓰지 않는다는 것을 믿을 수도, 이해할 수도 없었다. 그래서 처음엔 가벼운 도전을 해보았다. 그러나 목갈리나는 대꾸하지 않았다. 이교도들은 마침내 목갈리나가 신통을 쓰지 않을 것이란 생각을 굳혔다.

이교도들은 어느 날 길 가는 목갈리나를 발견하고는 돌로 내리쳤다. 목갈리나는 피를 흘리며 쓰러졌다. 그러나 그는 다시 일어나 앉아 마음을 관찰했다. 그때 다른 이교도가 다시 돌로 내리쳤다. 목갈리나는 화가 일어나는지 오직 마음만을 보았다. 고요했다. 이교도들이 여기저기서 돌로 내리쳤고, 목갈리나는 터지고 으깨지고 피투성이가 되어 죽어갔다. 인도에서 가장 힘이 강했던 목갈리나는 그렇게 생을 마쳤다.

그렇게 가신 분이 목갈리나만이 아니다. 앙굴리말라는 지혜와 용모가 뛰어난 수행자였다. 그런데 스승의 아내가 젊은 앙굴리말라에게 연정을 품었다. 어느 날 스승이 집을 비운 사이 그녀가 추파를 던졌으나 앙굴리말라는 본 척도 하지 않았다. 그러자 앙심을 품은 그녀가 남편에게 앙굴리말라가 자신을 강제로 욕보였다고 거짓말을 했다. 분노가 머리끝까지 치민 스승은 앙굴리말라를 파멸시키기 위해 계략을 꾸몄다. 사람 100명을 죽여 그들의 손가락을 잘라 만든 목걸이를 목에 걸면 승천할 수 있다고 한 것이다. 스승을 일심으로 따랐던 앙굴리말라는 사람을 닥치는 대로 죽였다. 사위성은 그야말로 공포의 도가니로 변했다. 드디어 99명을 죽인 앙굴리말라는 그들의 손가락을 목에 매달고 나머지 한 명을 찾아나섰다.

그 얘기를 들은 부처님이 살인마 앞에 나섰다. 앙굴리말라의 마지막 제물이 눈앞에 나타난 것이다. 앙굴리말라는 부처님에게 그 자리에 서라고 고함치며 달려갔다.

"앙굴리말라야, 나는 이미 멈춘 지가 오래되었다. 멈추지 않은 것은 바로 너다. 붓다는 탐욕과 집착을 멈춘 지 오래지만, 너는 멈추지 못하고 있구나."

이 말을 들은 앙굴리말라는 그 순간 제정신이 들었다. 그는 그대로 출가하여 비구가 되었다. 그가 부처님에게 받은 법명이 '비폭력주의자'란 뜻의 '아힘사'였고, 이 말은 훗날 간디가 주도한 비폭력 운동의 이름이 되었다.

한편 살인마를 스님으로 받아들이자 마을 사람들은 탁발 나온 비구들만 보면 숨어버렸다. 앙굴리말라를 받아들인 이후 부처님 승가에선 일주일 동안 공양을 얻지 못했다. 사람들이 살인마 집단으로 매도했기 때문이다. 당대의 살인마를 받아들임으로써 승가 전체가 굶어죽을 위기에 처한 것이다.

그뿐이 아니었다. 탁발 나간 앙굴리말라를 보자 아이를 낳으려던 산모가 놀라서 기절을 해버렸다. 그러나 사람들은 차츰 앙굴리말라가 전혀 다른 사람으로 변해 무서운 존재가 아님을 알게 됐다. 그러자 가족을 죽인 원수에게 원한이 서린 사람들이 탁발 나온 앙굴리말라를 돌로 쳐 죽였다.

"부처님, 저는 아무런 원망도 후회도 미움도 없습니다."

그는 피투성이가 되어서도 지극한 평화 속에서 열반에 들었다.

이교도에게 죽어가면서도 그들에 대한 살심보다는 자비심을 잃지 않았던 목갈리나와 앙굴리말라에 이어, 내 속울음을 터트려 살심이 잠자던 내면의 암덩어리를 산산이 부순 이가 있었다. 가나제바 존자였다.

'제2의 부처님'으로 알려진 용수존자의 수제자였던 15대 존자 가나제바는 불법을 탁월하게 전파하여 다른 종교인들에게 두려움과 원망의 대상으로 떠올랐다. 한 이교도가 그를 제거하기 위해 숲 속으로 숨어들었다. 칼을 감추고 나무 뒤에 숨어 있던 이교도는 산책 중이던 가나제바의 배를 갈라버렸다. 그러나 목숨이 끊어지지 않은 가나제바의 모습을 보고 이교도는 하얗게 질려 사색이 되었다. 더구나 그곳은 가나제바의 제자들이 많은 곳이어서 한순간에 잡힐 수 있었지만 몸이 굳어 움직일 수 없었다. 그러자 가나제바가 말했다.

"밑으로 내려가면 잡혀서 큰 고난을 당할 테니 산 위쪽으로 도망가거라."

유혈이 낭자한데도 고요함과 자애로움을 잃지 않은 가나제바의 말에 정신이 든 이교도는 산 위쪽으로 도망가기 시작했다. 뒤이어 가나제바의 제자들이 달려왔다. 부처님처럼 존경하는 스승이 처참하게 죽어가는 모습에 제자들이 눈물을 터트렸다. 격분한 제자들이 이교도를 쫓으려는 순간 가나제바가 말했다.

"원한은 결코 원한에 의해 소멸되지 않는다. 오직 끝없는 사랑으로만 소멸할 수 있다."

가나제바는 그 말을 남기고 고요히 열반에 들었다.

비폭력적 대응을 불신하고 또 불신하는 우리에게 목갈리나와 앙굴리말라와 가나제바는 말해주었다. 평화란 밖으로부터 오는 것이 아니라고. 칼로 몸은 벨 수 있지만 평화와 자비의 마음은 결코 벨 수 없다고.

녹야원의 탑은 아소카 대왕이 세운 것이다. 아소카 대왕은 인도 역사상 최고의 영웅으로 꼽히는 인물이다. 한국인에게 광개토대왕이 있고 중국인에게 진시황이 있다면 인도인에게는 아소카 대왕이 있다. 아소카 대왕은 기원전 3세기 마우리아 왕조를 세운 찬드라굽타의 손자이자 빈두사라 왕의 아들이다. 빈두사라 왕은 16명의 부인에게서 101명의 자식을 두었는데, 아소카 대왕은 왕위에 오르기 위해 100명의 형제들을 죽이고, 또 왕위에 오른 뒤에도 자신에게 복종하지 않는 신하 500여 명을 죽였다는 설이 있다.

아소카 대왕은 인도의 대부분을 통일해 대제국을 이룩했다. 그가 왕위에 오르고, 또 인도 천하를 통일하기까지 살육의 연속이었다. 그처럼 피의 바다 위에 지어진 대제국에 혐오를 느낀 아소카 대왕은 불교에 귀의해 다시는 정복을 위해 칼을 뽑지 않겠노라고 선언했다. 그는 스스로 전쟁을 그친 데서 나아가 후손들이 그런 정복을 더 이상 가치 있는 것으로 생각하지 않기를 바랐다. 그리고 부처님의 흔적이 있는 곳엔 어디나 석주를 세워 탐욕을 이겨내고 평안을 이루는 부처님의 가르침을 새겼다.

아소카 대왕은 특정 종교의 교리나 주장에 대해 말하지 않았다고 한다. 같은 불교도가 모인 곳에선 불교의 가르침을 되새겼지만, 다른 종교인에게 이를 강요하지 않았다. 그리고 모든 종교, 모든 종파에 대해 각기 자신의 교리에 따라 살 수 있도록 완전한 자유를 보장하고 존중해주었다. 인도 천하의 주인으로서 무엇이든 자신이 원하는 대로 할 수 있었던 그였지만, 그가 다른 종교와 신념을 어떻게

대했는지 그의 비문을 보아도 잘 알 수 있다.

모든 종교의 신자들, 그들이 출가자이든 재가자이든, 모두를 존경합니다. 종교마다 기본 교리는 다를 수 있으므로 자신의 종교를 자랑하고 남의 종교를 비판하는 일은 삼가야 합니다. 자신의 종교를 선전하느라 남의 종교를 비난하는 것은 어떤 의도에서건 자신의 종교에 오히려 더 큰 해악을 가져다줄 뿐입니다. 조화가 최선입니다. 우리 모두 다른 사람의 가르침에도 귀기울이고 존경해야 합니다. 그리하면 자신의 종교가 발전하고 진리도 더욱 빛날 것입니다.

상대와 싸움을 그치고 다양성 속에서 조화를 이루는 세상을 꿈꾸었던 아소카 대왕. 그의 뜻을 실현하려는 삼소회원들에게 존경을 표한다는 듯이 프랑스에서 온 순례자들이 삼소회원들을 향해 합장했다. 이를 알 리 없는 삼소회원들의 침묵 명상은 계속되었다. 이교도까지 아낌없이 품어주는 넓은 품을 자랑하듯이, 천 년도 넘었음직한 나무 한 그루가 순례단의 그늘이 되어주고 있었다. 아소카 나무였다.

달라이 라마가 사랑한 단 한 사람

"거지들에게 돈을 주기 시작하면 온 동네 거지들이 다 달려들 겁니다."

인도에 막 도착한 순간부터 가이드는 순례객들에게 겁부터 주었다. 거지들이 손을 내밀어도 절대 돈을 주지 말라는 것이었다.

사르나트의 녹야원 부근에 버스가 도착할 때부터 아이를 안은 여인 서넛이 우리를 기다리고 있었다는 듯이 달려들었다. 여인들은 땟국이 흐르는 사리를 입고 있었다. 어린 아가들은 여인의 검은 팔에 끼여 대롱대롱 달려 있었다.

여인들은 눈치가 빨랐다. 가이드로부터 교육받은 대로 따르는 모범생들이 뻔해 별무소득이 될 것임을 눈치챈 듯했다. 그러나 어린 아이들은 여인들의 움직임에 상관없이 순례단을 따라나섰다. 마침내 불쌍한 아이를 보면 그냥 지나치지 못하는 마리아 수녀님이 걸으면서도 아이에게 따뜻한 미소를 보내더니, 기어이 사탕을 꺼내서 그 아이의 입에 넣어주었다.

스님들의 경우 대부분 인도 성지 순례를 경험했기에 인도의 걸인에 익숙했다. 더구나 4~5년 전만 해도 버스 한 대가 도착하면 수십 명씩 달려오던 걸인들은 이제 찾아보기 쉽지 않은 풍경이 되었다. 그만큼 걸인들의 수가 줄어든 것이다. 그래서 스님들은 애타는 마음이 예전보다 한결 덜해졌다. 그러나 인도가 초행인 수녀님들은 달랐다. 울퉁불퉁한 비포장도로 옆으로 아랫도리를 벗고 맨발로 콧물을 흘리며 따라오면서 자신들을 호기심 어린 눈으로 바라보는 아이들과 눈이 마주칠 때마다 눈물을 터트릴 것만 같았다.

부처님 성지의 대부분이 있는 비하르 주는 인도에서도 가장 낙후된 곳이어서 성지 주위엔 다리가 잘리거나 뒤틀린 몸으로 거리를 구르듯이 다니며 구걸을 하는 장애인들이 여전히 한둘이 아니었다.

"나 자신이 너무나 무력해요."

녹야원에서 시장에 갔다가 온몸이 문드러진 나환자를 본 마리아 수녀님이 마침내 눈물을 터트렸다.

순례단이 그처럼 가슴 아픈 사람들을 더 많이 볼 수 있었던 곳은 둥게스와리였다. 둥게스와리 산은 부처님이 깨달음을 얻은 부다가야에서 험한 비포장도로를 차로 한두 시간 달려가야 한다. 부처님이 6년 간 고행했던 곳이다. 둥게스와리 산 입구는 부처님이 수행할 당시 시체를 버리던 곳이었다고 한다. 그 일대엔 세상 사람들 속에서 살아갈 수 없었던 천민 중의 천민, 즉 불가촉천민들이 살고 있었다. 불가촉천민이란 인도의 카스트 제도에서 사성四姓에 속하지 않는 사람으로, 접촉할 수 없는 천민이란 뜻이다. 그 산 아래엔 한국의 불자들이 만든 수자타 아카데미가 있다. 정토회가 운영하는 초등학교, 중학교 과정의 학교다.

1994년 한국의 한 스님이 부처님이 고행했던 굴을 찾았다. 그는 아이들이 학교에도 가지 않고 산 입구에서 고행 굴까지 천 미터나 늘어 앉아 구걸하는 것을 목격했다. 그가 바로 정토회 법륜 스님이다. 학교가 하나 있긴 했지만 불가촉천민의 촌락인 이곳에 발령이 나면 교사가 부임을 거부하거나 아예 출근조차 하지 않아 사실상 폐교 상태였다. 법륜 스님은 마을로 내려가 주민들에게 땅을 내놓으라고 했다. 그러면 벽돌을 쌓아 학교를 지어 아이들을 가르치겠다고 제안했다. 그렇게 만들어진 게 수자타 아카데미다. 그러나 이곳은 당시만 해도 찻길조차 없고 강도마저 들끓어 안전을 전혀 보장받을 수 없는 치안 부재의 위험지대였다. 수자타 아카데미가 지어져 여건이 상당히 개선된 2002년에도 학교 건물을 짓던 한국인 자원봉사자 설성봉 씨가 강도들이 쏜 총에 맞아 그 자리에서 숨을 거두고 말았다.

수자타 아카데미를 생각할 때면 언제나 떠오르는 여성 수도자의 얼굴이 있다. 머리를 깎은 스님은 아니지만, 나는 그녀처럼 철저히

'출가한 사람'을 잘 알지 못한다. 자신이 가기를 원하는 곳이 아니라 자신을 필요로 하는 곳을 향해 한낱 돌멩이처럼 굴러간 사람이 바로 그녀였다.

이덕아 씨는 스물다섯 처녀의 몸으로 1994년 이곳에 홀로 왔다. 당시 이곳까지는 찻길이 없어서 가야에서 오려면 세 시간가량 풀숲을 헤치며 걸어야 했다. 그는 가야에서 위험한 이곳까지 홀로 걸어 다니며 아이들을 모아 먹이고 가르치기 시작했다. 떼강도를 만나 죽을 고비를 넘긴 것이 한두 번이 아니었다. 이곳에서 봉사는 처녀의 몸으로 순교를 각오한 것이나 다름없는 일이었다.

그런 동안에도 병에 걸려 죽거나 불구가 되는 아이들이 한둘이 아니었다. 그녀는 세상으로부터 방치된 거리의 아이들을 한 명씩 품에 안았다. 한 명 한 명 또 한 명, 그렇게 아이들이 그의 품으로 들어왔다. 걸인 아이 한 명이 그에게 인도였고, 지구였고, 우주였다.

그런 마음으로 수자타 아카데미가 세워졌다. 또 불가촉천민이 모여 사는 10여 개 마을에 유치원도 생겼다. 구걸밖에 배울 것이 없어 비천한 삶을 살아갈 운명이던 둥게스와리의 아이들은 이제 수자타 아카데미에서 공부를 하고 있다. 아이들은 그렇게 수천 년 동안 자신들을 묶어놓은 질곡의 삶을 스스로 헤쳐나갈 힘을 길러간다. 유치원 교사들은 모두 수자타 아카데미 졸업생들이다. 태어나면서부터 걸인으로 운명 지워졌다고 여겼던 이들이 이제 어엿한 유치원 선생님이 된 것이다.

2002년 10월 이덕아 씨를 만났을 때, 그는 수자타 아카데미에서 돌아와 아프가니스탄 난민 구호를 위해 떠날 준비를 하고 있었다. 오사마 빈 라덴의 본거지로 지목되어 미국의 침공 후 아수라장이 된 그 속으로 말이다. 사지에서 왔다가 다시 사지로 떠나려는 그 모습을 보고 안타까워하는 내게 그녀가 말했다.

"내가 무슨 대단한 일을 하거나 스스로를 대단한 존재로 여긴다면 무엇을 하든 두렵겠지요. 하지만 나 자신이 길거리의 돌멩이나 잡초라고 생각한다면 세상에 못 가고 못할 일이 어디 있겠어요."

불가촉천민들은 아직도 인도 사회의 뿌리 깊은 차별 속에 신음하고 있다. 순례단의 막내인 마리 코오르 수녀님은 그들을 본 뒤 수도 꼭지처럼 눈물을 쏟아냈다. 순례단은 한국에서부터 준비해 간 많은 학용품 등을 불가촉천민 아이들에게 전했다. 또 마실 물이 없어 갈증조차 제대로 해소하지 못하는 마을 사람들을 보고 인신 교무님은 가진 돈을 몽땅 털어 우물을 파주겠다고 나섰다. 자신은 무엇 하나 해줄 힘이 없던 마리아 수녀님이 눈물을 글썽이며 말했다.

"한국에 돌아가면 매일 밥 한 술을 이곳 아이들의 몫으로 남겨두고 기도하겠어요."

순례 중에 삼소회원들은 대부분 몸살을 앓았다. 기후 변화와 시차가 극심한 이 나라 저 나라를 밤낮으로 돌아다녀 무리한 탓도 크지만, 어쩌면 마음의 병이 몸의 병으로 나타났는지 모른다. 인도 곳곳에서 도움의 손길을 내미는 이들을 보고도 돕지 못하는 아픔이 몸의 아픔이 되곤 했다.

그래도 우리에겐 그들이 내민 한 손을 잡아줄 수 있는 손이 있다. 인도 캘커타의 빈민촌에서 가난한 사람들의 손을 잡아주던 그런 손이. 테레사 수녀는 이렇게 말했다.

난 결코 대중을 구원하려고 하지 않는다.

난 다만 한 개인을 바라볼 뿐이다.

난 한 번에 단지 한 사람만을 사랑할 수 있다.

한 번에 단지 한 사람만을 껴안을 수 있다.

단지 한 사람, 한 사람, 한 사람씩만……

진정한 사랑은 종교를 넘어 통하는 게 있다. 인도의 한 잡지가 얼마 전 인도인 5만 명을 대상으로 '가장 위대한 국민이 누구냐'고 물었다. 설문에서 간디는 제외했다. 간디를 넣고 설문조사를 하는 것은 불자들에게 부처님을, 기독교인들에게 예수님을 넣은 채 조사하는 것과 같기 때문이라고 한다. 간디 말고도 인도엔 수많은 성자와 현자, 위대한 정치인이 있다. 그러나 설문조사 결과 인도인들이 '가장 위대한 국민'으로 꼽은 사람은 작고 보잘것없는 외모의 한 여성 수도자였다. 건국의 아버지 네루 초대 수상보다 첫손에 꼽은 여인은 인도인도 아니고, 인도의 주류 종교인 힌두교인도, 무슬림도, 그렇다고 시크교인이나 자이나교인도 아니었다. 인도인들이 꼽은 그 여인은 세르비아 출신의 가톨릭 여성 수도자인 테레사 수녀였다.

테레사 수녀가 선종한 이후 인도에서 그런 자비와 사랑의 마음을 보여주고 있는 이가 달라이 라마다. 티베트 사람이 아닐지라도 달라이 라마를 보는 사람들은 자신도 모르게 눈물을 흘리곤 한다. 그리고 가슴이 열린다. 달라이 라마의 그 무엇이 막힌 가슴을 열어 누구도 사랑할 수 없던 사람을 사랑할 수 있는 사람이 되게 하는 것일까.

삼소회 순례단은 바라나시의 티베트 불교대학에서 달라이 라마를 친견했다. 30여 분 동안 달라이 라마의 자비로운 기운을 느끼고, 그와 어깨동무를 한 채 사진까지 찍고 나온 여성 수도자들의 얼굴이 하나같이 보름달처럼 환히 빛났다.

건물 밖으로 나오자 현관 앞에 티베트 불자 수백 명이 기다리고 있었다. 달라이 라마의 설법이 끝난 지 한 시간이 넘었는데도 차에 오르는 그를 한 번이라도 더 보기 위해서였다. 달라이 라마는 곧바로 다른 일정이 있어 차에 올라야 할 시간이었다. 그와 헤어지는 아쉬움을 달래지 못하고 삼소회 순례단도 현관 앞에서 자리를 뜨지 못했다. 그가 차에 오르는 모습이나마 더 보고 싶어서였다.

드디어 달라이 라마가 나왔다. 그 앞엔 달라이 라마가 탈 차가 대기하고 있었다. 그러나 그는 차에 오르지 않고 한 사람 앞으로 다가섰다. 사람들 중 가장 병들어 보이는 노인 앞이었다. 그 티베트 난민은 휠체어에 앉아 있었다. 달라이 라마가 다가오자 노인은 티베트 말로 뭔가를 얘기했다.

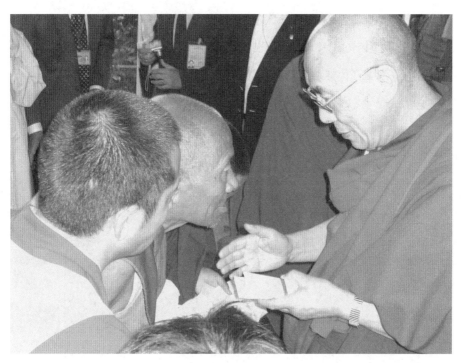

노인을 안아주는 달라이 라마　휠체어에 탄 노인의 말을 듣던 달라이 라마는 가슴으로 그를 꼭 껴안았다. 노인은 울먹였다. 노인의 오열이 멈출 때까지 달라이 라마는 한참 동안 그 자리에 그대로 서 있었다. 그의 사랑이 그 자리에 있던 수백 명의 가슴에 사랑의 불을 지폈다.

인도 히말라야 산간 다람살라에 있는 티베트 망명정부의 달라이 라마 궁엔 1950년 중국의 침공으로 지금은 중국 땅이 되어버린 티베트를 두고 넘어온 난민들이 많이 찾아온다. 히말라야를 넘어 천신만고 끝에 인도로 들어온 티베트 난민들과 달라이 라마가 만나는 방에선 숨죽인 흐느낌이 새어나온다고 한다. 그리고 달라이 라마는 난민들의 자녀가 갈 학교와 숙소 등을 그 자리에서 일일이 직접 챙긴다고 한다.

휠체어에 탄 노인의 말을 듣던 달라이 라마가 가슴으로 그를 꼭 껴안았다. 노인은 울먹였다. 그를 바라보며 달라이 라마는 한참 동안 그 자리에 그대로 서 있었다. 갈 길을 채근하는 관리들과 그의 손이라도 한 번 만져보고픈 수많은 사람들이 곁에 있었다. 삼소회의 여성 수도자들도 달라이 라마가 다시 한번 자신들을 바라보며 미소로 아쉬움을 달래주지 않을까 기대하며 서 있었다. 그러나 달라이 라마는 그 노인 앞에서 조금도 움직이지 않았다. 노인은 오열했다. 그리고 또 한참이 지났다. 노인의 오열이 멈추자 달라이 라마는 그를 다시 한번 가슴에 안았다. 그리고 차에 올랐다.

그를 태운 차가 떠났다. 하지만 삼소회원은 물론 그 누구도 달라이 라마가 노인 외엔 누구에게도 눈길을 주거나 손을 잡아주지 않았다고 아쉬워하는 사람이 없었다. 아쉬움은커녕 노인에 대한 그의 사랑이 그 자리에 있던 수백 명의 가슴에 사랑의 불을 지폈다. 묘한 울림이 수많은 이들의 가슴에 울려퍼졌다. 한국에서 온 여성 수도자들의 눈도 빨갛게 익어가고 있었다.

그 젖은 눈들이 말하고 있었다. 그 자리에서 달라이 라마가 가슴으로 안아주어야 했던 '한 사람'은 바로 그 노인이었다고.

식탁 위에서 벌어진 팽팽한 신경전

여행에서 먹는 즐거움이 빠져버린다면, 더구나 식탁에서 불편함을 느낀다면, 여행의 즐거움은 반감되고 고통은 배가될 게 뻔한 일이다. 힘든 여정을 소화해야 하는 순례에서도 먹는 일은 중요했다.

순례단은 인도에 처음 도착했을 때 녹야원으로 가는 길에 바라나시의 인디아 호텔에서 점심을 먹었다. 인천공항을 떠난 지 스물네 시간 만에 파김치가 돼 도착했기에 이럴 땐 김치찌개나 된장찌개를 먹어주는 게 몸에 대한 예의 같았다. 그래서였을까. 인도의 커리(카레)엔 숟가락조차 대는 사람이 없었다.

식사를 끝내고 녹야원을 향해 가던 중 스님들 가운데 가장 나이가 많은 좌장 격인 본각 스님이 나섰다. 스님은 버스 안에서 마이크를 잡고 고향 음식을 그리워하는 순례단의 미망을 깼다.

"여러분은 참으로 복덕이 넘치십니다."

스님이 갑자기 순례단을 추켜세웠다. 중앙승가대 교수인 스님은 2002년에 학인(학생) 스님 30명을 데리고 부처님 성지 순례를 왔다고 했다. 사람은 많고 돈은 부족하니 순례 비용을 최소한으로 줄이려고 가급적 음식을 사먹지 않기로 했단다. 쌀만 가져오면 밥은 게스트하우스에서 해먹을 수 있으므로 한국서 만든 반찬을 스물한 상자나 차에 싣고 다녔다고 한다.

2000년에 나도 17일 간 그런 식의 성지 순례를 한 적이 있어 스님이 말한 여행에 대해 바로 감이 왔다. 100여 명의 순례객과 함께 한국에서 조별로 가져온 밥통에다 밥을 해먹으며 다녔다. 밤에 게스트하우스에 들어가면 쌀을 씻어 밥통에 안쳐놓고 잠자리에 들었다. 그러곤 새벽에 일어나자마자 밥통의 전기 코드를 꽂아 밥을 해먹고선 점심까지 든 밥통과 한국에서 가져온 반찬통들을 버스에 싣고 순례에 나섰다. 현지식을 거의 먹지 않고 비용을 최대한 아끼기 위해서였다. 그렇게 내가 함께했던 성지 순례단이 절약한 돈은 인도의 불가촉천민들을 위해 쓰였다. 순례자들이 기쁘게 선택한 '가난한 여행'이었다.

본각 스님과 학인 스님들도 그처럼 짜게 순례를 한 모양이었다. 인도 땅을 돈 지 일주일이 되도록 현지식 한 번 먹어보지 못했다니. 아무리 돈도 돈이지만 그래도 인도에 왔으니 카레 한 번 먹어보자며 일주일 만에 현지 식당에 들어갔다고 한다. 스님은 일주일 간 같은 반찬만 먹으며 물려 있던 차에 돈 내고 먹는 카레가 얼마나 맛있었던지 세 그릇이나 먹었단다. 그래서 "여러분은 단 하루 만에 인도의 카레를 먹었으니 얼마나 복이 많으냐"는 얘기였다.

그러나 본각 스님의 말씀도 무색했다. 저녁에 다시 그 호텔에 인도 음식을 먹으러 가자고 하자, 순례객들 대부분이 절에서 엉덩이를 떼려고도 하지 않았다. 한국 절에서 한국 음식을 해먹으려는 것이었다.

"아, 김치찌개 먹고 싶어."

한 수녀님이 어리광 피우듯 김치찌개 타령을 했다. 인도에 온 지단 하루 만에 한국 음식 타령이었다. 누구나 받아줄 구석이 있을 때 어리광도 피우는 법. 수녀님의 응석에 미소를 지은 이가 있었다. 특급 요리사인 선재 스님이었다. 스님은 불교 텔레비전과 대학에서 요리를 가르치는 사찰 음식의 대가이다. 그런 스님이 음식 가방을 따로 챙겨 가져왔는데, 함께 순례하는 중생들을 먹여 살리기 위한 비책이었다. 스님은 가져온 묵은 김치에 각종 양념을 넣고 볶아서 내놓았다.

"누가 인생을 고苦라 했던가?"

부처님은 삶을 고라 했는데, 김치볶음과 누룽지를 본 수도자들은 고통을 싹 잊어버린 것이 분명했다. 그래서 영화 〈웰컴 투 동막골〉에서 인민군이 촌장 할아버지에게 언성 한 번 높이지 않고 마을을 이렇게 잘 다스리는 비결이 뭐냐고 묻자 촌장님이 그러셨던 것일까. "잘 멕여야지요!"라고.

선재 스님 말고도 또 음식을 철저히 준비해온 이들이 있었으니, 바로 원불교 교무님들이었다. 형일 교무님도 선재 스님 못지않게 큰 음식 가방을 둘러메고 왔다. 간편하게 빵으로 요기를 하는 문화에도 익숙한 수녀님들이야 한국 음식만을 고집하지는 않았다. 하지만 스님들과 원불교 교무님들은 역시 토종이었다. 그런데 정작 토종들끼리 식탁 위에서 차이가 불거지기 시작했다.

"이 김치는 오신채가 들지 않은 김치예요."

선재 스님이 김치를 내놓으며 오신채를 넣지 않은 김치라고 소개했다. 사찰에선 음식에 오신채를 넣지 않는다. 오신채란 마늘, 파, 부추, 달래, 홍거 등 다섯 가지 채소로 음욕을 돋운다 해서 금하고 있다.

식탁에 나란히 놓인 두 김치를 수녀님과 교무님들은 번갈아가며 먹었지만, 스님들은 선재 스님이 마련한 김치만을 먹었다. 스님 중엔 예의상 교무님이 담아온 김치에도 젓가락질을 하고 싶었던 분이 없지 않았을 것이다. 그러나 선재 스님이 얘기를 안 했으면 모르되, 오신채를 넣지 않은 김치를 식탁에 내놓았는데 그것을 놔두고 다른 김치를 먹기도 부담스러운 일이었다. 그러다 보니 교무님들이 내놓은 김치는 한 식탁에 놓였음에도 스님들로부터 젓가락질 한 번 받지 못한 채 차별당하는 신세가 되고 말았다. 그 김치의 설움은 곧 교무님들의 설움이 될 것이 불을 보듯 뻔한 일이었다.

일은 거기서 그치지 않았다. 부처님이 깨달음을 얻은 부다가야의 숙소에서였다. 한국의 칼칼한 토종 음식에 목말라하는 이들을 위해 교무님 중 한 분이 비장의 무기를 꺼냈다. 젓갈이었다.

"부처님 성지를 순례하러 오면서 꼭 그런 음식을 가져와야겠어요?"

한쪽에선 환호하며 군침을 삼켰지만 한 스님이 그렇게 꾸중하고 나선 것이다. 청결한 몸과 마음으로 부처님 성지를 순례하고픈 스님의 지적이었다. 그러나 원불교 교리상으로는 젓갈을 먹는 것이 아무 문제도 없었다. 긴 여행에 지친 순례객들의 메스꺼운 속을 달래줄 자비심으로 젓갈을 준비해온 교무님으로선 황당한 일이었다.

식탁에서 스님으로부터 꾸중 아닌 꾸중을 들은 것은 교무님만이 아니었다.

"기독교인은 고기를 많이 먹는군요?"

식당에서 나온 고기를 먹던 수녀님에게 스님이 이렇게 물은 것이다. 질문에 대한 답은 없었다. 무거운 침묵이 흘렀다. 그 뒤로 식탁의 김치와 젓갈과 고기는 더욱더 천덕꾸러기가 되고 말았다.

동막골 촌장님 말씀처럼 '잘 먹어주어야 할' 음식상에서부터 탈이 나기 시작한 것이다. 먹자니 눈치가 보이고, 안 먹자니 배가 울었다. "누가 인생을 고라 했던가"라며 즐겁기만 했던 식탁은 "인생은 고가 틀림없다"는 분위기로 바뀌고 말았다.

과연 불교의 식습관은 어떤 것일까. 부처님 당시엔 육식을 하지 않는 것이 기본이었다. 그러나 육식을 허용한 예외적인 경우도 있었다. 병든 자가 약으로는 먹을 수 있게 한 것이다.

현재는 불교 안에서도 교파에 따라 크게 다르다. 같은 불교라도 지역과 기후, 풍토, 전통 등에 따라 다른 종교들만큼이나 식습관에 차이가 있다. 티베트의 경우 채소 등 먹을 것이 거의 없는 히말라야 고산지대에서 살아가기에 불교도도 야크 고기나 양고기를 먹는다.

아직도 탁발 문화가 남아 있는 미얀마나 타이, 라오스, 캄보디아 등 남방 불교권에선 부처님 당시 모습과 가장 유사하다. 그들은 티베트 스님들처럼 직접 고기를 구해서 먹지는 않는다. 그러나 탁발할 때 시주자가 주는 음식을 고기라고 거부할 수도 없다. 음식이 좋건 나쁘건, 자기가 선호하는 것이건 아니건 시비하지 않고 주는 대로 받는 전통에 따른 것이다.

미얀마 승가에 출가해 6년 동안 수행하고 돌아온 한 스님으로부터 들은 얘기다. 오랫동안 채식을 한 탓에 속에서 고기를 받아들이지 못하는데, 처음 탁발을 나갔을 때 탁발 그릇에 비계 덩어리가 담겼다. 비계가 역겨워 먹기 어려웠지만, 그는 주는 대로 먹을 수밖에 없었다.

육식에 대해 가장 거리를 두는 것은 북방 불교다. 대만이나 중국에선 스님들이 고기를 먹는 것을 보기 어렵다. 한국의 절에서도 육식을 철저히 금한다. 그러나 규율을 중시해 모든 스님들의 동질성이 두드러진 남방 불교나 티베트 불교와 달리, 자유자재한 선禪의 가풍이 두드러진 한국에선 스님들이 일반 대중과 다름없이 같은 식탁에서 음식을 가리지 않고 먹는 경우도 적지 않다. 절에선 원칙적으로 계란도 먹지 않지만, 환자나 쇠약한 노스님을 봉양하기 위해 사용하는 경우도 있다. 이럴 땐 '계란'이란 말 대신 '흰 감자'라는 은어로 부른다. 이처럼 일반적으로 금하는 것이 약으로 사용되는 경우도 있어서, '눈치가 빠르면 절간에서도 젓국을 얻어먹는다'는 속담이 생긴 것이다.

절 밖으로 나서면 비구 스님들은 갈수록 음식을 특별히 규제하지 않는 경향이 있는 데 비해 비구니 스님들은 규율을 더 엄수하려는 경향이 짙다.

대중과 같이 먹을 때나 혼자 먹을 때나 자신과의 약속에 철저한 수행자를 보면 절로 고개가 숙여진다. 그러나 스님들과 자주 식사를 하는 나로선 식탁에서 나처럼 '편식' 하지 않고 골고루 먹는 스님이 아주 편하게 느껴지는 것도 사실이다.

그렇지만 선재 스님이나 혜성 스님이 해외에 나와서까지 오신채를 금하며 '다소 유별났던 데'에는 그만한 까닭이 있었다. 어려서부터 병약해 큰 고비를 넘겼던 혜성 스님은 육식은 물론 생소한 양념조차 몸에서 받지 않는 체질을 가졌다. 순례 중에 무슨 양념이 든 줄도 모르고 맛을 보았다가 온몸에 두드러기가 나서 고생한 적이 한두 번이 아니었다. 선재 스님이 사찰 음식의 대가라면 혜성 스님은 전통 차의 명인이다. 명선차인회 이사장이기도 한 혜성 스님은 자신의 독특한 체질을 보호하면서 차에 대해서도 달인이 된 듯했다. 혜성 스님만큼은 아니지만 선재 스님도 몸 자체가 절에서 먹는 음식 외엔 받지를 않았다.

식탁에서 미묘한 차이가 불거진 데다 스님들은 거의 특이 체질이고 보니, 식탁은 저절로 스님 식탁과 다른 순례객들 식탁으로 구분되었다. 가장 쉽게 어울릴 수 있는 식탁에서 수녀님과 교무님은 함께 둘러앉아 어울렸지만, 스님들은 다른 식탁에서 따로 '그들만의 음식'을 먹어야 했다.

식탁에서 종교 간 차이가 나는 게 어디 한국뿐일까. 인도의 종교들도 마찬가지다. 힌두교 성직자 계급인 브라만은 순수하게 채식을 한다. 인도를 여행할 때 가끔 시장에서 양고기나 닭고기를 사서 요리를 해먹은 적이 있는데, 시장에서 그런 고기를 파는 사람들은 백이면 백 무슬림이었다.

또 가끔 깨끗한 음식점에 가보면 머리에 터번을 쓴 시크교인들은 탄두리 치킨과 같은 고기들을 양껏 시켜놓고 먹었다. 시크교인들은 서양인들과 다름없이 육식 위주의 식사를 했다. 그래서 그들은 덩치가 크고 힘이 세다. 인도 인구의 2퍼센트에 불과하지만 매스컴에서 보듯 인도의 대통령이나 총리 주변의 경호원과 군인, 경찰 중엔 터번을 쓴 시크교인이 많다. 채식을 주로 하는 힌두교인들과 달리 그들은 육식을 주로 하는 탓에 체격이 좋아 무인으로 적합하기 때문이다.

인도에서는 다른 나라에선 상상하기 어려운 '자유'가 허용되기도 한다. 군대에서도 시크교인들이 군인 모자 대신 터번을 쓰는 것이 허용될 뿐 아니라, 식당에선 채식과 육식으로 분리해 자신의 종교와 식습관에 따라 선택할 수 있게 한다.

브라만이 아닌 힌두교인들도 소고기는 먹지 않는다. 그러나 가본 사람들은 누구나 느끼듯, 인도는 소 천지다. 왜 그렇게 소를 많이 키울까. 인도에선 우유가 아니면 영양분을 섭취할 길이 많지 않다. 그러므로 우유는 인도인들의 기초 영양분인 셈이다.

힌두교에선 소를 지극히 숭상한다지만 우유를 얻기 위한 비극적인 장면도 있다. 송아지를 박제해서 외양간에 매달아 두는 것이다. 그러면 어미 소는 온종일 자신이 낳은 송아지를 바라보며 모성애가 자극돼 주려야 줄 수도 없는 새끼를 위해 젖을 생산해낸다. 소고기는 안 먹는다지만 이렇게까지 어미 소를 애통하게 만들어야 하는 것일까.

모든 생물을 배려하는 데까지 갈 것도 없이, 배려의 대상을 인류로 한정한다 하더라도 가장 바람직한 것이 채식이라는 데에는 이견이 없다. 아직도 지구상에서 수십억이 굶주리고 있는 마당에 그들에게 가야 할 식량의 상당량이 선진국 사람들의 육식을 위해 기르는 짐승의 사료로 쓰이기 때문이다.

하지만 자비심의 발로가 아닌 교리적 도그마는 언제나 위험하다. 차이를 모르면 무지하게 되고, 무지는 몰이해와 갈등을 낳고 싸움을 불러와 생명에 대한 더 큰 해악으로 이어지기 때문이다.

　인도의 초대 총리를 지낸 네루가 우리의 마지막 순례지인 이탈리아 로마로 무솔리니를 방문했을 때의 일화가 생각났다. 2차 대전을 일으켜 세계를 불바다로 만든 무솔리니지만 식탁에선 유럽까지 와서 그 좋은 포크와 수저를 두고 손으로 식사하는 네루가 불결해 보였던 모양이다. 다른 문화에 대한 편견은 상대를 무시하고 자신의 문화나 신념을 강요하게 마련이다. 혀로 맛보기 전에 손맛을 보아 일거이득을 한다는 인도인들의 슬기와 자긍심을 알 길 없는 무솔리니가 음식 묻은 네루의 손을 지저분하다는 듯이 바라보며 물었다.

　"손으로 식사하면 더 좋은 게 있습니까?"

　그러자 네루가 일침을 가했다.

　"총통께선 잠자리에서 낀 게 좋습디까, 그냥 하는 게 좋습디까?"

성불에 남녀가 따로 있는가

순례단이 바라나시를 떠나 부다가야에 가서 부처님이 깨달음을 얻은 대탑을 참배하고 나올 때였다. 어디선가 많이 본 듯한 가냘픈 얼굴이 점점 가까이 다가왔다. 분명했다. 히말라야에서 보았던 그 비구니 스님이었다. 그 스님 옆엔 더욱 앳돼 보이는 두 비구니 스님이 있었다. 속가 친동생들인데 둘 다 출가했다고 비구니 스님이 말했다. 부처님의 땅을 밟아본 적이 없는 어린 두 동생 스님을 데리고 인도 성지 순례에 나선 길이었다.

내가 그 스님을 만난 것은 2년 전 혼자서 인도 전역을 순례할 때였다. 난 히말라야의 알프스로 알려진 마날리의 한 마을에서 『오래된 미래』란 책에 그려진 오지인 라다크로 넘어가는 차편을 구하고 있었다. 막 겨울 한파가 시작될 무렵이어서 티베트 접경 지역인 라다크로 가는 차편이 거의 끊겨 있었다. 그런 어느 날 새벽 내가 묵은 게스트하우스에 가냘프게만 보이는 젊은 비구니 스님이 찾아왔다. 라다크에서 다른 여행객들과 함께 지프를 빌려 타고 넘어오는 길이라고 했다. 그리고 라다크엔 벌써 눈이 많이 내려 자신이 타고 온 차를 마지막으로 길이 폐쇄됐다고 했다. 마날리에서 라다크로 가는 길이 끊겨버린 것이다. 그는 꽁꽁 언 몸을 녹이며 몸을 추스르고, 난 라다크 대신 갈 곳을 고민하는 사이 우린 며칠 간 같은 게스트하우스에서 보냈다. 스님과 함께 야채 가게에서 채소를 사다가 김치를 담그고 부침개도 해먹었다.

며칠 뒤 스님과 달라이 라마 궁이 있는 다람살라까지 동행했다. 그곳에서 난 티베트 명상 센터로 들어갔다. 다람살라를 떠나기 앞서 스님이 명상 센터로 나를 찾아왔다. 스님은 남인도에 있는 티베트 대학을 둘러보러 간다고 했다. 우리의 행복한 동행은 그래서 다람살라에서 끝이 났다.

스님과 함께하면서 한없이 여리지만 또 한편으론 차돌처럼 단단한 비구니 스님의 진면목을 보았다. 인도를 여행하면서 난 비구 스님들보다 한국의 비구니 스님들을 더 많이 만났다. 아무래도 비구니 스님들은 경제력 등 여러 조건에서 비구 스님들에 비해 열악하게 마련이다. 1970~80년대 외국 여행이 흔치 않았던 시절엔 인도에서 배낭여행을 하는 스님이라면 십중팔구 비구 스님이었다. 그러나 1990년대 이후엔 배낭여행과 같은 고행을 하는 비구 스님들은 많지 않다. 이제 비구 스님들이 하려 들지 않는 배낭여행은 비구니 스님들 몫이 되었다. 그 전엔 외국에 나갈 엄두를 내지 못했던 가난한 비구니 스님들이 지난날 비구 스님들이 그랬듯이 배낭여행에 나서기 시작한 것이다.

하지만 남자도 쉽지 않은 인도 배낭여행을 여성의 몸으로, 그것도 최소한의 비용으로 한다는 건 보통 고행이 아니다. 그럼에도 용감하게 고행을 자처하는 비구니 스님들이 적지 않았다.

대탑 앞에서 세 자매 스님은 나를 보기 전에 다른 지인을 먼저 발견한 모양이었다. 본각 스님이었다. 그들은 본각 스님과 손을 마주 잡고 반가워 어쩔 줄 몰라 했다. 그는 본각 스님의 중앙승가대 제자라고 했다. 그 스승에 그 제자였다. 본각 스님네도 '스님 가족'이다. 본각 스님의 두 오빠와 세 언니까지 모두 육남매가 스님이 되었다. 순례단 가운데 진명 스님도 여동생이 출가해 자매 스님이다. 스님들 세계에선 그런 경우가 적지 않다. 열반한 일타 스님의 경우 일가족 30여 명이 출가했다. 본각 스님의 오빠는 성철 스님의 맞상좌이고, 그의 언니 스님도 비구니계에서 내로라하는 선승이다.

본각 스님은 2004년 우리나라에서 세계여성불자대회를 주도했던 인물이다. 이 대회에서 본각 스님은 『나는 여성의 몸으로 붓다가 되리라』는 책으로 유명한 영국 출신 티베트 스님 텐진 빠모와 함께 추진위원장을 맡았다. 여성불자대회는 지금까지 소외되고 차별받던 비구니 스님들의 본래 면목을 되찾기 위한 행사였다.

2,500여 년 전 부처님은 당시 노예보다 못한 취급을 받던 여성들의 출가를 허용했다. 계급과 성에 대한 차별이 엄격한 사회에서 "모든 인간에게 불성이 있다"는 평등 선언, 인간 해방 선언을 했던 깨달음의 자리가 바로 대탑이다. 그런데 난 이 대탑 앞에서 6년 전 당황했던 기억이 있다.

그때도 나와 성지 순례를 함께 했던 이들 중엔 여러 분의 비구니 스님이 있었다. 대탑 안 불상에 예배하기 위해 탑 안으로 들어가려는 순간 한국의 젊은 비구 스님 두 분이 서 있었다. 비구 스님들은 삼십대쯤으로 보였다. 비구 스님들을 보자 함께 갔던 한 비구니 스님이 사람들이 그렇게 많은 그 자리에서 맨바닥에 엎드려 절을 했다. 세납 예순이 다 된 비구니 스님은 그렇게 삼배를 했고, 삼십대 비구 스님들은 그대로 서서 합장한 채 절을 받았다. 다른 비구니 스님들은 절을 할 타이밍을 놓쳐 이러지도 저러지도 못한 채 당황한 모습이었다.

"비록 백 살 먹은 비구니라 하더라도 이제 갓 출가한 비구를 보거든 마땅히 일어서서 맞이해 절하고, 깨끗한 자리를 권하여 앉게 해야 한다."

남녀 평등으로 가는 현대사회에서 납득하기 어려운 이 말은 비구니의 계율을 명시한 팔경법의 한 조항이다. 어떻게 말도 안 되는 것 같은 이런 차별 조항이 생겨난 것일까.

부처님이 깨달음을 얻은 후 6년 만에 지금은 네팔 땅인 고향 카필라 성을 방문했을 때다. 아버지는 세상을 떠났고, 생모인 마야 부인의 동생이자 그의 새어머니였던 마하파자파티와 부인이었던 야소다라 등 500여 명의 여인이 출가하기를 원했다. 그러나 부처님은 출가를 허락하지 않고 바이샬리로 떠나버렸다. 그러자 500여 여인도 스스로 머리를 깎고 맨발로 걸어 바이샬리까지 따라갔다.

부처님의 사촌동생으로 곁에서 시봉했던 아난 존자가 맨발로 그곳까지 따라온 여인들의 처참한 모습을 보고 가슴 아파하며 부처님께 물었다.

"여성은 출가해서 성불할 수 없습니까?"

"여성들도 수행하면 남성과 똑같이 성불할 수 있다."

이에 아난 존자는 여성의 출가를 받아들일 것을 간청했고, 부처님은 마침내 여성의 출가를 허용했다. 여성 출가 선언은 여성 해방 선언이나 다름없었다.

남녀 차별이 엄연했던 인도 사회에서 여성의 출가는 충격적인 것이었다. 교단 내부에서도 부처님 열반 뒤 아난 존자가 부처님께 여성의 출가를 허용해주도록 간청했다는 이유로 많은 비판에 직면한 것을 보면 '여성 해방'이 얼마나 요원한 일인가를 알 수 있다. 결국 여성 차별이 극심했던 인도 사회의 전통적인 관성으로 불교조차도 되돌아가고 말았다. '여성은 성불할 수 없다'는 전통 관념에 따라 끝내 여성 교단이 폐지되고 만 것이다.

초기 불교의 전통을 그대로 이어온 미얀마, 라오스, 캄보디아, 스리랑카 등 근본불교(상좌부 불교)권에선 여성의 출가를 여전히 허용하지 않는다. 성직자가 아닌 수행자로만 인정할 뿐이다. 그나마 한국과 타이베이 등 대승불교권과 티베트 불교에서는 여성의 출가를 허용해 비구니 교단이 존재한다.

부처님이 여성의 출가를 허용하면서 팔경법을 둔 것은 당시 인도 사회에서 여성들만의 공동체로 둘 경우 안전을 보장하기 어려워 비구들의 보호를 받도록 하기 위한 방편이었을 것으로 추정된다. 그래서 진보적인 비구니 스님들은 부처님이 열반하실 때 소소한 계율은 버리라 했으니, 당시 인도의 가부장적인 상황에 대처해 만든 팔경법은 이 시대엔 맞지 않으므로 폐지해야 마땅하다는 주장을 펴고 있다.

만약 비구니 스님들이 없다면 한국 불교는 어떤 모습일까. 한국 불교계에서 비구니 승가는 없어서는 안 될 조직으로 자리 잡은 지 오래다. 비구니 스님들은 비구 스님들로부터 숱한 차별을 받으면서도 인욕과 자비로 승가의 내실을 다져왔다.

한국 불교를 이끄는 조계종 소속 1만 2천여 명의 스님 가운데 절반이 비구니 스님이다. 그럼에도 25개 교구 본사의 주지를 비롯해 웬만한 사찰은 거의 비구 스님들이 차지하고 있다. 게다가 우리나라의 유교적인 풍토로 인해 신자들의 보시도 비구 사찰에 쏠리기 일쑤다. 일부 비구 스님들이 종권 다툼으로 승가의 위상을 크게 추락시키는 사이, 수많은 비구니 스님들은 말없이 텃밭을 일구고 손

수 지게를 지고 나무를 해가면서 수행을 하고 사찰을 꾸려왔다.

그러면서도 승가 내부에 엄연한 남녀 차별의 분위기 때문에 비구 스님에게 절을 빼앗겨도 제대로 항변조차 못했다. 제 목소리를 냈다가는 비구 스님들로부터 정을 맞기 쉬워 대중 앞에 얼굴을 내미는 것조차 꺼렸다.

그러니 비구니 스님이 되기 위해 갓 출가한 행자들이야 더 말해 무엇할까. 본각 스님과 선재 스님, 혜성 스님, 진명 스님 모두 그런 모진 세월을 이겨냈다. 이제 본각 스님뿐 아니라 선재 스님, 혜성 스님, 진명 스님 모두 사회활동을 하며 마음껏 기량을 펼칠 만큼 시대가 변했다. 비구니 스님인 대행 스님이 설립한 한마음선원은 한국에서 가장 많은 신도를 이끌고 있다. 깊은 산사에서도 점차 비구니 수행 도량이 어엿한 틀을 잡아가고 있다. 명성 스님은 경북 청도 운문사를 무려 300여 명이 모여 공부하는 세계 최대의 비구니 도량으로 가꾸었다. 또 일운 스님은 1990년대 삼십대 후반의 나이로 퇴락한 경북 울진 불영사에 들어가 불과 15년 만에 100여 명이 모여 참선하는 동해 제일의 참선 도량으로 일궈냈다. 각 사회복지 시설과 포교당에도 능력을 발휘하는 비구니 스님들이 크게 늘고 있다.

선방에서 비구 스님들이 경허선사의 파격을 본 따 이따금 해이해진 면모를 보이기도 하지만 비구니 스님들은 더욱더 엄격하게 수행에 임한다. 선방에 좌정한 비구니 선객들에게서 나는 출격 장부의 모습을 보곤 한다.

그럼에도 여전히 비구니 스님 스스로 한계를 자초하는 경우도 적지 않다. 차별이란 어쩌면 남으로부터 차별받기 이전에 자기가 이미 자신을 한정짓기 때문에 비롯되는 것인지도 모른다.

나와 절친한 한 비구 선승이 들려준 얘기다. 어느 큰스님이 열반하신 뒤 장례식장에서 있었던 일이다. 나이 많은 비구니 스님이 "왜 내 자리를 이렇게 뒤쪽에 배정했느냐, 비구니라고 차별하느냐"고 비구 스님에게 따지더란다. 그때 다른 비구니 선객이 일어나 그 스님에게 호통을 쳤단다.

"네가 큰스님이면 네가 어느 자리에 앉든 그 자리가 큰스님 자리인 게야. 어디 와서 자리 타령이야."

그렇게 호통을 치고 나서 비구니 선객이 자신에게 눈을 찡긋 하며 윙크를 하더란다. 그 비구니 선객의 말이야 틀린 데가 없고, 호방한 선객의 풍모를 내보인 것으로 볼 수도 있다. 하지만 나는 아무래도 그 언행이 같은 약자인 비구니 스님을 내리쳐 젊은 비구에게서 점수를 딴 것 같아 마뜩찮은 느낌이 들었다.

내가 진정으로 기대하는 것은 열등감이나 반감의 양변에서 벗어나 진정한 무차별과 평등을 깨달은 스님이다.

여성은 이 생에 공덕을 쌓아서 다음 생에 남자로 태어나야 성불할 수 있다는 등 여성 출가자에 대한 숱한 편견에도 불구하고, 여성이 성불할 수 있다는 부처님의 가르침은 『법화경』과 『승만경』 등 많은 경전에 나와 있다.

우리의 본체는 과연 무엇일까. 남자일까, 여자일까. 비구일까, 비구니일까.

『유마경』의 「관중생품」에서 지혜 제일인 사리불과 법거량을 벌인 천녀는 요술을 부려 사리불의 몸을 여자로 바꿔버린 뒤 이렇게 말했다.

"마치 사리불님이 본디 여자가 아니지만 여자의 몸을 나타냈듯이, 모든 여자들 또한 여자의 몸을 가졌지만 여자가 아닙니다. 그러므로 부처님께서는 모든 법이 남자도 아니요, 여자도 아니라고 말씀하셨습니다."

우리의 본성은 남자도 여자도 아님을 보여준 것이다.

남자도 여자도, 비구도 비구니도 아닌 세 자매 스님은 대각을 이룬 부처님의 길을 따르기 위해 이미 몇 달째 대탑에서 머무르며 일념으로 정진하고 있었다. 그 가난하지만 청정한 세 자매 스님에게 여비의 일부를 헐어 보시를 했다. 그러자 세 자매 스님은 향 좋은 염주와 휴대폰 고리를 사서 내 손에 쥐어주었다.

순례단이 부다가야를 떠나올 때 세 자매 스님은 다시 대탑으로 가고 있었다. 버스는 속절없이 속도를 냈지만, 내 마음은 대탑 속으로 들어가는 세 스님을 향해 깊이 고개 숙여 합장하고 있었다.

'스님, 꼭 성불하소서.'

살아 있는 아수라장

"이승에서 아수라장을 보고 싶다면 델리의 찬드니초크에 가보라."

인도에 가는 사람들에게 나는 먼저 찬드니초크에 가보라고 권했다. 명상과 인도에 대한 막연한 환상을 깨트려주기에 더할 나위 없는 곳이기 때문이다. 그런 사실적인 삶의 현장을 보고 아수라를 체험해야만 왜 인도인들에게 명상과 성자가 필요한지를 직접 체득할 수 있으리라 생각하기 때문이다.

가야에서 야간 기차를 탄 순례단은 좁디좁은 3층 침대칸에서 토막잠을 자고 아침에서야 델리 역에 도착했다. 밤에는 영국으로 가는 비행기를 타기 위해 공항으로 가야 했다. 그러니 델리에서 주어진 시간은 낮 동안에 불과했다. 애초 델리에서 잡힌 일정이 있었지만, 난 순례단을 그 아수라장으로 안내했다.

결국 '인산인해'가 과연 어떤 것인지 보여준 길에서 일행 중 한 명이 쌈짓돈을 한 푼도 남김없이 몽땅 소매치기 당하기도 했지만, 한국의 종교인들이 살아 있는 '인도의 종교 박물관'을 체험한 날이었다.

올드 델리의 상징인 찬드니초크는 붉은성 앞에 일자로 뻗어 있다. 붉은성은 '인도 건축물의 상징'처럼 여겨지는 타지마할과 아그라 성을 지은 이슬람 무굴 제국의 황제 샤자한이 1639년에 시작하여 1648년에 완성한 뒤 수도를 아그라에서 이곳으로 옮겨 왕궁으로 사용했던 곳이다. 3,000년 전의 고도이자 힌두교의 고장이던 델리는 1193년 델리 술탄국의 꾸뜹 웃 딘 에이백이 힌두 사원 스물일곱 곳을 파괴하고 그 자리에 이슬람 사원을 세운 뒤부터 힌두교도와 이슬람교도 간에 긴장이 가시지 않는 곳이다.

그러니 내가 3년 전 델리 역 앞 게스트하우스에서 고물 오토바이를 개조한 오토릭샤를 타고 붉은성에 가자고 했을 때, 릭샤꾼은 인도와 파키스탄 접경인 카슈미르에서 인도군이 총격을 가한 것 때문에 무슬림 50만 명이 시위를 벌여 난장판이라고 우기며 다른 곳으로 가자고 했다. 장거리를 뛰려는 릭샤꾼의 농간에 한두 번 속은 게 아니었기에, 그래도 가보자고 해서 찬드니초크에 갔다. 그랬더니 과연 릭샤꾼의 말대로 수십만, 아니 수백만 명의 인파가 운집해 있지 않은가. 그런데 알고 보니 무슬림 시위대가 아니라 언제나 이 거리에 있는 수많은 장사꾼들과 행인들이었다.

내가 순례단을 이곳으로 안내한 것은 인파 외에도 찬드니초크가 인도의 종교 박물관이나 다름없기 때문이다. 이곳엔 인도를 상징하는 힌두 사원과 이슬람 사원, 시크교 사원, 자이나교 사원이 한 지역에 '동거'하고 있다.

한 나라 안에 나름대로 힘을 갖춘 여러 종교가 공존하는 경우는 많지 않다. 유럽과 미주 국가는 기독교 국가이고, 중동과 아프리카와 남아시아 일부 국가는 이슬람 국가이고, 동남아시아 국가들은 불교 국가가 많다. 필리핀이 아시아에서 유일하게 가톨릭 국가나 다름없고, 이웃 일본만 해도 기독교 인구가 1퍼센트도 채 안 되며 불교와 신도神道가 주류를 차지하고 있다.

인도는 힌두교와 이슬람교와 기타 종교가 8 대 1 대 1의 비율로 섞여 있다. 힌두교인이 8억여 명이나 되기에 인도를 힌두교의 나라라고 하는 게 당연한 일인지 모른다. 그러나 이슬람교도가 10.8퍼센트에 불과해도 인구로는 1억하고도 1,000만이 넘는다. 기독교도 3.7퍼센트에 그치지만, 우리나라 개신교와 가톨릭 신자를 합친 1,300여만 명의 세 배나 된다. 또 시크교도 2,000만 명, 불교도 700만 명, 자이나교도 500만 명, 조로아스터교도 10만 명이다. 수적으로는 힌두교와 이슬람교에 비할 바가 못 되는 소수 종교들도 인도에선 무시할 수 없는 세를 지니고 있다.

벌레나 모기도 죽여서는 안 되는 철저한 아힘사(불살생)의 계율

찬드니초크 찬드니초크는 인도의 종교박물관이나 다름없다. 이곳엔 인도를 상징하는 힌두 사원과 이슬람 사원, 시크교 사원, 자이나교 사원이 한 지역에 '동거' 하고 있다. 찬드니초크 거리에서 베아타 수녀님이 무슬림 청년들과 대화하고 있다.

때문에 들에서 불가피하게 벌레 등 생명체를 죽일 수 있다 하여 농업시대부터 농사가 아닌 상업에 종사해온 자이나교인들은 수는 적지만 인도 경제를 쥐락펴락하고 있다. 조로아스터교도 수적으로는 10만여 명에 불과하지만, 인도의 경제 수도인 뭄바이를 터전으로 하고 있으며 인도 최대의 재벌인 타타 그룹 총수 등 부자들이 많다.

1국가 1종교로 통일된 나라는 종교가 다른 이웃 나라와 싸우느냐 아니면 조화롭게 지내느냐가 관건이지만, 인도처럼 1국가 다종교 사회에선 내부의 갈등과 조화가 더 큰 관심사이다.

인도에 대해 사람들이 갖는 막연한 생각 중 하나가 다종교 사회인데도 종교적으로 관용적이어서 여러 종교가 잘 지내리라는 것이다. 과연 그럴까.

2차 대전 이후 독립한 인도의 지도자들이 어떻게 세상을 떠났는지 살펴보기만 해도 그 실상을 엿볼 수 있다.

인도의 국부인 간디는 어떻게 생을 마쳤을까. 평생 비폭력을 부르짖었던 마하트마 간디는 이곳 델리에서 암살을 당했다. 간디의 가슴에 총탄을 안겨준 나투람 고드세는 재판정에서 끝까지 '종교적 신념'에 따른 행동이었다고 주장했다. 영국으로부터 독립하는 과정에서 힌두교의 인도와 이슬람교의 파키스탄으로 분열되는 것을 막기 위해 목숨을 건 단식을 감행하기도 했지만 힌두교 극우파는 이슬람과 화해하기보다는 분리를 원했다. 끝까지 같은 인도인으로서 함께 가자던 간디를 죽인 것도 그 때문이다.

그렇게 세상을 떠난 이가 간디 한 명으로 끝나지 않았다. 제2, 제3의 간디가 뒤를 이었다. 간디의 동지이자 인도 초대 수상을 지낸 네루는 간디를 존경해 딸 이름을 간디라고 지었다. 네루의 뒤를 이어 인도를 이끈 인디라 간디 수상이 바로 그의 딸이다. 그 인디라 간디는 시크교 성지인 황금사원을 점령한 대가로 자신의 경호원인 시크 교도에 의해 암살당했고, 비행기 사고로 숨진 인디라 간디의 아들 산자이 간디도 종교 분쟁 때문에 암살당했을 것이란 추측이 지배적이다. 이어 인도를 이끈 인디라 간디의 장남 라지브 간디 수상도 자살 폭탄 테러로 숨졌다. 그 뿌리에도 종교로 인한 갈등이 있었다. 한 나라 안에서 다종교가 공존하는 게 얼마나 어려운 일인가를 간디들의 잇따른 죽음이 말해주고 있다.

'나'와 다른 것은 이처럼 죽어 마땅한 것일까. 붓다와 예수 이후 가장 존경받는 간디조차도 '죽어 마땅한 사람'이 된 것을 보면, '죽어 마땅하지 않은 사람'은 이 세상에 한 명도 남아 있지 않은지도 모른다. 모두가 서로에게 죽어 마땅한 사람일 수 있다는 것이다.

부처님은 부다가야에서 깨달음을 얻은 뒤 '일체중생 개유불성一體衆生皆有佛性'이라 했다. 삼라만상에 있는 유정, 무정의 일체 생령이 모두가 이미 부처인데, 미혹해서 이를 깨닫지 못할 뿐이라는 것이다.

성서에선 하느님이 자신의 형상대로 인간을 만들었다고 한다. 인도인들은 범아일여梵我一如를 보편적인 진리로 받아들인다. 내가 곧 우주이며, 만물 하나하나가 곧 최고 실재인 브라흐만과 다르지 않다는 것이다.

모든 종교에서 나뿐 아니라 나와 다른 이들도 부처님이고, 하느님을 닮았으며, 최고 실재와 다르지 않다고 한다. 그런데 어째서 다른 종교, 다른 사람은 하느님을 닮은 자나 부처님이 아니라 악마로 여겨버리는 것일까.

종교는 부처님과 하느님을 바로 곁에, 또는 내 안에 두고도 이를 발견하지 못하는 어리석음을 경책하는 일화들로 넘친다. 우리나라에선 자장율사의 일화가 전해진다.

자장율사는 당나라에서도 최고의 고승으로 황제의 추앙을 받고 고국 신라에 건너왔다. 자장율사가 문수보살을 친견하기를 소원하고 태백산에 절을 짓고 기도 정진할 때였다. 한 늙은 거사가 남루한 옷을 입고 칡으로 만든 삼태기에 죽은 개 한 마리를 담아 가지고 찾아왔다. 그 늙은이는 시자더러 자장에게 안내하라고 했다. 그러자 시자는 "내가 어릴 때부터 스님을 시봉했어도 우리 스님의 이름을 함부로 얕잡아 부르는 이를 보지 못하였는데 거사는 누구기에 거친 말을 하는 거요"라고 불쾌해하며 자장율사에게 이를 고했다. 그러자 자장율사 역시 "미친놈 아닌가" 하며 시자에게 돌려보내라고 했다.

늙은이는 "아상我相이 있는 자가 어찌 나를 볼 수 있겠느냐"고 하며 돌아섰다. 그가 삼태기를 거꾸로 들어 사자보좌를 만든 뒤 그 자리에 올라앉았다. 그러곤 보좌에 앉은 채로 빛을 뿜으며 날아갔다. 자장율사가 그 소식을 듣고 달려나와서 빛을 따라 남쪽 고개에 올라가보았지만 문수보살은 벌써 멀리 떠나간 뒤였다.

불보살을 알아보지 못한 이가 어찌 자장율사뿐이랴. 위대한 성인인 원효대사 또한 초라한 행색으로 신라의 거리를 누빈 스승 대안대사의 진면목을 알아보지 못했다. 『주역』을 지은 주나라 문왕의 스승 강태공은 수십 년 간 강에서 낚시나 일삼던 하릴없는 노인네였고, 대원군은 사대문 안의 개 노릇을 했다. 경허선사는 술 마시고 여인네를 희롱하는 광인처럼 살다가 함경도에서 죽었다.

지금 내 앞에 '하릴없는 노인네'나 상갓집 개 노릇을 하는 '주정뱅이'나 광인 같은 비승비속의 중이 나타난다면 그의 진면목을 알아볼 수 있을 것인가. 지금 내 앞에 내가 머릿속으로 그리는 휘황찬란한 붓다나 예수의 모습의 아니라 걸인이나 장애인의 형상으로, 또는 흑인이나 외국인 노동자와 같이 다른 국적을 가진 사람으로 다른 종교인의 복장을 하고 나타난다면 그를 알아볼 수 있을 것인가. 참으로 자신할 수 없는 일이다. 누구나 간직한 불성을, 누구에게나 빛나고 있는 내면의 영성과 그대가 간직한 아름다움을 볼 줄 아는 눈이 아직은 미약한 때문이다. 그러나 누구에게나 내면에 아름다움이 있고, 인간은 그 아름다움을 볼 수 있는 마음의 눈이 있지 않은가.

부처님은 꽃을 들었고 가섭은 웃었다. 그들은 왜 꽃을 들었고, 왜 그처럼 아름답게 웃었을까. 부처님이 들었던 것은 다만 꽃이었을 뿐인가. 그를 지탱해준 땅이자 그를 살려준 물이며, 비이며, 바람이 아닌가. 들판과 정원의 수없이 다른 꽃들과 풀처럼 생명 하나하나가 바로 부처님과 가섭존자가 염화미소를 짓던 '제 나름의 우주'이자 부처님이 아닌가.

그때 그 꽃을 통해 부처가 드러났듯이 나와 너, 그리고 그대도 모두 각자를 통해 불성과 신성을 표현하고 있을 뿐이다. 사과나무는 사과 열매를 맺고 민들레는 민들레꽃을 피운다. 사과나무는 사과나무대로, 민들레는 민들레대로 자기다움이 가득 찼기에 '아름(我 : 나 아, 凜 : 가득찰 름)'다운 것이다. 만약 사과나무가 사과 열매를 맺기보다는 민들레를 부러워하거나 질투한다면, 민들레가 민들레꽃을 피우기보다는 사과나무를 시샘하며 사과 열매 맺기를 원한다면 그처럼 고통스러운 일은 없을 것이다. 그러나 그들은 '다름多凜'을 받아들인다. 아름다운 것이 따로 있는 것이 아니라 자기다움의 생명을 발현할 때 다多 아름다워지는 것이 자연의 법칙이기 때문이다. 이 세상에 사과나무만 있다면, 혹은 민들레만 있다면, 그래서 다름이 없다면 아름다움도 없다.

찬드니초크에서 순례단은 이렇듯 자기다운 꽃을 피운 성소들을 찾아갔다. 가장 먼저 방문한 곳은 이슬람 사원인 자미 마스지드였다. 이곳은 샤자한 최후의 걸작품으로 인도에서 가장 큰 이슬람 사원이다. 힌두교가 국교나 다름없는 인도에서 시크교와 자이나교는 인도 사회 주류의 일부로 행세하고 있다. 이들에 밀려 가장 차별받는 이들이 무슬림과 불가촉천민들이다. 왜 파키스탄으로 가버리지 인도에 남아 있느냐고 보이지 않는 눈총을 받는 게 인도의 무슬림들이다. 무슬림이 많이 사는 지역은 가난한 인도에서도 더더욱 가난하다. 그들의 모습에서부터 멸시받는 고단한 삶이 느껴지곤 했다.

무슬림들의 성전인 모스크 앞에 다른 종교의 수도자 복장을 한 여성들이 한꺼번에 계단으로 올라서자 수많은 무슬림의 시선이 집중되었다. 지금까지 바라나시와 부다가야에서 본 불교 유적지들은 불자가 아니더라도 한국인들에겐 생경하지 않았다. 그러나 이슬람은 한국인이 접해보기 쉽지 않은 종교이다. 더구나 순례단 누구도 모스크에 들어가본 사람이 없었다.

모스크 앞에서 한 여성이 마치 하늘에서 하강하는 알라를 안으려는 듯, 목에 건 보자기를 펼쳐 들고 신들린 듯이 신을 부르고 있었다. 거대한 모스크 정문을 지키던 남자들이 신발을 벗으라 하며 소지품을 검사했다. 순례단은 생전 처음 맞는 다른 종교 속으로 그렇게 들어가고 있었다.

수녀님 이마에 찍힌 제3의 눈

이슬람 사원 자미 마스지드 정문 안을 들어서자 대리석 바닥이 궁궐처럼 넓었다. 사원은 혼잡한 밖과는 전혀 달랐다. 맨발에 닿는 대리석의 감촉이 시원했다. 사람들도 경건하게 조용조용 걷고 있었다.

순례단도 사원 건물 안으로 들어갔다. 성전 안에선 사람들이 앞쪽을 향해 절을 하거나 가만히 명상을 하고 있었다. 건물 내부 앞쪽은 반원처럼 약간 홈이 파여 있을 뿐 제단이 마련돼 있지도 않았다. 수녀님들이 거북해할 불상도 없었고, 스님들에게 익숙지 않은 십자가도 없었다. 무슬림을 상징하는 그 어떤 것도 없었다. 사원엔 성직자도 없고 안내자도 없었다. 순례단도 가만히 앉아서 눈을 감았다.

한참을 앉아 있다가 나오니 대리석에 반사된 햇살에 수도자들의 얼굴이 환하게 빛났다. 아름다웠다.

사원의 정문을 나설 땐 들어설 때의 생경함은 온데간데없었다. 사원 안에 카메라를 가지고 들어갈 수 없었기에 순례단은 밖에 나와서야 사원을 배경으로 포즈를 취하고 삼삼오오 힌두교 사원을 향해 갔다. 베아타 수녀님이 떠나기 아쉬운 듯 계단에 서서 기도하는 사람들을 바라보고 있었다. 그때 눈부신 아이보리색 수녀복이 신기했던지 무슬림 청년 두 명이 베아타 수녀님에게 어떻게 여기에 왔느냐고 물었다. 순례단은 이미 인파 속으로 들어가고 있어 빨리 뒤좇아야만 했다. 혼자 남은 베아타 수녀님은 무슬림 청년들의 물음에 정성스레 답해주고 악수까지 나눴다.

이슬람 사원에 이어 순례단이 찾아간 곳은 찬드니초크 첫머리에 있는 자이나교의 디감바르 사원이다. 이곳은 먹이를 찾아 날아오는 새들을 돌보는 곳이라 해서 '새의 병원'이라고도 불린다. 어떤 생명도 해치지 않기로 유명한 자이나교다운 별칭이다. 자이나교 수행자는 길을 걸을 때도 혹시 벌레들이 발에 밟혀 죽을까봐 지팡이를 두드려 피하게 하고, 공기 중에 있는 미생물조차 마셔서 죽는 일이 없도록 마스크를 쓰고 다니는 사람들로 알려져 있다.

특히 자이나교 출가자는 흰 옷을 입는 백의파와 나체로 살아가는 디감바라가 있다. 그러나 지금은 일부 지역 외엔 디감바라를 보는 것이 쉽지 않다. 평생 생명을 해치지 않는 비폭력 정신으로 일관했던 간디의 아힘사 정신의 모태가 된 종교이기도 하다.

사원 안에 들어서니 커다란 입간판에 돌부처가 서 있다. 돌부처는 나체여서 성기를 그대로 드러내놓고 있다. 자이나교의 창시자인 마하비라 상이다. 마하비라는 석가모니와 같은 시대에 같은 지역인 현재의 비하르 주 일대에서 활동한 인물이다. 당시 사상계의 주류였던 브라만(성직자) 출신이 아니라 그도 석가모니처럼 왕족 출신으로 깨달음을 얻어 바라문 중심의 사고와 베다(힌두 성전)의 권위에 도전한 해탈관을 펼쳤다.

마하비라는 '위대한 영웅'이라는 뜻으로, 그는 또 승자나 정복자를 뜻하는 '지나'로도 불린다. 그는 구원이 신으로부터 오는 게 아니라 자기 수행과 삶에 의해서 결정된다고 했다. 그런 점에서 자이나교는 불교와 매우 비슷하다. 그래서 인도학을 창시했다고 전해지는 막스 베버 같은 사람은 석가모니와 마하비라를 동일 인물로 추정하기까지 했다.

과거의 업보에 의해 현재의 삶이 결정된다며 차별적인 삶에 순응하게 만드는 데 결정적인 역할을 해온 것이 힌두교의 업보론과 숙명론이다. 그것을 넘어서는 데 자이나교는 불교보다 더 혁명적이었고, 철저한 고행을 택한 근본주의 종교이다. 자이나교에선 마하비라 이전에도 '윤회의 바다를 건네주는 자'라는 뜻의 티르탕카라가 23명이나 있었고, 마하비라는 스물네 번째 티르탕카라로 받들어지고 있다. 여성 출가자를 허용한 것도 자이나교가 불교보다 더 빨랐다고 전해진다. 그렇다면 자이나교는 역사 이래 여성에게 수도의 길을 터준 최초의 종교인 셈이다.

마하비라의 선구적 결단이 없었다면 출가의 길이 요원했을지 모를 여성 출가자들. 여성이 종만도 못한 신세였던 그 시절 남성과 같이 여성에게도 출가와 깨달음의 기회를 부여한 '위대한 영웅'을 향해 여성 수도자들은 옷깃을 여미고 고개를 숙였다.

찬드니초크 들머리엔 이 자이나교 사원을 시작으로 힌두교 사원과 시크교 사원이 나란히 서 있다. 마치 이웃처럼.

순례단이 인도에 온 지 6일째였지만 인도의 상징이나 다름없는 힌두 사원에 들어선 것은 그때가 처음이었다. 힌두 사원은 어디나 붐볐다. 그런 복잡한 느낌은 사람도 그렇거니와 여기저기 차려진 많은 신들 때문인지도 모른다. 신상 앞엔 향불이 피어오르고, 마치 손님의 관심을 다른 신에게 빼앗기지 않으려는 듯 신상들은 현란하게 치장돼 있다. 그 옆엔 어김없이 신전을 지키는 사람이 앉아 있다.

인도엔 수많은 신이 있다. 스님들은 절에 석가모니 부처님 말고도 아미타 부처님이나 관세음보살, 문수보살 등 몇몇 분의 불상을 모시기도 하기에 힌두교의 여러 신이 그다지 생경하지 않다. 하지만 유일신을 믿는 수녀님들에게 그 수많은 신들은 좀처럼 받아들이기 쉽지 않아 보였다.

그래도 삼소회 여성 순례자들은 신전 앞에 고요히 앉아 명상에 잠겼다. 눈을 감으니 형형색색 신상의 색과 모양을 넘어선 것일까. 또 수도자답게 마음을 놓아 터부와 두려움에서 해방된 것일까.

명상에서 눈을 뜬 수도자들은 신전을 이곳저곳 들여다보며 미소를 지었다. 신상을 지키는 사람의 체면을 세워주기 위함인지, 아니면 신의 위신을 생각해서인지 스님들은 주머니에서 돈을 꺼내 시주를 하고 합장도 했다.

땡그랑, 땡그랑.

장난기가 발동한 진명 스님은 한 신전 앞에 달린 종을 치면서 아이처럼 좋아했다.

어느 순례에나 지각생이 있게 마련이다. 순례단이 힌두 사원을 다 빠져나올 때까지도 막내인 마리 코오르 수녀님은 이 신전 저 신전을 기웃거리느라 정신이 없었다. 그러고 보니 온갖 신들에 관심이 많은 수녀님은 인도의 신들에 대해서도 이 신은 어떻고 저 신은 어떻고 해가며 오랫동안 인도를 순례한 나보다 더 신들에 대해 아는 것이 많았다. 오지랖이 넓은 수녀님은 불교 성지를 순례하면서도 불교학자인 본각 스님에게 공空이 무엇인지, 연기법이란 무엇인지 거침없이 묻곤 했다.

예의 차원에서가 아니라 다른 종교에 대해 진실로 알고 싶어하고, 또 경험하고 싶어했던 마리 코오르 수녀님이야말로 바라나시에서 달라이 라마가 말한 '순례의 원칙'에 가장 충실했던 것 같다.

이처럼 여러 종교인이 성지 순례를 하는 것 자체를 달라이 라마는 너무도 기뻐했다. 그는 내면의 수행을 위해서도 어떤 명상보다 '순례'가 더 중요하다고 말했다.

특히 다른 종교의 성지와 수도원을 자주 찾는 달라이 라마는 타종교의 성지를 방문할 때는 그 종교인의 마음으로 갈 것을 권유했다. 그는 삼소회원들을 만났을 때 그리스도교 성지 순례 때의 체험을 고백했다.

"여행자로서가 아니라 순례자로서 나 자신도 여러 차례 예루살렘과 파티마를 방문했습니다. 그곳들을 방문할 때 순수한 기독교인으로서 마리아님과 예수님을 존경하는 마음이었습니다. 수백만 명의 기독교인들이 이곳에 와서 지대한 영감을 받는다는 생각을 하며 나 또한 그들의 마음으로 깊은 존경심을 표했습니다. 파티마엔 조그만 마리아상이 있었는데, 거기서 침묵하며 몇 분 간 머물 때 아주 특이한 체험을 했습니다. 그곳을 떠나면서 뒤를 한 번 돌아보니 마리아상이 웃고 있더군요. 마치 내 눈이 잘못된 것처럼 말이에요."

여러 종교 간의 피비린내 나는 싸움에 깊은 아픔을 느낀 달라이 라마는 이미 오래전부터 종교 간 화해를 위한 운동을 펼쳐왔다. 달라이 라마는 삼소회원들을 친견한 자리에서 종교 간 화합을 위한 다섯 가지 방법을 가르쳐주었다.

"첫째, 학문적 위치에서 다른 전통을 가진 사람들을 만나고, 같은 점과 다른 점들을 서로 교환하십시오.

둘째, 다른 전통을 가진 수행자들을 만나서 좀더 깊고 내적인 영혼의 체험을 교환하십시오.

셋째, 삼소회처럼 다른 종교들과 연대해서 각 종교의 성지를 방문하는 것이 좋습니다.

넷째, 아시시에서 있었던 2002년 종교 지도자 모임처럼, 같은 위치에서 다른 전통을 가진 지도자들이 모여서 공통의 언어로 얘기하십시오.

다섯째, 동시에 다른 이들의 전통과 철학을 공부하는 것이 아주 중요합니다. 거기서 중요한 것은 신념과 존중입니다. 신념은 자기 종교에 대한 것이고, 존중은 다른 모든 전통에 대한 것입니다. 그것이 종교 간 평화를 가능하게 해줄 것입니다. 현대사회에서 다른 종교나 전통을 받아들인다는 것은 중요합니다. 한 사람의 수행자는 한 가지 신념이나 생각을 갖고 유지하는 것이 중요합니다. 한 사람에게는 하나의 종교나 하나의 전통만 있을 것입니다. 그렇지만 사회를 보면 여러 종교, 여러 전통을 받아들여야 하는 게 현실입니다."

그리고 달라이 라마는 '다양성'에 대한 이해를 돕기 위해 각별히 설명을 덧붙였다.

"불교에도 여러 종파가 있습니다. 한국에도 불교가 있고 원불교가 있습니다. 인간에겐 각자 다른 정신적 성향이 있습니다. 인간의 정신엔 다양한 요소가 있습니다. 그런 욕망을 채우기 위해 다양한 전통이 있는 것입니다. 부처님도 인간의 정신적 다양성을 알았기에 다른 여러 전통과 철학을 가르쳤답니다. 부처님이 왜 그랬을까요? 인간의 그런 다양성을 받아들였기 때문이지요. 비슷하게 기독교에도 가톨릭과 개신교가 있고 다양한 교단이 있습니다. 이슬람에도 수니

파와 시아파가 있습니다. 음식에도 많은 종류가 있습니다. 한국 음식인 김치가 있고, 중국인과 일본인, 인도인 모두 그들의 음식이 있습니다. 똑같은 혀, 똑같은 입, 똑같은 치아를 가지고 있지만 우리는 다른 맛을 필요로 합니다. 그와 같이 신자들도 다양한 것을 필요로 합니다. 그것이 현실입니다. 그래서 우리는 넓게 봐야 합니다."

다양한 종교의 성지가 있는 찬드니초크는 달라이 라마의 고귀한 가르침을 실험해볼 수 있는 더없이 좋은 교육 현장이기도 했다.

순례에 너무나 열중했던 마리 코오르 수녀님을 순례단은 한참 동안이나 밖에서 기다렸다. 마침내 힌두 사원에서 수녀복을 입은 수녀님이 걸어나오고 있었다. 마리 코오르 수녀님을 바라보던 순례단은 모두 놀란 토끼 눈이 되었다. 유일신을 믿는 수녀님의 이마에 힌두교인들이 '제3의 눈'으로 표시하는 붉은 점이 선명히 찍혀 있었다.

"어, 어!"

마치 힌두 신상처럼 미간에 붉은 반점을 선명하게 찍은 마리 코오르 수녀님의 모습에 다른 수녀님들은 놀라서 말문이 막히는 모양이었다. 그러나 그것도 잠시.

"난 이제 완전히 잘렸어. 잘렸어."

마리 코오르 수녀님이 우스꽝스럽게 손을 목에 대며 수도원에서 이제 퇴출됐다는 신호를 하자, 수녀님도 스님도 교무님도 일제히 "와!" 하고 웃음을 터트렸다. 부처님 성지에서 가진 법회 때 고개를 숙이지 못한 수녀님의 모습에 마음이 상했던 스님들, 자신들의 식

찬드니초크의 힌두 사원 앞 힌두 사원에서 걸어나오는 마리 코오르 수녀님을 바라보던 순례단은 모두 놀란 토끼 눈이 되었다. 유일신을 믿는 수녀님의 이마에 힌두교인들이 '제3의 눈'으로 표시하는 붉은 점이 선명히 찍혀 있었다. 이를 본 순간 왠지 모르게 다른 종교인들간에 가로쳐진 경계선도 툭 하고 끊어지는 듯 편안해졌다.

습관을 강요하는 듯한 스님들의 모습에 거부감을 느꼈던 수녀님과 교무님, 그들 사이에 놓인 경계선이 툭 하고 끊어지는 웃음이었다. 세 종교가 모처럼 동시에 웃으니 '따로 국밥회'가 드디어 '삼소회'가 된 듯했다.

한국을 떠난 이래 세 부류의 수도자들이 살얼음판을 걷는 듯 시종일관 발밑만 쳐다보는 것 같아 답답했던 나도 마리 코오르 수녀님의 모습에 체증이 내려가는 것만 같았다. 수많은 인파가 들끓어 더욱 후텁지근한 찬드니초크에 마리 코오르 수녀님이 청량한 바람을 몰고 왔다. 그러니 관전자지만 내 어찌 가만히 있으랴.

"기분이다! 이번엔 삼식이들이 아이스크림 쏩니다."

찬드니초크에 있을 것 같지 않은 깨끗한 패스트푸드점을 가리키면서 아이스크림을 쏘겠다고 하니 여성 수도자들이 체면일랑 벗어버린 듯 다시 함성을 질렀다.

후텁지근한 날씨 때문인지, 드디어 경계에서 해탈한 자유로움 때문인지, 평소엔 잘 먹지 않는 아이스크림에 콜라를 시켜서 수녀님과 스님과 교무님 들은 그렇게 맛있게 먹을 수가 없었다.

가슴으로부터 시원해졌다. 아이스크림 때문만은 아니었다. 날씨보다 더 갑갑했던 의식과 교리의 틀에서 벗어난 그 해탈이 순례단을 감싸고 있던 후텁지근한 공기를 날려버렸다.

화계사에 걸린 플래카드, "성탄을 축하합니다"

"우리나라 사람들이 줏대가 없어서 외래 종교와 사상에 너무 쉽게 동화되는 것 아닙니까?"

어떤 사람이 원불교 3대 종법사(최고지도자)였던 대산 종사님에게 이런 질문을 했다.

인도가 다종교 사회라지만, 실은 세계에서 한국만 한 다종교 사회도 없다. 불교가 들어오면 불교가 꽃을 피우고, 유교가 들어오면 유교가 만개하고, 그리스도교가 들어오면 그리스도교가 정착하는 나라가 바로 우리나라다. 근현대 민족의 수난기에 왜소해진 천도교 및 증산도 계통의 민족 종교와 원불교 등 자생 종교, 50여 개의 예배처를 갖춘 이슬람교까지. 우리나라야말로 어느 나라에서도 찾아보기 어려운 종교 박물관이다. 그래서 어떤 종교든 들어오는 대로 자리를 잡는 것이 줏대 없는 민족성 때문이 아닌가 하고 궁금하게 여긴 것이다.

그에 대한 대산 종사님의 답이 걸작이다. 대산 종사님은 "우리 민족의 마음은 어떤 곡식을 심어도 잘 자라는 기름진 옥토와 같다"고 답했단다. 한 작물밖에 자라지 않는 척박한 땅이 아니라 무엇이든 심어도 잘 자라는 옥토와 같은 심성을 지닌 이들이 한국 사람들이라는 것이다.

유대인과 무슬림이 대치하는 팔레스타인, 힌두교도와 무슬림이 대치하는 카슈미르 등 세계에서 일어나는 분쟁과 전쟁의 절반 이상이 종교 때문이다. 그래서 동양과 서양, 종교와 종교, 좌와 우가 만나는 한반도야말로 인류가 공존으로 가느냐, 파멸로 가느냐를 실험할 수 있는 바로미터가 아닌가.

한 나라에 하나의 종교만이 있는 나라에선 실상 태어나면서 종교가 정해져 다른 종교나 전통을 접할 기회가 없고 어울릴 기회도 많지 않지만 우리나라는 전혀 다르다. 이번 순례단에 동행한 인신 교무님은 출가 전 독실한 개신교 신자였는데 새벽기도에 빠지지 않고 나갈 만큼 열성적이었다고 한다. 혜성 스님도 어려서부터 교회에 다니며 예루살렘 성지 순례를 가는 게 소망이었다. 혜성 스님은 개신교 성직자인 이동연 목사님과 함께 『두 개의 길 하나의 생각』이란 책을 쓰기도 했다. 선재 스님도 성공회 교회를 열심히 다녀 카타리나 수녀님이나 엘리자베스 수녀님처럼 성공회 수녀로 입회할 뻔했다고 한다.

자매가 다른 종교의 수도자로 각기 출가한 경우도 있다. 서울외국인노동자센터에서 외국인 노동자들을 돌보는 최서연 교무님은 원불교로 출가했지만, 그 동생은 가톨릭 수도원에 출가하여 수녀님이 되었다.

독신 수도자들끼리는 종교가 달라도 각별히 통하는 게 있다. 음주가 허용되는 신부님을 만나면 스님도 어울려 한잔을 하기도 한다. 또 누군가가 "어디서 보니 스님이 고기를 먹더라"고 흉을 보면, "먹는 음식 가지고 뭘 그러느냐"고 스님 역성을 들어주는 것도 신부님이다.

진명 스님이 동국대 불교학과에 진학하기 위해 산사에서 서울로 올라와 학원에 다닐 때였다. 그 학원엔 진학시험을 보려는 수녀님도 다니고 있었다. 그런데 짓궂은 학원 선생님이 수녀님과 스님을 매일 옆자리에 앉게 했다. 수녀님이 처음엔 이를 몹시 거북해했지만, 그것이 인연이 돼 진명 스님과 수녀님은 평생의 도반이 되었다.

이웃 종교의 수도자들끼리 격의 없이 지낸 것이 화근이 돼 가끔씩 가톨릭 고위 성직자로부터 질책이 쏟아져 수녀님들이 경직되기도 하는 게 현실이지만, 이웃 종교의 수도자들에게서 더욱더 편안한 그 무엇을 느끼기도 한단다. 천성산을 살리기 위해 목숨을 건 단식을 했던 지율 스님은 몸을 가누기 어려운 때에 마리아 수녀님의 수도원 등 여러 곳의 가톨릭 수도원에 몸을 의탁하기도 했다. 또 원불교의 박청수 교무님은 은퇴한 수녀님들이 어렵게 지내는 것을 보고는 매년 선물 보따리를 들고 수녀님들을 찾아다닌다.

종교로 인한 싸움이 계속되는 세상에서 우리나라의 이런 모습은 어두운 세상에서 반딧불 같은 희망이다. 우리나라에는 3·1운동 당시 개신교와 불교, 천도교가 힘을 합쳐 비폭력 저항운동을 펼친 전통이 있고, 강원용 목사가 1965년에 만든 대화문화아카데미에서는 종교 간 대화를 가져왔다. 2003년엔 가톨릭의 문규현 신부, 개신교의 이희운 목사, 불교의 수경 스님, 원불교의 김경일 교무 등 종교인들이 전북 부안 새만금에서 서울까지 삼보일배를 하며 새만금 갯벌 살리기에 나서기도 했다. 종교를 넘어서 사회의 공동선을 위해 온몸을 던지는 모습은 전 세계에 감동을 전하기에 충분하다.

그러나 우리나라에 이런 모습만 있는 것은 아니다. 일부 종교인들의 배타적 태도는 한 나라 안에서 살아가는 이웃 종교인이나 무신자들에게 많은 상처를 입히기도 한다. 직접 공격을 당한 당사자로서 이를 감내하는 것이 어찌 쉬운 일일까. 삼소회 활동에 가장 앞장설 정도로 이웃 종교에 대해 이해가 깊은 진명 스님도 엘리베이터를 탔을 때 어린아이로부터 "야, 마귀다"라는 소리를 들은 적이 여러 번이었다며 가슴 아파했다. 어린아이가 누군가로부터 교육받지 않고 태어나면서부터 그런 편견을 가졌을 리 없는 일이다.

편견과 증오심을 심어주는 교육은 그것으로 끝나지 않는다. 극단적으로 사찰에 불을 지르는 등의 폭력으로 이어지기도 한다.

숭산선사의 외국인 제자들이 국제선원을 꾸려 참선 정진하는 서울 북한산 기슭 화계사에 지난 1996년 세 차례나 불이 난 적이 있다. 방화는 일부 배타적인 개신교인들의 소행으로 알려졌다. 기독교 국가인 미국에서도 본 적이 없는 황당한 일을 당한 외국인 스님들은 한국인들의 행태에 분노한 나머지 짐 보따리를 쌀 준비를 하고 있었다. 그때 화계사에서 얼마 떨어지지 않은 한신대 신학전문대학원의 김경재 교수가 학생 20여 명과 함께 난장판이 된 법당을 청소해주며, 일부 개신교인들을 대신해 깊이 사죄했다. 김 교수의 모습을 본 외국인 스님들은 한국 개신교에 무지몽매한 사람들만 있는 것은 아니라며 울분을 삭였다.

그 해 크리스마스가 다가오자 화계사에선 김 교수와 학생들을 그리며 "성탄을 축하합니다"라고 쓴 플래카드를 내걸었다. 다음해 부처님 오신 날엔 한신대 대학원생들이 "부처님 오신 날을 축하합니다"라는 플래카드를 걸었다. 이제는 학교에서 은퇴해 조그만 교회에서 목회 활동을 하는 김경재 목사님은 삼소회원들이 순례에 나서기 전에 이들을 불러 교회가 1년 동안 모은 돈을 순례비에 보태 쓰라며 건네주었다. 개신교에도 소수지만 디아코니아 수녀회 등에 여성 수도자들이 있으니, 다음엔 꼭 개신교 수도자들과 함께해달라는 당부와 함께.

삼소회원들이 마지막으로 간 곳은 시크교 사원이다. 외부 방문자들에게 아주 개방적인 시크교 사원에선 안내자가 나와 한국의 수도자들을 특별히 안내했다.

시크교를 창시한 사람은 나나크(1469~1538)이다. 힌두교와 이슬람교 간에 혈전이 계속되는 파키스탄 라호르에서 태어난 나나크는 서른 살이 넘어 명상 중에 계시를 받았다고 한다. 그 계시는 "힌두교인이 따로 있고 무슬림이 따로 있는 게 아니다"라는 것이었다. 나나크는 종교 간 갈등을 끝내는 평화의 길을 열망하며 인도 전역을 세 번이나 순례했다고 한다.

나나크 임종 당시의 일화가 재미있다. 나나크가 임종하자 시크교도가 되기 전에 힌두교도였던 제자들은 그의 시신을 힌두교 식으로 화장해야 한다고 주장했고, 무슬림이었다가 개종한 제자들은 이슬람 식으로 매장해야 한다고 주장했다. 나나크는 죽기 전에, 자신이 죽으면 시신을 천으로 덮고 양쪽 진영이 각각 그의 몸 양쪽에 꽃 한 송이씩을 놓아둔 뒤 다음날까지 꽃이 시들지 않는 쪽의 주장대로 장례를 치르라고 했다. 그런데 다음날 제자들이 가보니 양쪽 모두 꽃이 싱싱했다. 그래서 천을 걷어내니 시신이 온데간데없었다. 나나크는 힌두교인도 아니요, 무슬림도 아니라는 것을 몸으로 보여준 게 아니었을까.

시크교 안내자는 누구나 사원에 들어가려면 머리를 가려야 한다며 노란 수건을 한 장씩 나눠주었다. 한 사람씩 머리에 노란 수건을 쓰기 시작했다. 모두가 사원 안으로 들어서려는데 누군가 말했다.

"우린 황건적이다!"

극심한 혼란기였던 중국 후한시대에 죄를 참회하고 태평한 세상을 만들겠다는 종교적 이상을 꿈꾼 황건적들이 이런 모습이었을까. 그 말에 웃음이 터져나왔다.

황건적들은 수천 명이 운집해 있는 사원에서 명상을 한 뒤 봉사자들이 수천 명 분의 식사를 준비하는 부엌을 구경했다. 수십 명이 둘러앉아 밀가루로 차파티를 만들고 화덕에 그것을 구워내는 모습이 장관이었다. 마리 코오르 수녀님은 여기서도 가만 있지 않았다. 얼른 시크교인들 틈을 파고들더니 차파티를 만들기 시작했다. 제법 눈썰미가 있는 마리 코오르 수녀님이 밀가루 반죽 덩어리를 평평하게 펼치고 밀가루를 묻혀내는 솜씨가 영락없는 시크교도 같았다.

자신이 구운 차파티를 화덕에 구워 맛까지 보고 싶었을 마리 코오르 수녀님은 군침을 삼키며 돌아서야 했다. 자신들과 일체가 돼 차파티를 만든 이국의 수녀님을 시크교 봉사자들이 따스한 미소로 환송했다. 아쉬움이 가득한 표정으로 사원을 뒤돌아보던 마리 코오르 수녀님의 얼굴에 뜻 모를 미소가 번졌다. 파티마에서 성모 마리아상을 보고 나오다 뒤돌아보는 순간 성모 마리아님이 웃어주었다는 달라이 라마처럼, 웃음을 보내는 나나크에게 마치 화답의 미소를 보내는 듯이.

2
한 발짝 다가서기 **두 손을 마주잡다**

영국

숨소리조차 잠자는 듯한 침묵 예배가 끝나고 수녀님과 스님이 호젓한 산책로를 따라 걸었다.
말은 없었다. 호수는 맑았다. 호수 속에서 둥근 달이 춤추고 있었다.
수녀님과 스님이 마주보고 조용히 웃었다. 하늘에도, 태평양에도, 대서양에도
떴을 달이 수녀님과 스님의 마음속에도 동시에 뜬 것이다.

간디에게 비폭력을 가르친 작은 교단

"나 아닌 누군가에게도 '진실'이 있다."

진실의 세계를 원한다면서도 사람들이 외면하고픈 상식이다. 진실을 늘 독점하거나 선점하고픈 욕망이 이를 애써 외면하게 했다.

'모든 사람의 내면엔 신성한 무엇이 있다'는 퀘이커의 전제는 그래서 벼락 같은 희망이었다. 불교에서도 '모든 중생에게 불성이 있다'는 것이 대전제이지만, 그런 선언이 동양이 아닌 서양에서, 그것도 그리스도교권에서 나왔기에 그랬다. 오직 나 외엔 진리가 없다는 것. 유일신 신앙이 가진 비타협성과 배타성으로 인해 그리스도교와 이슬람교, 유대교 등 중동에서 태동한 계시종교가 다른 종교와 맞선 곳에선 평화가 없었다. 그들은 자신들만이 천국으로 가는 길이라고 했지만, 그들이 다른 세력과 만나는 곳에선 천국이 아닌 지옥이 펼쳐졌다. 간디가 영국 유학 시절 퀘이커에서 평화에 대해 큰 영감을 받은 것도 이 때문이었을 것이다. 다른 사람을 내 신념이나 주장 쪽으로 어떻게든 끌어당기려 하지 않고, 상대에게서 진리와 아름다움을 발견하는 세상. 그것이 지금 삼소회가 가려는 길이기도 했다.

순례단이 인도 델리 공항을 출발해 밤새 날아가 아침에 영국에 도착하자마자 향한 곳은 버밍엄이다. 버밍엄엔 퀘이커 공동체 우드브룩이 있었다. 애초 우드브룩은 순례 일정에 포함되지 않았었다. 순례단이 영국에서 어디를 방문했으면 좋을지 내게 조언을 부탁했을 때 내가 첫 번째로 추천한 곳이 바로 우드브룩이다. 삼소회 순례에 개신교를 포함하는 의미도 있지만, 퀘이커야말로 종교 간 평화를 추구하는 사람들이 꼭 방문해 영감을 얻을 만한 곳으로 생각했기 때문이다.

내 친구이기도 한 팔당의 농부 김병수 씨가 우드브룩에서 6개월간 머무는 동안 그와 이메일을 주고받으며 퀘이커들의 삶에 대해 많은 이야기를 들었다. 그래서 3년 전 회사에 1년 간 자비 연수를 신청했을 때, 우드브룩이나 미국의 퀘이커 공동체인 펜들힐에 머물까 궁리한 적이 있다. 총리가 된 한명숙 씨의 남편으로, 펜들힐에서 3년 간 머물렀던 성공회대 박성준 교수로부터 퀘이커 공동체의 삶에 대해서 들으며 상의하기도 했다.

영국의 초지 위에 펼쳐진 고속도로를 세 시간여 달렸다. 숲이 우거진 길 옆에 순결한 느낌의 하얀 건물이 나타났다. 우드브룩이었다. 일흔 살이 넘어 보이는 자원봉사자들의 얼굴엔 고요하면서도 고운 미소가 흐르고 있었다. 숙소와 식당 등 편의시설을 안내하는 그들은 마치 우리가 한 달이나 머물 것처럼 상세히 설명했다. 방은 모두 1인실이었다. 간디가 머물렀던 12호실을 지나 같은 층 같은 복도인 22호가 내 방으로 배정되었다. 1인용 침대와 조그만 책상이 놓인 조용한 방이었다.

건물 밖을 나가보니 푸른 잔디밭 속에 회향나무가 현명한 촌로처럼 오고가는 이들을 너그럽게 맞이하고 있었다. 잔디밭 끝에 있는 호수는 수백 년 묵은 고목 숲에 둘러싸여 있었다. 영국에서 둘째가는 대도시에 이런 집이 있다는 게 믿어지지 않을 정도였다.

이 집은 원래 조지 케드베리라는 거부가 살던 집이었다고 한다. 버밍엄엔 지금도 케드베리 초콜릿 회사가 있는데, 그는 그 회사 소유주였다. 퀘이커교도인 그가 이 고택을 퀘이커 연구 센터로 기증한 것이다. 그는 인근의 버밍엄 대학과 셀리옥 대학도 기증했다고 한다.

우드브룩은 호수 주변에 천연림이 둘러싸고 있어 밀림 속에 온 듯한 착각을 불러일으켰다. 계곡이 흐르는 숲엔 이곳 식당에 과일과 채소를 공급하는 사과 과수원과 유기농 농장이 있었다.

정원에선 벌써부터 삼소회원들이 조용히 나와 숲길 산책을 즐기고 있었다. 아마 1936년에 이곳을 찾은 간디와 1963년 이곳에 머문

함석헌 선생도 이 정원을 산책하며 깊은 명상에 잠겼을 것이다.

현재 퀘이커교도는 전 세계에 20여만 명이 있다. 교단이라고 할 수도 없지만, 교단이라 하더라도 세계에서 가장 작은 개신교 주요 교단 가운데 하나일 것이다. 그런데 이 작은 단체 사람들이 어떻게 1947년 노벨평화상을 수상하고, 간디와 함석헌 같은 현자들에게 비폭력에 대한 깊은 영감을 준 것일까.

우드브룩의 공식 명칭은 우드브룩 연구 센터이므로 대표는 디렉터인 학장이다. 우드브룩의 학장은 여성인 제니퍼가 맡고 있었다. 제니퍼는 저녁 식사를 마친 순례단을 '침묵의 방'에서 맞아 먼저 퀘이커에 대해 설명해주었다.

퀘이커는 17세기에 태동했다. 당시 영국 사회는 왕정에서 공화정으로, 공화정에서 다시 왕정으로 왔다 갔다 하던 격변기였다. 정신적 혼란을 극복할 수 있게 도와줄 종교조차도 마땅치 않았다. 중세를 지나온 가톨릭이나 영국 국교회에 실망한 사람들은 구도자가 되어 진리를 찾고 있었다. 퀘이커의 창설자로 여겨지는 조지 폭스도 그런 사람들 중 한 명이었다. 그는 공식 교육을 거의 받지 않은 것으로 알려져 있다. 십대 시절 구두 제조업자 밑에서 일하며 양털 장사를 하기도 했던 그는 열여덟 살 때부터 심각하게 종교적 고뇌를 시작했다. 그는 수많은 그리스도교 종교인들을 찾아다녔지만 아무런 위로도 얻지 못했고, 해결점을 찾을 수도 없었다. 그는 죽고 싶을 만큼 심한 고통을 받았다. 그런 고뇌 속에서 그는 뜻밖의 생각을 하게 되었다.

'가톨릭이건 신교도건 모두가 같은 그리스도인이다. 진정한 그리스도인은 이름뿐인 그리스도인이 아니라 하느님의 자녀로서 죽음에서 생명으로 옮겨간 자들이어야 한다. 옥스퍼드나 케임브리지에서 공부했다고 하여 그리스도의 일꾼으로서 자격을 온전히 갖춘 것은 아니다. 또한 하느님은 사람의 손으로 만든 성전에 계시지 않고 사람들의 마음에 계신다.'

폭스에게 운명의 순간이 다가오고 있었다. 그가 깊은 고뇌에 빠져 있을 때 한 목소리가 들려왔다.

"한 분, 한결같은 예수 그리스도가 계시니 그분만이 네 처지를 말해줄 수 있다."

그 음성의 주인공은 그가 훗날 모든 사람의 내면에 있다고 한 '속의 빛'이었다. 폭스는 이 종교 체험 뒤 마치 다른 사람처럼 용모조차 바뀌어버렸다고 한다.

그 뒤로 폭스는 모든 사람을 평등하게 존중했고, 고아와 과부 등 사회적 약자를 찾아 돌보는 것이야말로 참된 종교라고 가르쳤다. '여자들에겐 영혼이 없다'는 주장까지 나오던 시절 그의 평등 사상은 가히 혁명이었다. 폭스는 특히 노예들을 학대하지 말라고 충고했다. 그의 이런 태도는 18세기 미국의 퀘이커 성자인 존 울만에게 이어져 노예 해방의 불을 지피기에 이르렀다. 또 19세기 초 영국의 엘리자베스 플라이는 감옥에 갇힌 죄수들의 인권 개선 운동을 벌였다. 이런 정신으로 인해 지금도 지구상에 재난과 전쟁으로 빚어진 고난의 현장에 퀘이커들이 가장 먼저 달려가고 있다.

폭스는 아무리 지위가 높은 사람도 그냥 '유(you)'라고 칭했다. 그에겐 모두가 같은 인간이었다. 그래서 모자를 벗고 경의를 표하지 않아 감옥에 갇히기도 했다.

당시 정권을 잡은 크롬웰의 군대에서 폭스는 지휘관 자격을 거부하고 평화주의자 선언을 했다.

"나는 모든 전쟁 행위를 몰아내는 생명과 권능의 힘으로 살고 있습니다. 우리는 모든 외적인 전쟁과 싸움을 무조건 반대하며, 그 어떤 목적이나 명분을 내세운다 해도 외적인 무기를 갖고 하는 모든 싸움을 철저히 부정합니다. 우리를 진리로 인도하시는 그리스도의 영은 결코 외적인 무기를 가진 사람들과 대항하여 싸우거나 전쟁을 벌이는 일에 우리를 불러내지는 않을 것입니다. 그와 같은 싸움이나 전쟁은 그리스도의 왕국을 위함도 아니요, 세상의 왕국을 위함도 아닙니다."

폭스처럼 퀘이커들은 '정의'라는 이름으로 불러내는 어떤 전쟁에도 참여하기를 거부하고 양심적으로 징집을 거부해 징역을 살기도 했다.

폭스는 또 카리스마적인 여느 종교 지도자와 다른 독특한 점이 있다. 그는 '스승'이 아니라 '친구'였다. 폭스가 미국의 로드 아일랜드를 전도 여행할 때였다. 그의 설교에 감동한 사람들이 돈을 모아 폭스를 스승으로 붙잡아두려고 하자, 폭스는 이런 말을 남기고 즉각 자취를 감추었다.

"그런 생각이 있다면 나는 잠시라도 더 머물러서는 안 됩니다. 내가 머물러 있으면 여러분들이 내적 스승을 따르고 여러분 자신의 힘이 자라게 하는 데 방해가 될 것입니다."

폭스와 그런 구도자들에게 퀘이커란 이름이 붙은 것은 그들이 함께 모여 침묵 속에서 예배할 때 계시를 받은 사람들의 몸이 심하게 떨리자, 외부에서 이들을 조롱하며 '떠는 사람(퀘이커)'이라고 부른 데서 기인했다. 우리나라에선 1860년에 태동한 천도교에서 '한울님〔天〕'을 내 안에 모시는 시천주 주문 수련을 하면 한울님의 영이 강령하면서 몸이 공처럼 바닥에서 튀기도 하고, 팔다리가 재봉틀 바늘처럼 떨리기도 하는 것을 보았다. 천도교인들이 한울님을 체험하는 것과 사람이 한울이므로 사람을 한울처럼 모신다는 인내천 및 사인여천의 인간 존중 정신에서 천도교와 퀘이커교 간에 상당한 유사점이 발견되기도 한다.

폭스와 구도자들의 이런 정신에 따라 퀘이커들은 모두가 친구들이다. 모임의 이름도 친우회다. 이 모임은 교회를 가지고 있지 않으며 설교도, 목사도, 예배 의식도 없이 다만 모임에서 침묵을 통해 내면의 빛을 볼 뿐이다.

하느님은 만물의 근원이자 항상 살아 있는 성령이어서 일체의 유한한 인간 지성의 영역을 초월하기에 신학이나 종교, 제도, 의식,

신조도 인간의 조작에 불과하다는 게 퀘이커들의 생각이다.

퀘이커는 통상 주일에 침묵 예배 모임을 갖고, 매월 모이는 월회에 이어 3개월에 한 번씩 지역 월회를 열고, 1년에 한 번씩 연회를 갖는다. 모임에서 의견을 모으는 과정도 독특하다. 신라의 화백제도처럼 만장일치제다. 진리가 다수에게만 있는 법은 아니고, 한 사람에게도 있다고 여겨 다수 가결을 하지 않는다. 한 사람이라도 의견이 다르면 또다시 토론하고 명상을 한 뒤 다시 토론한다. 이 과정에서 빨리 결론을 도출하기 위해 서두르지 않는다. 5년이 걸리든 10년이 걸리든, 의견이 일치될 때까지 기다린다.

흰 수염 휘날리며 민주화운동의 선봉에 섰던 함석헌 선생도 퀘이커 정신에 충실한 비폭력 평화운동가였다. 그는 1962년에 미국 필라델피아의 퀘이커 공동체인 펜들힐에서 10개월을 머문 데 이어 다음해 봄에는 이곳 우드브룩에서 석 달 간 머물렀다. 그리스도교와 노자, 장자, 불교 등 동서 사상을 회통시켰던 그가 왜 결국 퀘이커를 택했을까. 그는 "내 것만이 옳다는 것이 폭력"이라고 믿는 분이었다. 퀘이커야말로 그런 아집에서 가장 자유롭고, 다른 진리를 진정으로 존중할 줄 안다고 보았던 것이다.

함석헌 선생이 함께했던 '종교친우회 서울 모임'이 지금도 계속되고 있다. 매주 일요일 서울 신촌 이화여대 후문 부근 수도원 같은 집에서 20여 명이 침묵 예배를 드린다. 이들의 침묵 예배를 보니 말없이 자유롭게 앉아 눈을 감고 한 시간 정도 묵상을 하는데, 묵상

도중 마음속에 어떤 영감이 떠오르면 그것을 그 자리에서 조용히 표현하곤 했다. 목사도 설교도 없는 이 모임에서 이렇게 화두처럼, 때론 시와 노래와 기도로 나타나는 이런 메시지가 설교를 대신했다. '감화'로 불리는 이런 메시지를 한 사람이 두 번 표현할 수 없고, 남의 말에 꼬투리를 잡거나 논쟁을 하지 않는 것을 원칙으로 했다. 이들은 전도에 나서는 대신 '내가 사는 것만이 옳은 것은 아니다'는 겸허함 속에 머무르며 모든 이들이 스스로 빛을 드러낼 수 있도록 돕고 있어서 깊은 인상을 남겼다.

이 서울 모임에 함께하는 박성준 교수는 미국의 퀘이커 공동체인 펠들힐에서 돌아온 뒤부터 '움직이는 학교' 활동을 벌여왔다. 이는 보통의 학교가 아니라 사람이 모인 곳이면 어디서나 할 수 있는 대화 모임이다. 어디서나 여러 명이 모여 상대의 말에 온전히 마음을 기울여 듣는 '경청 학교'다. 이기심과 욕심이 담긴 주장, 자기 말만 난무하는 곳엔 불화가 생길 수밖에 없기에, 상대의 말을 경청하는 힘이야말로 퀘이커교도들이 진정으로 얻고자 하는 것이다.

농부 김병수 씨도 우드브룩에서 돌아온 뒤 퀘이커 모임엔 참여하지 않지만, 유기농사를 지으면서 후배 농부들과 함께 삶의 애환을 경청하는 소모임을 꾸려 퀘이커적 삶을 살아가고 있다. 여섯 가정의 부부 열두 명이 모여 농사일 뿐 아니라 개인과 가정, 마을의 기쁨과 고충을 함께 나누는 모임이다. 이런 노력이 유기농사에서 나아가 삶을 좀더 유기적인 공생 관계로 변화시키고, 마을과 가정에도 윤기를 더해주고 있다.

퀘이커는 이렇게 자신의 신념이나 종교를 강요하거나 자신의 주장만을 내세우기보다는 이웃의 신념과 종교도 경청하기에 우드브룩에는 불자나 무슬림들이 종종 찾고 있다. 유럽과 미주에는 불자 퀘이커, 무슬림 퀘이커가 있을 정도로 기독교 외 다른 종교들이 자신의 종교를 유지하면서 퀘이커의 침묵 명상에 동참하기도 한다.

"퀘이커들은 상대방이 어떤 신앙을 갖고 있는지 묻지 않습니다. 어떤 신앙을 갖고 있느냐보다 어떻게 사느냐가 중요한 것 아니겠습니까."

제니퍼가 '침묵의 방'에 앉은 한국의 여성 수도자들에게 조용히 말했다. 퀘이커에선 '하지 말아야 한다'는 식의 '금기'를 두지 않는다고 했다. 만약 퀘이커 친구가 도박을 한다면, "넌 도박을 하기 때문에 퀘이커가 될 수 없어"라고 말하기보다는 스스로 옳은 일을 선택하도록 자연스럽게 돕는다는 것이다.

폭스에게도 늘 칼을 차고 다니는 친구가 있었다. 폭스는 "다른 사람이 위협을 느끼니 그러지 말게" 또는 "칼을 버리게"라고 말하지 않고, 어떻게 사는 것이 더 바람직한지 스스로 깨닫도록 이끌었다. 그 뒤 친구가 "이 칼을 어떻게 해야 하지"라고 폭스에게 물었을 때, 폭스는 "자네 스스로 결정할 문제라네"라고 답했다고 제니퍼가 설명했다. 선행으로 여기는 것조차 상대에게 '강요'하지 않고 스스로 선택하게 하는 것이다. '술 권하는 사회'를 넘어 종교와 신념조차 강권하는 사회이기에 그래서 퀘이커는 더더욱 독특하다.

순례단은 제니퍼 등 퀘이커 봉사자들과 함께 침묵 명상에 들어갔다. 수녀님과 스님과 교무님 들의 제각기 다른 복장이 희미한 전등 밑에서 이채로웠다. 그러나 눈을 감고 내면의 함성마저 고요해졌을 때, 거기엔 가톨릭도 불교도 원불교도 없었다.

숨소리조차 잠자는 듯한 침묵 예배가 끝나고 수녀님과 스님이 호젓한 산책로를 따라 걸었다. 말은 없었다. 호수는 맑았다. 호수 속에서 둥근 달이 춤추고 있었다. 분명 물 속에 있지만 손으로 건질 수 없는 그 달은 변화시키거나 조작하거나 내가 어떻게 할 수 있는 것이 아니다. 다만 그 아름다움을 발견할 수 있을 뿐이다. 수녀님과 스님이 마주 보고 조용히 웃었다. 하늘에도, 태평양에도, 대서양에도 떴을 달이 수녀님과 스님의 마음속에도 동시에 뜬 것이다.

"성공회는 성공한 사람들의 모임이 아닙니다"

성공회의 수장은 영국 여왕이다. 영국의 국교인 성공회는 출발부터 '왕'의 사생활과 관계가 깊었다. 영국 성공회가 로마 가톨릭에서 분리된 것은 16세기 초 영국 왕 헨리 8세 때다. 헨리 8세는 1509년에 자기 형 아서의 처, 즉 형수인 카타리나와 결혼했다. 그는 카타리나와 사이에 여섯 명의 자녀를 낳았는데, 오직 메리라는 딸 하나만 살아남고 모두 죽고 말았다. 당시로서는 영국 왕위를 여자에게 물려준다는 것은 위험천만하다는 게 지배적인 생각이었다. 헨리 8세는 궁정의 젊은 여인 앤 볼린을 사랑했다.

헨리 8세는 자식이 다섯이나 죽고 왕위를 계승할 아들을 얻지 못한 데 대해 형수와 결혼을 금하는 성경의 레위기 구절을 인용해 하느님이 진노하신 징조라고 주장하며, 로마 교황청에 카타리나와의 결혼을 무효로 해줄 것을 요청했다. 즉 이혼할 구실을 달라는 것이었다. 만약 이 요청을 거부하면 로마 가톨릭으로부터 떨어져나가겠다고 위협하면서. 교황 클레멘트 7세는 헨리 8세의 요청을 수용하고 싶었지만, 당시 교황에게 가장 위협적인 존재였던 신성로마제국의 칼 5세가 자신의 숙모인 카타리나가 버림 받는 처지로 전락하는 것에 반대했기에 이러지도 저러지도 못했다. 신성로마제국의 황제 칼 5세는 당시 유럽뿐 아니라 세계의 패권자로 군림한 절대 강자였다. 결국 교황은 '결혼 무효' 요청을 거부했다. 그러자 헨리 8세는 어떤 외국인도 영국에서 권한을 행사할 수 없다고 응수했다. 그 외국인이 교황이라는 것은 삼척동자도 알 수 있는 일이었다. 한마디로 영국의 종교적 독립을 선언한 것이다. 헨리 8세는 스스로 교회의 '최고 수장'이 되었다. 그리고 1533년에 앤 볼린과 은밀히 결혼했다.

이 정도 선에서만 그쳤더라도 나았을 텐데 헨리 8세의 여성 편력은 여기서 그치지 않았다. 앤 볼린을 간통죄로 몰아 참수하고 제인 세시모어와 결혼하기에 이르렀다. 제인은 결혼 17개월 뒤 아들을 하나 낳고 죽었다. 헨리 8세는 다시 안나 폰 콜레베와 결혼했으나 역시 이혼했다.

그러고 보면 다음 영국 성공회 수장이 될 찰스 왕세자의 여성 편력은 헨리 8세에 비하면 약과가 아닌가. 헨리 8세처럼 화끈하지 못한 게 오히려 죄였을까. 그런데도 상당수 영국인들은 죽은 다이애

나 비에 대한 추모 열기와는 정반대로 찰스 왕세자에 대해선 차갑기 그지없어 보인다. 왕위가 엘리자베스 여왕으로부터 찰스를 건너뛰어 해리 왕자에게 이어져야 한다는 얘기가 나올 정도다.

성공회의 출발은 이랬지만 영국인들은 국교회를 사랑했다. 영국 제국의 힘으로 지구상의 많은 땅을 지배했던 영국인들은 가는 곳마다 성공회 교회를 세웠다. 250년 간 영국 제국이 지구의 중심으로 자리하는 동안 성공회도 전 세계에 뿌리를 내렸다. 미국과 캐나다, 인도, 아프리카, 호주, 뉴질랜드 등에서 성공회의 영향력은 막강하다.

어찌 보면 제국의 힘으로 전 세계에서 성장했지만, 남아프리카공화국에서 노벨 평화상을 받은 성공회 소속 투투 주교 등이 인종 차별 정책에 맞서 싸워 차별을 없애는 데 큰 공을 세웠으니 역사의 아이러니가 아닐 수 없다.

성공회는 로마 가톨릭과 한 집안이었지만 로마 가톨릭이 교황청의 명령에 따라 일사분란하게 움직이는 것과 달리 각 관구별로 독립적이다. 영국 왕은 영국 성공회의 수장일 뿐, 한국을 포함한 그 외 성공회와는 아무런 관계가 없는 것이다. 그러니 엘리자베스 여왕이 성공회의 정신적 수장이긴 하지만 대한성공회가 눈치를 봐야 할 이유가 없다.

순례단이 캔터베리 대성당에 도착했을 때 너무도 장엄한 건축물 속에서 고사하기 십상인 영성의 향기가 느껴졌다. 하늘을 찌를 듯한 대성당 옆의 잔디와 고목들 건너로 고즈넉한 수도원 건물들이

영국 성공회 캔터베리 대성당 성공회는 2,000년 간 교회사를 지배해온 억압과 터부의 체제를 가장 앞장서 청산해가고 있다. 10여 년 전부터 여성 사제를 허용해 여성 주교까지 탄생했고, 미국에선 여성이 성공회의 대표자가 되었다. 또 흑인인 존 센타무 대주교가 캔터베리 대주교에 이어 요크 교구의 수장에 임명될 정도로 인종적 편견도 가장 앞서 타파해나가고 있다.

여전히 자리 잡고 있기 때문인지 모른다.

영국에서 성공회 성당들은 내부의 크기도 크기지만, 그 호화로움과 정교함이 타의 추종을 불허할 정도다. 캔터베리 대성당에서 런던의 웨스터민스터 사원으로, 다시 세인트폴 성당으로 옮겨갈 때마다 식상하기는커녕 탄성이 오히려 커져만 갔다.

그런데 그 건축물의 아름다움보다도 사람의 향기가 주는 여운이더욱 컸다. 캔터베리 대성당에선 파더 콜린 수사님과 한국인 최스테파노 수사님이 대문 앞까지 나와 기다리고 있었다. 두 분 모두 아직 겨울바람이 남은 쌀쌀한 날씨에도 인도에서 본 것처럼 양말도 신지 않은 맨발에 슬리퍼 차림이어서 언뜻 보기에도 몸의 평안을 구하지 않는 것 같은 인상이었다. 흰머리와 흰 수염을 휘날리는 파더 콜린 수사님이 대성당 구석구석을 안내해주었다. 그의 설명보다도 그와 천 년의 건축물이 빚어내는 하모니가 더 많은 것을 전해주었다.

"성공회는 성공을 지향하는 사람들의 모임이 아닙니다."

영국에서 내내 순례단을 안내해준 조항식 신부님은 '성스러운 공의회'의 줄임말인 성공회란 이름 때문에 사람들이 성공회를 '성공한 사람들'이나 '성공하고 싶은 사람들'이 모이는 곳으로 안다고 말해 웃음을 자아냈다. 조 신부님은 성공회의 런던 교구 소속이자 한국 관구의 영국 대사나 다름없었다.

런던에만도 각 동네마다 성공회 교회가 있다. 그러나 유럽 대부분이 그렇듯 영국에서도 주일날 교회에 나오는 교인들 수가 갈수록 크게 줄어들고 있다. 이렇게 가다간 얼마 안 있어 교회가 텅텅 빌 것이란 우려가 나오기도 한다.

"영국에선 전 국민이 성공회 교인인 셈이지요. 그런데 요즘엔 교회에 잘 안 나와요. 예전엔 안 믿으면 감옥에도 보냈어요. 그때가 그립습니다."

조 신부님의 역설적 유머에 버스 안에서 폭소가 터졌다. 사람들이 교회에 안 나와도 영국에선 사제들이 별로 염려하지 않는다고 신부님이 연신 능청을 떨었다. 국교인 성공회의 재산이 누구도 가늠할 수 없을 정도로 많고, 성공회 사제의 월급도 국가에서 지급하기 때문이라는 것이다.

조 신부님은 "성공회 신부는 결혼을 할 수도 있고 안 할 수도 있다"고 설명하면서 "참고로 전 결혼했습니다"라고 말했다. 순례단이 '독신 수도자'를 더 높이 평가하게 마련인 '독신 여성 수도자들'인 점을 감안하면 자신의 결혼 사실을 군이 발설하지 않아도 될 일이었지만, 그는 늘 이렇게 '솔직'했다.

성공회에 대한 어떤 설명보다 그의 자유스런 영혼이 성공회를 더 잘 말해주고 있었다. 실제 성공회는 2,000년 간 교회사를 지배해온 억압과 터부의 체제를 가장 앞장서 청산해가고 있다. 10여 년 전부터 여성 사제를 허용해 미국과 오스트레일리아, 뉴질랜드 등에선 여성 주교까지 탄생했고, 미국에선 여성이 성공회의 대표자가 되었다.

또 흑인인 존 센타무 대주교가 캔터베리 대주교에 이어 세계 성공회 서열 2위인 요크 교구의 수장에 임명될 정도로 인종적 편견도 가장 앞서 타파해나가고 있다.

세계 성공회의 정신적 지주인 캔터베리 대주교는 영국 총리가 지명한다. 따라서 '정치적 이해관계'에 좌우될 것 같지만 그렇지 않다. 쉰여섯 살의 젊은 나이로 영국 성공회를 이끄는 캔터베리 대주교 로완 윌리엄스는 이라크전을 반대하는 등 토니 블레어의 정책에 매번 반대해온 인물이다.

사제들의 세계도 '권위'와는 상관없이 평등한 편이다. 신부의 나이 고하를 막론하고 월급이 거의 같고, 사는 집에 대해서도 차등을 두지 않는다. 영국의 국교로서 가장 강력한 기득권을 가지고 있지만 성직자들 스스로 기득권 없는 시스템을 선택한 것이다.

대한성공회는 지금 성공회대 김성수 총장이 주교로 있던 1993년에 관구로 독립했지만 그 전부터 우리나라에서 독특한 모습을 보였다. 1970년대 유신 독재에 항거하고, 1987년 6·10 민주항쟁 때는 광화문 성공회 성당이 그 시발지가 되었다. 김홍일 신부, 송경용 신부 등이 신부가 되기 전 청년 시절 서울 상계동 판자촌에 들어가 탁아소와 야학 등을 운영하며 빈민들을 도왔던 나눔의 집은 20년 동안 서울 경기 지역에 7개로 늘어나 가난한 사람들에게 음식을 나눠주는 푸드뱅크 운동과 함께 '아름다운 세상'을 만들어왔다. 그리고 성공회대학이 가장 아름다운 대학, 열린 대학으로 명성을 얻고 있는 것도 김성수 총장 등 열린 사제들이 있었기에 가능했다.

1900년에 지어져 지금도 이용되고 있는 강화읍 성당을 한옥으로 지은 것을 보더라도 성공회는 처음부터 이 땅의 전통을 미신으로 치부하며 서양식 사고와 건축 양식을 강제 이식하려 한 서구 선교사들과는 다른 접근을 시도했다.

성공회는 가톨릭에서 분리될 때 영국 내 모든 수도회를 해산시키고 재산을 국교회로 환수했기 때문에 수도원 전통이 완전히 끊겼다. 그러나 18세기 옥스퍼드 대학의 교수로 있던 신부님들을 중심으로 수도원 전통을 회복하기 위한 '옥스퍼드 운동'이 일어났다. 그래서 성공회 수도원도 가톨릭 수도원들 못지않게 완고했다. 만약 그런 수도원 전통이 회복되지 않았다면 이번 순례에 함께한 카타리나 수녀님과 엘리자베스 수녀님이 속한 성가수녀회도 탄생할 수 없었을 것이다.

순례단의 두 성공회 수녀님은 성격이 딴판이었다. 엘리자베스 수녀님은 언제나 곱게 입을 다물고 말이 없었다. 수녀님은 외국에 나와본 적이 없었다. 성가수녀회에 몸담은 지 20년이 넘었지만, 성공회 수도자들의 정신적 고향인 캔터베리 대성당에 온 것도 처음이었다. 그러니 어찌 감회가 남다르지 않을까. 그래서 소감을 물어도 수녀님은 살짝 웃기만 할 뿐 다시 침묵했다.

성공회의 폭은 한 집에 살면서도 저토록 다른 카타리나 수녀님과 엘리자베스 수녀님의 거리만큼이나 넓었다. 그래서 왕의 종교이기도 한 성공회가 이처럼 여성 및 유색 인종 등과 '성공적'으로 조화를 이루어가고 있는지 모른다.

"성공회는 비록 여러 면에서 부족하고 잘못이 많지만 서로의 믿음을 존중하면서 힘을 모아 새로운 세계를 지향해가는 믿음의 공동체입니다."

성공회대학에서 내놓은 한 책자는 성공회를 이렇게 소개했다. 지금까지 수많은 전쟁과 살인을 해왔으면서도 자신의 종교엔 전혀 잘못이 없다며 상대편에게만 책임을 전가하는 종교들에서 숨 막힘이 느껴졌다면, 이런 겸허함을 만날 때 우린 숨이 트인다. 무결점을 주장하는 오만보다 약점을 고백할 만큼 겸손해질 때 우리는 서로 만날 수 있다. 누구에게나 약점은 있기에.

세계를 이끄는 힘의 8할은 여성이다

런던 시내 리젠트 공원은 아름답기 그지없었다. 호수엔 오리와 물새들이 헤엄을 치면서 호숫가를 산책하는 수도자들을 신기한 듯 바라보곤 했다.

긴 여정에도 한 점 흐트러짐 없는 옷매무새를 갖추고 정결한 발걸음을 옮기는 한국의 수도자들이 영국에서 풍기는 기운은 남달랐다.

영국에선 여왕의 나라답게 가는 곳마다 여성 종교인들이 조연이 아니라 주연이었다. 퀘이커 공동체 우드브룩은 여성인 제니퍼 학장이 지도자였다. 순례단이 캔터베리 대성당에 도착했을 때도 대성당 여사제인 캐넌 클레어가 환영했다. 성공회에선 여성 사제를 허용해 미국, 호주, 뉴질랜드 등에서 여성 주교까지 탄생했고 급기야 여성이 미국 성공회 수장을 맡기에 이르렀다.

그런 영향으로 성공회 수녀님인 카타리나 수녀님도 귀국 뒤 부제 서품을 받기로 돼 있었다. 부제 서품을 받고 1년 뒤 사제 사품을 받으면 우리나라 최초의 여성 사제가 되는 것이다.

여성의 힘이 서구에서 먼저 주목을 받고 있지만, 실은 한국 여성들이야말로 알면 알수록 눈에 보이지는 않는 분명한 힘을 가지고 있다.

나는 3년 전 인도를 순례하면서 한국 여성들의 '놀라운 에너지'에 깜짝 놀란 게 한두 번이 아니다. 가끔 현금을 갖고 다니는 한국 여행객을 노려 쥐도 새도 모르게 죽이는 일도 발생하고, 여성들을 강간하는 경우도 적지 않아 남자인 나도 늘 안전을 보장키 어려웠던 히말라야나 인도의 외진 곳에서 혼자 여행하는 한국 여성들을 자주 만났다. 그렇다고 그들이 외국 여행 경험이 많거나 영어에 능통한 것도 아니었다. 외국 여행이 처음인 사람도 적지 않았고, 영어라곤 인사말조차 잘 못하는 경우도 있었다. 그런 그들이 세상에서 험하기로 둘째가라면 서러울 인도 여행을 하니, 어찌 보면 기막힌 노릇이었다.

그런데도 인도 여행을 하는 남자들은 여행이 길어지면 몸이 아파서 몸살을 겪는 데 반해 내가 만난 한국 여자들은 끄떡없었다. 한국 여자의 힘을 태극 마크를 단 여자 선수들만이 보여주는 건 아니다.

순례단이 녹야원 옆 한국 절에 머물던 동안에도 우리 일행 외에 비구니 스님 한 분과 친구끼리 온 사십대 두 보살님, 삼십대 처녀와

여대생이 함께 묵었다.

그들은 긴 여행에 지친 몸으로도 새벽부터 아침 식사 준비를 거들었고, 식후엔 날래게 설거지를 했다. 그리곤 자기보다 더 큰 배낭을 메고 다시 어디론가 떠나곤 하니 어찌 경이감이 들지 않겠는가.

한국 여자들에겐 불가사의한 뭔가가 있다. 신체적으로 왜소하기 그지없는 한국 여성들이 양궁과 골프, 쇼트트랙 등의 세계 무대에서 발군의 기량을 뽐낼 때만 그런 느낌이 드는 게 아니다.

하버드대 출신의 미국인 스님으로 잘 알려진 현각 스님으로부터 한국의 아줌마 부대를 보고 놀랐다는 얘기를 들은 적이 있다. 그가 한국에 온 지 얼마 안 되어 부처님의 진신사리가 모셔진 기도처인 설악산 봉정암에 갔을 때의 일이다. 백담사 쪽에서 올라가는 그 길은 깔딱깔딱 숨이 넘어간다는 깔딱고개를 비롯해 사람을 딱 잡기 알맞은 코스로 되어 있다. 그런데 젊은 남자인 자신도 숨이 넘어갈 듯한데, 허리가 꾸부정한 할머니들을 포함한 아줌마들이 쌀까지 지고 쉬지도 않고 올라가더란다. 천신만고 끝에 봉정암에 올라가보니 그들은 벌써 부처님 사리탑 앞에서 연신 절을 하고 있었다. 그렇게 밤에 한 숨도 안 자고 삼천배를 하더라는 것이다. 그리고 새벽녘에 삼천배를 끝내고 부엌으로 들어가 군불을 땔 때 밥을 해서는 스님들께 공양까지 올리고 하산 길에 나서더란다. 현각 스님은 그들이 사람인가 귀신인가 의심이 들더라고 했다.

현각 스님이 한국 여성의 남다른 신명을 이해하긴 어려웠을 것이다. 한번 신기가 발동하면 무당은 밤새 작두 위에서 춤을 춰도 지치지 않는다. 한국 여성의 피 속엔 그런 여성 샤머니즘의 신기가 흐르고 있는지 모른다.

여성 샤먼은 동양의 다른 나라에선 찾아볼 수 없다. 일부에서 우리 민족의 원류라고 주장하는 시베리아에서도 샤먼은 대부분 남성이다. 그러나 우리나라에선 여성인 무당이 중심이고, 남성인 박수는 보조하는 역할에 머문다.

샤먼의 행위도 전혀 다르다. 시베리아의 샤먼은 영혼이 최면에 걸려 육체를 떠나 신을 찾아다니지만, 한국 무당은 굿을 하면 자신은 그대로 있고 신이 내려오게 한다. 이른바 신내림이다. 신이 내리면 무당은 신적인 힘을 발휘하곤 한다.

우리나라 개신교에선 이런 전통적인 무속을 미신이라고 비하하지만 개신교의 방언과 통성기도 등 역동적인 모습은 외국 교회에선 찾아보기 어려운 것으로 한국적 샤머니즘의 영향으로 보기도 한다.

또한 다른 나라에선 창조주들이 남성이지만 우리나라는 그와는 다르게 독특함이 있다.

태초에 세상은 햇볕만 따뜻하게 비칠 뿐 눈에 보이는 물체라고는 없었다. 오직 8여의 음만이 하늘에서 들려왔는데, 이 음에 의해 천국과 낙원이 있는 지상에서 가장 높고 가장 오래된 마고성이 생겼고, 그 안에 마고가 살았다. 마고는 두 딸을 낳았는데 궁희와 소희였다.

이 글은 우리 민족에게 창세기와 다름없는 것으로 알려지기도 하는 『부도지』의 첫머리이다. 태초에 여덟 가지 음으로 천지가 창조된 뒤 마고와 궁희, 소희 등 삼신이 태어났다는 것이다.

마고 할머니, 즉 여성을 우리의 시원으로 상정한 것이다. 중국에서 전해진 유교 등 외래 문화의 영향으로 여성성이 오랫동안 억압을 받았지만 고대부터 한국의 고유 문화 속 여성의 모습은 전혀 달랐다. 이미 신라시대에 선덕여왕, 진덕여왕 등 여성이 제왕의 자리에 오르지 않았던가.

한국 여성들에겐 주체하기 어려운 에너지가 있다. 특히 종교계에선 더욱 그렇다. 교회와 절과 성당과 교당은 여성이 아니면 지탱하기 어렵다. 아직까지도 종교라는 시스템은 남성 우월적인 경향이 짙지만, 실은 한국 종교를 유지하고 있는 것은 여성들이다. 어느 종교를 막론하고 교회나 법당 등에 가보면 여성들이 70~80퍼센트 이상을 차지하는 곳이 대부분이다.

또 종교적으로 보더라도 우리나라만큼 여성 해방의 기치를 확고히 든 나라도 없다. 우리나라 최초의 민족 종교인 천도교의 출발도 '여성 해방'부터였다. 수운 최제우 대신사가 '한울님〔天〕'과 문답을 통해 '인내천人乃天(사람이 곧 한울임)'을 깨닫고 집에 돌아와 최초로 한 행동은 부인 박씨에게 삼배를 올린 것이었다. 여성의 지위가 가장 형편없었던 조선 말기 1860년의 일이다. 수운은 또 곧바로 두 여종 가운데 한 명은 수양딸로 삼고 나머지 한 명은 며느리로 삼았

리젠트 공원 산책 아름다운 호숫가를 산책하는 한국 여성 수도자들의 정결한 발걸음은 남다른 기운을 뿜어낸다. 아직은 종교라는 시스템이 남성 우월적인 경향이 짙지만, 실은 한국 종교를 유지하는 힘은 여성들에게서 나온다. 한국의 종교들이 새 시대 여성의 영성에 주목하는 것도 자비와 포용, 관용과 조화를 지닌 여성성이 세상을 이끌어가게 될 것이라 내다보기 때문이다.

다. 남성 위주의 가부장적 고정관념을 탈피해 여성이나 종에 대해서도 '사인여천事人如天(사람을 한울처럼 섬김)' 한 것이다.

수운에 이어 구한말에 태어난 증산도의 창시자 강증산은 1907년 종통宗統을 여성인 고씨 부인에게 전했다. 후천 세계를 여는 상징으로 여성에게 천지대업을 맡긴다는 것이었다.

1916년 스물여섯의 나이로 도를 깨달은 소태산 박중빈의 원불교는 처음부터 최고 의결 기구인 수위단을 남녀 동수로 정해놓았다. 의사 결정을 남녀가 똑같이 하도록 한 것이다. 또한 여성 출가자에게도 남성과 똑같은 권한과 의무를 주었다. 일반 사회에선 제대로 대접받지 못하는 여성에게 교단 내에서 힘을 실어주자 그들은 그야말로 멸사봉공했다. 여성 교무들이야말로 오늘날 원불교를 반석에 올려놓은 숨은 공로자이다. 대종사는 잠자고 있던 여성의 힘을 끌어냈던 것이다.

달라이 라마도 삼소회원들을 만난 자리에서 이렇게 말했다.

"우리 인간도 포유류의 하나입니다. 다른 포유동물들을 보세요. 암컷이 수컷보다 정신적으로 돌보는 능력이 강합니다. 아버지들은 자기 자신만 즐길 뿐이지 돌보는 데는 별로 관심이 없습니다. 어머니는 항상 자식들을 돌봅니다. 그것이 자연의 섭리입니다. 인간 사회에선 보호하는 힘이 여성들에게 더 있지 않습니까."

아마도 한국의 종교들이 새 시대에 '여성의 영성'을 주목한 것도 이 때문일 것이다. 양과 음이 전환되는 시대라는 것이 단지 지배 권력이 남성에서 여성으로 바뀐다는 뜻일까. 폭력과 전쟁, 출세주의, 성장주의, 권력 지향으로 상징되는 남성성이 아닌 자비와 포용, 관용, 조화를 가진 여성성이 세상을 이끌어가는 시대가 될 것임을 시사하는 것으로 볼 수 있지 않을까.

한국의 사찰에선 남자 불자들을 '거사'라고 부르지만 여성 불자들은 '보살'이라고 칭한다. 보살은 산스크리트어 보디사트바의 음사音寫인 보리살타를 줄인 말이다. 보디사트바란 깨달음을 뜻하는 보디(보리)와 사람을 뜻하는 사트바를 합친 말이다. 그러니 '깨달음을 구하는 사람' 혹은 '깨달아 있는 중생'이라고도 한다. 부처님이 현실 세계로 내려온 듯한 보살이란 얼마나 아름다운 존재인가. 번뇌망상을 싹둑 베어버려 지혜의 태양을 밝히는 문수보살님과 꾸준히 보살도를 실천하는 보현보살님. 또 누구나 고통에서 벗어나도록 자신을 부르는 곳이면 어디든 달려가는 관세음보살님, 한 중생도 남김없이 탈출시키지 않고선 결코 지옥을 나서지 않겠다고 서원한 지장보살님…….

한국의 여성들은 누구나 그런 위대한 '보살'로 불리는 것이다.

리젠트 공원 호숫가를 유유히 걷던 수도자들이 서로를 발견하고 벤치에 다가가 앉자 오리 한 마리가 두려움 없이 가까이 다가오고 있었다. 폭압의 힘이 아니라 포용의 힘을 지닌 한국 여성의 기운을 이미 알고 있다는 듯이.

히잡을 쓴 스님, 모스크에 입성하다

긴장했다. 이슬람 사원에 들어갈 땐 다른 사원에 들어갈 때와는 달랐다. 2~3년 전 인도를 순례하면서 이슬람 사원에 처음 들어갔을 때의 그 긴장감을 난 아직도 기억하고 있다. 미국이 주도하는 정보의 우산 아래 있는 사람치고 이슬람에 대해 혐오감까지는 아니더라도 두려움을 가지지 않는 사람이 얼마나 될까. 그러나 숱한 모스크(이슬람 사원)들을 순례하면서, 난 겉치레라곤 없는 모스크의 담백함이 좋았다. 단순한 내부 구조와 복잡한 형식 없는 기도 방식과 고요가 내 마음의 여백처럼 편안했다.

런던 이슬람 중앙성원은 런던 시내 리젠트 공원에 있었다. 맑은 호수와 잔디밭과 나무들이 어우러져 아름답기 그지없는 공원 한쪽에 황금빛으로 빛나고 있는 사원이었다. 삼소회원들은 모처럼 리젠트 공원에서 망중한을 즐기고 성원으로 발걸음을 옮겼다. 인도와 달리 서구에 있는 이슬람 성원, 더구나 아름다운 리젠트 공원에 있는 모스크는 훨씬 더 자유스러울 거란 예상은 단지 예상일 뿐이었다. 사전에 약속을 하고 갔지만 약속한 인물이 나오기 전까지 모스크 입구에서부터 경비원의 모습은 완고했다.

경비원들은 머리를 가리지 않은 여성은 누구도 모스크에 들어설 수 없다고 단호히 말했다. 어찌 보면 타종교 순례단에 대한 '무례'로 여길 수도 있었다. 순례단은 모두 여성인 데다 그리스도교, 불교, 원불교 등 타종교 수도자들이 아닌가. 서구에선 머리에 둘러쓰는 히잡을 이슬람 여성 차별의 상징으로 여긴다. 자기 가족 외 다른 남자에게 얼굴을 보이지 않게 보자기로 얼굴을 가리다니 21세기에! 히잡을 보는 서구인들은 이를 혐오하거나, 그렇진 않더라도 동정 어린 시선을 거두지 못한다. 히잡을 여성에 대한 속박의 굴레로 보는 것이다.

그래도 두건처럼 머리에만 쓰는 히잡은 나은 편이다. 아프가니스탄 여성들이 쓰는 부르카는 눈만 남겨놓고 머리부터 발끝까지 모두 가린다. 1970년대만 해도 미니스커트를 입을 정도로 개방적이었던 아프가니스탄에서 탈레반이 정권을 잡으며 모든 여성들에게 부르카를 강요했다. 여덟 살 이상 소녀들은 교육을 금지시키고, 여자대학을 폐쇄하고 취업조차 금지시켰다. 그러니 이슬람 국가들과 오사마 빈 라덴이 뭐라든지 미국에 의한 탈레반 정권의 붕괴에 아프가니스탄 여성들이 쌍수를 들어 환영한 것은 어찌 보면 당연한 일이다.

조지 부시 미국 대통령은 2002년 9월 이라크를 침공할 때 '여성 해방'을 슬로건으로 내세웠다. 여성들의 얼굴까지 가려버리는 국가들에 대한 서구인들의 비판 여론에 편승하면 전쟁까지도 합리화할 수 있으리란 계산이었을 것이다. 부시 대통령은 억압받는 이라크 여성의 인권과 편익을 위해서라도 서구가 이라크를 침공할 수 있다고 강력히 외쳤다.

미국 등 서구의 영향 아래 살아온 한국인의 의식도 서구인들과 크게 다르지 않다. 한국의 수도자들 가운데 누구라도 히잡을 쓰라는 요구를 무례한 것으로 받아들여 거부할 경우 모스크 입장을 거부당하고, '종교 화합'과 '종교 평화'를 위한 우리의 여정도 심각한 위기를 맞을 수 있는 상황이었다.

그때였다. 본각 스님이 앞으로 나섰다. 한국 불교의 핵인 조계종 스님들을 길러내는 중앙승가대 교수이자 기숙사 사감을 하던 본각 스님은 중앙승가대 졸업생들에게 자비롭지만 엄격하기로 소문이 나 있다. 스님은 불교의 교리나 계율에 가장 충실했기에 군기반장과도 같았다. 그런 그가 앞으로 나서니 다들 긴장할 수밖에 없었다.

그가 두르고 있던 목도리를 갑자기 벗었다. 찰라 간 더욱 긴장감이 돌았다. 그런데 이게 웬일인가. 그가 목도리를 머리 위에 올려 똬리를 트는 것이 아닌가. 아마도 전생에 많이 해본 듯 익숙한 솜씨였다. 그렇게 즉석에서 히잡을 만들어 머리에 썼다.

수도자로서 흐트러짐 없는 본각 스님이 갑자기 앞에 나서 이솝우화에 나오는 아라비아 상인의 터번 같은 히잡을 만들어 쓰다니. 순례단의 긴장감이 한꺼번에 와르르 무너져 내렸다. 순례단원들은 본각 스님의 모습에 웃음을 터트렸다. 실제 까까머리에 히잡을 만들어 쓴 것이 우습기도 했지만, 상상 외로 너무 어울렸기 때문이다.

본각 스님의 멋진 솜씨에 반한 마리아 수녀님이 형일 교무님의 목도리를 벗어들고는 교무님의 머리에 히잡을 만들어 올리기 시작했다. 그러나 보기만큼 쉬운 게 아니었다. 진명 스님도 나름대로 열심히 목도리를 말아서 얼굴에 둘러쓰긴 했는데, 아라비아의 여인이 아니라 겨울철 군밤장사 아줌마처럼 돼버리고 말았다.

수녀님들은 머리에 베일을 쓰고 있기 때문에 히잡을 따로 할 필요가 없었다. 그런데도 수녀님들까지 나섰다. 무슨 일에든 빠지는 법이 없는 카타리나 수녀님도 목도리로 얼굴 주위를 둘둘 말기 시작했다. 머리에 검은 베일을 쓰고 있는 데다, 검은 목도리로 입과 코까지 막고 보니 영락없는 이슬람 전사 같았다. 늘 점잖은 지정 교무님과 베아타 수녀님까지 나서서 스카프로 히잡을 만들기에 이르렀다. 히잡 만들어 뽐내기 경주를 한 지 채 10여 분도 안 되어 모두가 모스크 입장의 요건을 충족하고도 남았다.

순례단은 모스크 안으로 들어갔다. 모스크는 단순했다. 모스크는 세계 어디서나 메카 쪽을 향하고 있다. 그리스도교 또한 우상을 배격하지만 예배당에서 십자가 또는 예수님의 조각이나 그림을 찾아볼 수 있다. 그러나 이슬람 모스크 안에선 어떤 상징도 찾아볼 수 없다. 세 명의 무슬림이 메카를 향해 절을 했고, 서너 명은 앉아서 조용히 코란을 읽고 있었다. 또 셋은 성전에서 아무렇게나 편히 누워 잠을 자고 있었다. 마치 요람 속의 아이처럼.

순례단은 조용히 뒤쪽에 자리를 잡고 나란히 앉았다. 묵상이 시작됐다. 이 순간 이들은 어떤 종교인일까. 침묵 속엔 어떤 교리도, 주장도, 다툼도 없었다. 모두 머리에 히잡을 쓰고 있을 뿐이었다. 모스크 가운데는 여성들을 위해 천으로 여성만의 공간을 막아놓은 곳도 많지만 이곳에선 여성 기도실을 따로 분리해놓지 않았다. 그러나 여성들은 모스크에서 남성들 앞에 앉지 않는다. 이를 서구에선 여성 차별로 보게 마련이다. 그러나 이슬람 세계에선 이를 차별로 받아들이는 사람이 많지 않다.

무슬림들은 아주 밀착한 가운데 기도를 한다. 그들은 머리를 땅에 대고 기도하는데, 그러자면 뒷사람이 자연스럽게 앞사람의 엉덩이와 마주하게 된다. 이슬람에서 예배의 가장 중요한 요소로 꼽는 것은 의도와 마음이다. 만약 여성 뒤에 남성이 밀착해 있을 경우 엉덩이의 노출 가능성 때문에 신에게 집중해야 할 마음이 남성이나 여성 모두 엉뚱한 곳에 분산될 수 있다는 것이다. 무슬림 여성들이 신체를 노출하지 못하게 하는 것도 이런 차원에서 설명한다.

무슬림들이 서구에 대해 갖는 가장 큰 불만 중 하나는 아랍과 이슬람을 동일시하는 것이다. 세계엔 58개의 이슬람 국가가 있고, 세계 인구의 4분의 1인 17억이 무슬림이다. 이 가운데 아랍인은 16퍼센트인 2억에 불과하다. 그런데도 서구인들은 이슬람과 아랍을 동일시한다는 것이다.

더 큰 불만은 이슬람과 테러를 동일시한다는 점이다. 그리스도교 권역인 미국이나 유럽이 전쟁을 일으킨다고 해서 그리스도교 전쟁이라고 하지 않는 것은 물론이고, 그리스도인이 범죄를 저지른다 해도 그리스도교 범죄나 그리스도인 범죄라고 하는 경우는 없다. 그런데도 오사마 빈 라덴 등 극소수 이슬람 근본주의자들이 일으킨 테러를 '이슬람 테러'라고 규정해 전 세계 사람들에게 '이슬람=테러'라는 이미지를 심어준다는 것이다.

그들은 히잡을 쓰는 것도 이슬람이란 종교 때문이 아니라 이슬람이 등장하기 오래전부터 아랍 지역민들에게 이어져온 전통이라고 한다. 그리고 보면 성화 속의 성모 마리아를 비롯한 여성들도 모두 머리에 검은 천을 두르고 나온다.

무슬림은 아랍 여성들에게 이슬람의 등장은 축복이었다고 한다. 서구인들은 이슬람의 등장이 여성들에게 재앙이라고 강조하지만, 실제 이슬람이 도래하기 전 아랍에선 여자아이가 태어나면 집안의 불운으로 여겼다. 그래서 잔인한 아버지들은 딸을 생매장하기도 했다. 여성은 자라더라도 사고팔거나 상속할 수 있는 성적인 대상에 불과했다. 그런 상황에서 이슬람이 등장했다.

"주님께서 그들에 응하사, 나는 남녀를 불문하고 그들이 행한 어떠한 일도 헛되지 않게 할 것이라. 너희는 서로 동등하니라."

코란은 이렇게 신의 계시를 전한다. 이슬람은 아담, 노아, 아브라함, 모세, 다윗을 비롯해 그리스도교의 선지자들과 예수님을 모두 예언자로 받아들이지만, 여성의 원죄에 대해선 그리스도교보다 오히려 진보적이다. 이슬람은 이브가 하느님에게 불경하고 아담을 유혹해서 결국 그가 추방당하게 만들었다는 생각을 부정한다. 코란은 아담과 이브가 함께 하느님에게 불경했다고 한다. 따라서 여성이 사악함의 원천이라는 것을 부정한다.

세계의 여성 차별사를 연구한 이들은 최근세까지도 여성들이 더 차별받은 지역이 이슬람권보다 타지역이었음을 지적한다. 고대 그리스는 민주주의의 발상지라지만 여성은 노예 및 외국인과 함께 시민에 포함되지 않아 선거권을 갖지 못했고 사회활동도 불가능했다. 로마에서도 결혼과 동시에 여성의 재산이 남편에게 귀속되었고 남편의 재산이나 노예로 간주되었다. 인도에선 지금도 남편이 죽으면 따라 죽어서 가문을 빛내라는 강권을 받는 여자들이 있다. 이스라엘에서는 아버지가 딸을 팔기도 했다. 중국, 한국, 일본 등에서도 아버지와 남편과 아들을 차례로 따라야 한다는 삼종지도로 인해 가슴이 숯검정이 되어도 무조건 귀머거리 3년, 벙어리 3년을 강요당하는 삶을 살았다.

서구 그리스도교 세계도 덜하지 않았다. 영국에서 여성은 남성과 겸상해 식사할 수도 없었고, 질문을 받지 않으면 말할 수도 없었다. 그리스도교 세계에선 여성에 대한 참혹한 마녀사냥이 끊임없이 자행됐다.

"하느님이 모든 사람들을 창조했기에 누구든지 환영합니다."

여성에 대한 차별을 더욱 부정하듯이 잘생긴 무슬림이 묵상을 마친 삼소회원들에게 환영을 표했다. 순례단은 모스크 안에서 그를 따라나섰다.

"신앙은 하나의 태도이고 매너입니다. 그러기에 서로를 존중하고 다른 신앙을 존중하는 것이 중요하지요. 그래서 우리도 서로서로 다름을 존중합니다."

활짝 웃으며 순례단을 맞이한 사람은 한눈에도 영국 신사다운 매너를 지닌 이였다. 런던 이슬람 중앙성원 대표인 아흐메드 알 두바얀이란 이맘(성직자)이었다. 그는 런던에서 가장 바쁜 사람 중 한 명이다. 런던에서 테러가 발생하거나 유럽인들과 무슬림 간에 갈등이라도 생기면 BBC 방송을 비롯한 매스컴에서 가장 먼저 찾는 사람이 바로 그다.

"모두가 오렌지만을 좋아한다면 오렌지가 모자랄 것입니다. 오렌지가 아닌 다른 것을 먹는다 해서 나쁘다고 할 수 없겠지요. 우린 서로 다른 것을 먹을 수 있지 않습니까."

세상 사람들이 서로 다른 문화와 종교를 가진 것은 당연하다는 사실을 그는 다양한 과일에 비유했다. 그는 "서로를 이해하지 못하는 것은 각자의 믿음에 대해 아는 것이 없기 때문"이라고 했다.

차이를 존중하자는 취지의 그의 말이 끝나자 본각 스님이 허를 파고들었다.

"아프가니스탄에선 무슬림들이 바미안 석불을 파괴했습니다. 왜 그런 거지요?"

"……."

잠시 침묵이 흘렀다. 두바얀이 입을 뗐다.

"바미안 석불이 파괴된다는 뉴스가 나오자 이곳에 무슬림들의 전화가 빗발쳤어요. 제발 불교도들이 그들의 종교를 지킬 수 있도록 그대로 두자고 말이지요."

모스크에 들어올 때 히잡을 쓰던 본각 스님은 간데없었다. 본각 스님은 작정한 듯 다시 따져 물었다.

"타이에선 무슬림들이 불교 사원을 파괴하고 스님을 살해하기까지 했어요. 어떻게 그런 폭력을 일으킬 수 있는 것인가요?"

"타이 남쪽에서 무슬림들에게 시민권 등 권리를 제한하는 것과 관련하여 문제가 발생한 것으로 알고 있습니다. 그렇다 하더라도 이슬람에서 그런 행동은 허용되지 않습니다. 전쟁 중이라 해도 아이와 여성을 살해하는 것은 허용되지 않습니다. 그들이 무슬림이라 하더라도 우리는 그것을 인정할 수 없습니다."

조마조마하게 지켜보던 순례단원들의 얼굴에 화기가 돌기 시작했다. 드디어 피부를 싸늘하게 감싸던 긴장이 벗겨진 것이다. 그러자 두바얀이 말했다.

"타이는 불교가 국교나 다름없지요. 타이에서 누군가 문제를 풀어야 한다면 불교 쪽에서 문제를 풀어야 할 것입니다. 세계 어디서든 늘 당하는 쪽에서 문제를 풀어가려니 해결이 안 되는 것이지요."

이 말에 순례단원 모두 고개를 끄덕였다. 급할 것 없고 아쉬울 것도 없는 강자의 무관심과 계속된 횡포가 결국 원한과 폭력의 뿌리이지만, 세상은 늘 원인을 간과한 채 결과만으로 약자를 심판해온 것이다.

이슬람 남성 성직자와 히잡을 쓴 한국의 여성 수도자들 간에 대화보다 더 깊은 공감이 흘렀다. 이제 더 이상의 대화는 사족일 뿐이었다. 어쩌면 '정말 예상했던 대로 여성 차별이 있기만 했단 봐라'는 결기가 가슴속에 숨어 있었을지 모를 여성 수도자들이었다. 그럼에도 종교의 구색을 맞추기 위해서라도 빼놓을 수 없어서 모스크에 왔는지도 모른다. 그런데 이곳에서 '예상치 못한 선물'을 받은 듯, 순례단원들은 하나같이 행복한 미소를 지었다.

런던에서 가장 바쁜 사람인 두바얀이 약속시간을 30분이나 미루며 순례단과 온전히 하나 되는 모습은 "나의 공동체여! 여성에게 친절할지어다"라는 코란의 진실함을 그대로 보여주는 것만 같았다.

만남은 끝이 났다. 두바얀은 갈 길이 바빴지만, 그가 더할 나위 없이 좋아진 여성 수도자들은 모스크 앞마당에 나가 기념 촬영을 하자고 청했다. 두바얀은 웃음으로 답했다. 그러자 모두가 앞 다투어 좁은 문을 향해 나갔다. 그러자 두바얀이 한쪽으로 비켜섰다. 그러곤 오른손으로 문 쪽을 가리키며 여성들에게 허리 숙여 말했다.

"레이디, 퍼스트."

테러 현장 속의 꽃 한 송이

7·7 테러 현장으로 향했다. 런던 시내는 평온했다. 6개월 전 테러가 발생한 뒤로 관광객이 크게 줄었다고 했지만 런던 시내는 다시 관광객으로 넘쳐났다. 순례단을 태운 버스는 토니 블레어 수상이 집무를 보는 다우닝 가를 지났다.

미국에서 테러가 발생하면 조지 부시 대통령이 선봉장으로 스포트라이트를 받듯이, 영국에서 테러가 발생하자 모든 눈과 귀가 블레어 총리에게 모아졌다. 미국의 이라크 침공에 무조건 동조한 데 대한 반전 여론으로 지지율이 계속 떨어지고 있던 블레어 총리는 7·7 테러 사건으로 일거에 지지율을 만회했다. 무려 5년 만에 긍정적인 평가가 부정적인 평가를 앞지른 것이다.

2001년 오사마 빈 라덴에 의해 뉴욕의 무역센터 빌딩이 무너져 내렸을 때, 내가 쓴 기사로 인해 빚어진 한 가지 해프닝이 떠올랐다.

그 무렵 난 목회 현장을 떠나 계룡산 아래 조용히 살며 동화와 시를 쓰는 이현주 목사님을 만났다. 이 목사님은 간디와 틱낫한 스님 같은 평화운동가의 책을 번역하기도 했다. 그는 미국의 테러 참사 뒤 부시 대통령이 세계인들과 국가들을 향해 "미국과 오사마 빈 라덴 중 어느 편을 택할지 선택하라"고 한 것에 대해 "부시와 빈 라덴은 같은 편"이라고 했다. 그들은 싸우는 척하지만 서로를 돕고 있다는 것이다.

이 인터뷰 기사가 신문에 나간 뒤 '진보적'이라는 한 논객이 이 목사님을 '사이비 도사'로 매도하며 그를 신랄히 비난했다.

그런데 그것이 이현주 목사님만의 견해일까. 난 오히려 이슬람 종교인들로부터 그런 견해를 여러 차례 들었다. 얼마 전 서울 이슬람 중앙성원의 파룩 준불 이맘이 서울 을지로 1가 향린교회가 타종교의 이해를 위해 마련한 자리에서 설교를 했다.

"빈 라덴이 무슨 목적으로 저러는지, 어느 동굴에 사는지, 실례지만 아는 사람은 부시 대통령밖에 없습니다. 오래전부터 빈 라덴과 부시 가가 비즈니스를 했다는 것을 아는 사람들은 다 알지요. 빈 라덴이 없었다면 부시가 대통령에 재선됐겠습니까. 그러면 빈 라덴은 과연 누구의 편입니까?"

문자 그대로 둘이 '짜고 치는 고스톱'을 한 것이라고 믿을 수는 없지만, 이런 폭력의 핑퐁 게임을 깊이 응시하다 보면 서로 돕는 폭력의 속성과 그 메커니즘을 발견할 수 있다.

내가 스리랑카에서 만난 대표적인 평화운동가 아리야네트 박사의 말은 아주 단순하면서도 명쾌했다. 좁은 스리랑카 땅 안에서 싱할리 족과 타밀나두 족의 분쟁으로 수만 명이 죽고 죽이는데, 그들 두 민족의 우익은 서로 협력 관계라는 것이었다. 겉으로는 가장 적대적이지만 말이다. 총칼을 들어야 하는 이유가 많기도 많지만, 결국 뼈대는 싱할리 족의 우익 정권이 코너에 몰리면 "타밀나두 족이 우리를 죽이려 한다"고 선동하고, 타밀나두의 우익 정권이 위기에 몰리면 "싱할리 족이 우리를 말살하려 한다"고 선동함으로써 폭력 충돌을 야기한다는 것이다. 그러는 사이 선동에 동조한 백성들은 가족과 마을을 잃고 비참한 삶을 살지만, 양쪽의 우익은 어느새 위기에서 탈출해 더욱더 공고한 정치적 기반 위에 서곤 한다는 것이다. 그러니 양쪽의 우익이 정치적 위기 때마다 '전가의 보도'처럼 꺼내드는 것이 바로 위기를 부추겨 상대에 대한 증오심을 불태우게 하는 것이다.

인도에서 간디와 그의 제자 비노바 바베의 영향을 받아 1960년대 사티시 쿠마르와 함께 3년 간 세계 평화를 호소하며, 걸어서 세계를 순례한 메넴 박사도 같은 얘기를 들려주었다. 인도와 파키스탄 사이의 카슈미르 분쟁은 양국에서 대선이나 총선 등 선거를 앞둔 시점에 늘 일촉즉발의 위기로 치달아 양쪽의 우익을 돕는다는 것이다.

물론 제국과 대등하게 싸울 힘이 없는 약소민족과 제국을 함께

7·7 테러 현장의 간디 '이에는 이'로 맞서고 싶은 것이 인간의 단순한 성정이다. 폭력 앞에 비폭력으로 맞서기란 참으로 하느님 앞에 순명하는 것만큼이나, 탐·진·치 삼독을 끊는 것만큼이나 어렵다. 그런데도 간디는 비폭력만이 최상의 법칙이며, 인류를 구하는 유일한 길이라고 단언했다.

놓고 재단한다는 것은 우스운 일이다. 끊이지 않는 세상의 폭력을 몰아내려면 폭력을 사용할 힘을 가진 자의 성찰과 반성, 그리고 이에 기초한 화해가 선행되어야 한다.

그러나 그런 위기에 기대 살아가는 우익 정치인과 군수업체에 대해 도덕적인 모습을 기대하기 어렵다는 것이 역사가 말해주는 슬픔이다. 그런데도 시민들은 그들이 부추기는 위기에 무조건 동조함으로써 세상의 불화에 일조하고 있는 셈이다. 어찌 보면 테러는 미국이나 영국 등지의 시민들이 그런 어둠의 세력에 동조한 대가일 수도 있다.

약소민족이나 약자가 강자에 대항할 수 있는 방법이 참으로 빈약한 게 현실이긴 하다. 하지만 불특정 다수를 대상으로 하는 막무가내식 테러로 얻을 수 있는 게 무엇인가. 우리에게도 일제에 항거해 자신의 몸을 던진 안중근, 윤봉길, 이봉창과 같은 애국 열사들이 있다. 우리의 열사들이 한국 침략의 원흉인 일왕이나 이토 히로부미, 또는 일본군 장성 등을 응징의 대상으로 여겼던 것과 시민을 대상으로 한 이들의 테러는 분명히 다르다.

순례단은 한 조그만 공원에 도착했다. 지하철 세 곳과 버스 등 네 군데에서 동시에 52명이 죽고 700여 명이 다친 테러 현장 가운데 버스가 폭발한 곳이었다. 이곳에서 그런 테러가 일어나리란 것을 예견한 것일까. 간디가 공원 가운데 앉아 있었다.

간디는 영국과 인연이 각별하다. 그는 열아홉 살 때 런던으로 유학을 와 런던 대학에서 법률을 공부했다. 정작 간디는 동양의 정신, 특히 인도의 정신에 대해서는 아는 게 거의 없었다. 그러나 영국에서 그는 인도를 재발견했다. 그의 비폭력 사상이 싹튼 것도 이곳이다.

간디는 힌두교인이었다. 그러나 그는 힌두교인 편도, 무슬림 편도 아니었다. 그는 폭력의 편에 서는 것을 거부했다. 비폭력 무저항 운동은 아무것도 하지 않는 것이 아니라 폭력을 거부하는 가장 단호한 몸짓이었다.

인도는 힌두교인과 무슬림의 충돌로 수많은 사람이 죽었고, 결국 인도와 이슬람 국가인 파키스탄으로 분리됐다. 간디는 종교를 방패막 삼아 폭력을 조장하며 권력을 창출하려는 우익에겐 눈엣가시 같은 존재였다. 결국 간디는 힌두교 우익에 의해 목숨을 잃었다.

대중은 같은 나라, 같은 종교는 무조건 한 편으로 알고 아군과 적군을 단순히 이분화하지만 실제로도 그럴까. 형식상 내 쪽이면서도 근본주의적이고 폭력적인 세력이야말로 평화로 가는 길에 놓인 지뢰인 셈이다. 같은 종교인에 의해 죽은 사람이 간디뿐이던가. 팔레스타인과 대화의 물꼬를 튼 이츠하크 라빈 전 이스라엘 수상은 누구에게 죽임을 당했던가. 유대인 지도자였던 그를 죽인 것은 팔레스타인 사람이 아니라 유대 극우주의자였다. 우리나라의 해방 공간에서도 김구와 여운형 같은 민족지도자를 죽인 것은 우익들이 늘 적개심을 불태웠던 북쪽이 아니라 남쪽의 우익들이다. 그러니 이분법적인 피아 구분이 얼마나 단세포적인가를 역사가 말해주고 있다.

그런데도 적이 우리를 죽이려 한다는 선동은 늘 대중의 위기감을 증폭시키며 가장 쉽게 먹혀드는 전략이다. 피아를 분명히 구별하는 자는 선명성이 높고, 피아를 넘어선 자는 회색분자로 매도된다.

인도의 반대편 파키스탄에도 그런 인물이 있었다. 무슬림 바드샤 칸이다. 폭력의 순환고리를 누구보다도 명쾌히 꿰뚫었던 칸은 그 고리를 끊을 수 있는 유일한 방법은 '비폭력'임을 직관했다. 그가 선택한 것은 강한 자가 자신의 우위를 지속적으로 유지하기 위한 야욕에서 약자에게 권유하는 비폭력이 아니었다. 강자와 약자를 막론하고 우리의 삶을 근본적으로 바꾸는 간디식 비폭력을 그는 선택했다.

1919년 간디와 함께 비폭력 독립운동에 참여했다가 6개월 간 징역을 살았던 칸은 이십대 후반부터 간디와 함께 본격적으로 인도의 독립운동을 펼쳤다. 그는 총이 아니라 목숨을 내걸고 싸우는 비폭력 전사들의 부대인 '쿠다이 키드마트가르'를 조직했다. 그 전사가 무려 10만 명이었다.

그러나 독립의 기쁨도 잠시, 인도는 무슬림과 힌두교인의 갈등으로 내전에 돌입했다. 간디가 힌두교인들을 설득하는 사이, 칸은 무슬림들을 설득했다. 그러나 칸은 친힌두교인이라는 멍에를 지고 파키스탄에서 20여 년 간 투옥과 망명을 반복하는 고난을 당했다. 간디는 힌두교 우익의 총에 맞아 이미 이 세상 사람이 아니었지만 칸은 1988년 세상을 뜰 때까지 힌두교인과 무슬림이 종교를 넘어 하나가 될 수 있음을 외쳤다.

'이에는 이'로 맞서고 싶은 것이 인간의 단순한 성정이다. 맞설 힘만 있다면 당연히 힘으로 맞서는 통쾌함을 결코 포기하고 싶지 않은 것이다. 그런 인류의 삶이 가져온 결과는 분명했다. 끝없는 폭력의 악순환뿐이었다.

폭력 앞에 비폭력으로 맞서기란 참으로 하느님 앞에 순명하는 것만큼이나, 탐·진·치 삼독을 끊는 것만큼이나 어렵다. 그런데도 간디는 비폭력만이 최상의 법칙이며, 인류를 구하는 유일한 길이라고 단언했다.

테러 현장에 꽃 한 송이를 놓고 있는 순례단을 간디가 바라보았다. 간디가 원한 것은 비겁자가 아니라 '가장 강한 군인'이었다. 그가 바란 군인은 군복을 입은 군인이 아니라 종교적 영성으로 무장한 군인이었다.

헌화를 끝낸 순례단이 다시 간디 동상 앞을 지나갔다. 연약하기 이를 데 없는 여성 수도자들이었다. 그러나 간디는 이들이야말로 가장 강한 전사가 될 수 있다고 말했는지도 모른다. 간디는 말했다. "무기도 없이 적에게 가슴을 내어주고 죽을 수 있는 사람이야말로 가장 강한 군인"이라고.

살아 있는 천사, 수녀님 만세!

새벽이었다. 런던의 가톨릭 수도원은 고요했다. 여성 수도원이어서 남성인 나의 움직임은 더욱 조심스러웠다. 조용히 계단을 따라 내려가 소성당 문을 열었다. 어두컴컴한 성당에서 뒷모습이 익숙한 두 수녀님이 앉아 기도하고 있었다. 베아타 수녀님과 마리아 수녀님이었다. 벌써 온 지가 꽤 된 듯했다. 평안한 뒷모습에서 깊은 묵상이 느껴졌다.

나도 뒤에 앉아 침묵 속으로 들어갔다. 얼마나 지났을까. 베아타 수녀님도 마리아 수녀님도 묵상을 끝낸 뒤 떠나고 없었다. 혼자만 남았다. 잠시 뒤 사복 입은 할머니 수녀님이 들어왔다. 몹시 불편해 보이는 걸음걸이였다. 뚜벅뚜벅 제단 앞으로 가더니 촛불에 불을 붙였다. 아침 미사를 준비하는 것이다. 또 다른 할머니 수녀님이 들어와 의자 옆에서 무릎을 반쯤 굽혀 앞쪽 예수님상을 향해 고개를 숙였다. 거동이 몹시 불편해 무릎을 꿇는 것조차 힘들어 보였다. 그렇게 할머니 수녀님들이 들어오고, 또 할아버지 신부님들이 들어왔다. 미사를 집례한 신부님도 할아버지였다. 아마도 신부님들은 우리처럼 런던 방문객인 모양이었다.

런던 시내 윔블던의 주택가에 있는 마리에 피정 센터는 사실상 게스트하우스나 다름이 없었다. 누구나 하루에 38파운드를 내면 독방에 머물 수 있었다. 이 피정 센터엔 여섯 명의 수녀님이 살고 있는데, 모두 현직에서 일을 하기엔 약간 무리다 싶을 만큼 연로한 분들이었다.

마리에 피정 센터에 사는 수녀님 가운데 가장 젊어 보이는 일흔두 살의 조세핀 수녀님이 그 사연을 말해주었다. 마리에 수도회는 1815년 마리에 지저스라는 여성에 의해 벨기에에서 탄생했다. 수많은 여성 수도자들이 입회해 유럽 여러 나라에 수도회가 생겨났다. 그러나 점차 수도원에 들어오겠다는 지원자가 급격히 줄어들었다. 그러다 보니 벨기에의 본부 수도회조차도 이제 일곱 명의 수도자만 남게 되었다. 사람이 없어서 여러 수도원이 문을 닫아야 할 처지에 내몰렸고, 한두 명씩 남은 수녀님들이 이렇게 한곳에 모여 살게 된 것이다. 그나마 아프리카와 남미 출신 수녀님들이 입회해 수도회를 꾸려가고 있는 형편이다. 20~30년 전부터는 유럽 출신의 여성 지원자는 아예 찾아볼 수 없게 되었기 때문이다.

이 마리에 피정 센터도 가장 젊은 조세핀 수녀님이 더 이상 일을 하기 어렵게 되면 문을 닫아야 할지도 모른다. 순례단은 영국과 이스라엘, 이탈리아를 순례하며 계속 수도원에서만 묵었다. 그런데 이스라엘의 가톨릭 수도원도 상황은 마찬가지였다. 할머니 수녀님들이 수도원을 숙박시설로 제공해가며 운영하고 있었다. 이탈리아의 수도원은 유럽 수녀님들이 없어서 인도 출신 수녀님 두 분이 일하고 있었다. 이렇게 유럽 어디를 가나 이제 유럽 출신 수녀님을 찾아보기 어렵게 된 것이다.

먼 나라 애기인데도 수녀님이 사라지고 있다는 조세핀 수녀님의 설명에 가슴이 뻥 뚫리는 것만 같았다. 내 마음속 천사를 잃어버린 것 같은 느낌이랄까.

나는 대학생 때 나환자촌인 전남 고흥 소록도를 방문했던 기억을 20년이 지나도록 잊지 못한다. 손과 발끝이 떨어져나가 뭉툭하고 코와 눈이 뭉개진 나환자들의 모습도 충격이었지만, 그들을 온몸으로 보듬으며 살아가는 천사들이 내 가슴에서 지워지지 않았다.

그 천사들 중 유럽 출신 수녀님이 두 분 있었다. 오스트리아에서 온 마리안느 수녀님과 마가렛 수녀님이었다. 두 수녀님은 1962년 소록도에 왔다. 아름다운 수녀님들이었다. 두 수녀님은 소록도 사람들을 너무나 놀라게 했다. 그 미모 때문만은 아니었다. 두 수녀님은 의사들이 고무장갑을 끼고도 잘 손대려 하지 않던 나환자의 썩어가는 상처를 맨손으로 만지며 치료했다. 마리안느 수녀님은 너무나 헌신적으로 일하다가 장암에 걸리는 바람에 2000년에 오스트리아로 돌아가 장을 1미터 20센티나 잘라냈다. 누구도 그가 다시 오리라고 생각하지 않았다. 그러나 그는 다시 돌아와 봉사했다. 그런 두 분이 2005년 11월 소리 소문 없이 소록도를 떠나 고향으로 돌아갔다. 늙어서 다른 사람들에게 폐가 될 수 있기에 이제 고향으로 돌아간다는 편지 한 통만을 남기고. 소록도 사람들의 눈물이 바다를 이루었다. 스물예닐곱 꽃다운 나이에 소록도를 찾은 수녀님들은 할머니가 되어 고향 유럽으로 돌아갔다.

내 가슴에 그리움을 남기고 떠난 또 한 분의 수녀님이 있다. 베아타 수녀님이 소속된 포교 성 베네딕도 수녀회의 카리타스 수녀님이다. 한국 이름이 허애덕인 수녀님은 2005년 2월 아흔두 살의 나이로 세상을 떠났다.

독일 출신의 카리타스 수녀님은 뮌헨 대학 재학 중이던 1937년 수녀회에 입회해 이듬해 한국의 원산으로 와 청각 장애우들을 돌보기 시작했다. 1949년부터 53년까지는 북한의 강제수용소에 포로로 억류됐다가 풀려났다. 죽을 고비를 넘긴 수녀님이 다시 한국 땅을 찾으리라곤 누구도 기대하지 않았다. 그러나 수녀님은 돌아왔다. 1955년이었다. 청각장애인 학교로 유명한 애화학교도 그가 만들었다. 수녀님은 그렇게 힘든 환자들과 장애우들을 평생 돌보면서도 유머를 잃은 적이 없다. 그래서 수녀님을 만난 사람들은 누구나 그를 좋아하게 되었고, 다시 만나기를 열망했다.

그가 병상에 있을 때 많은 수녀님이 찾아왔다. 카리타스 수녀님은 젊은 수녀님들 이름을 모두 기억할 수 없었다. 그러면 수녀님은 말했다.

"이 나이엔 무엇이든 잊을 자유가 있어서 좋아요."

북한의 강제수용소에 억류됐을 때조차도 카리타스 수녀님은 유머를 잊은 적이 없다고 한다. 수용소 간수가 수녀님의 유머가 너무 귀엽다며 돼지 한 마리를 선물한 적이 있다니, 그의 유머는 살얼음판 같은 수용소와 그곳을 지키던 간수의 마음조차 녹인 것이다.

카리타스 수녀님이 세상을 떠난 뒤 삼소회원이기도 한 양요순 수녀님이 들뜬 목소리로 내게 장례 소식을 전해주었다. 양요순 수녀님은 카리타스 수녀님을 존경하고 사랑했다. 그렇게 좋아하던 분이 세상을 떠났는데 양 수녀님은 슬퍼하기는커녕 기쁨에 들떠 얘기했다. 수녀님의 장례식날 하늘에서 흰눈이 펄펄 날렸다고. 늘 사랑이 넘치고 명랑했던 수녀님의 삶을 너무도 잘 아는 다른 수녀님들이 "하느님이 뿌려주는 환영의 꽃가루"라며 춤을 추었다고.

런던 피정 센터의 수녀님들은 자신들에 비해 젊디젊은 한국의 수녀님들과 수도자들의 모습이 부러운 눈치였다. 걸음을 걷다가도 멈춰 서서 삼소회 수도자들을 흐뭇하게 바라보곤 했다.

한국의 젊은 수도자들을 보면 유럽의 노수도자들이 부러워할 만도 하다. 한국의 상황은 유럽과는 전혀 다르다. 한국 사회도 유럽 사회를 향해 발전을 거듭해가고 있지만, 여성 수도자의 입회는 조금도 줄어들지 않고 있다. 오히려 매년 4~5퍼센트씩 늘어 이젠 1만 명에 육박할 정도다. 가히 세계적인 기현상으로 꼽힐 만하다.

한국 가톨릭의 진정한 힘은 바로 수녀님들에게서 비롯된다는 생각을 하곤 했다. 부모의 보살핌을 받지 못하는 아이들의 어머니가 되어준 박선주 수녀님, 서울 대모산 비닐하우스촌 구룡마을에서 아이들을 돌보는 인 모니카 수녀님, 신림동 골방에서 김치를 담가 팔며 빈민들의 활로를 찾아주는 최난열 수녀님, 서울 가락동 농수산물시장에서 노숙자들을 돌보는 유근옥 수녀님, 경북 성주의 평화계곡에서 행려병자들에게 새 인생을 열어주는 소피아 수녀님, 외국인 노동자들을 위해 살아가는 정순옥 수녀님……. 그밖에 숨어서 이름도 없이 헌신하는 너무나 많은 수녀님을 보았다.

대부분의 사람들이 남을 딛고 돈과 성공과 출세를 향해 돌진하는 세상. '안빈낙도'를 패배자의 변명으로 치부하며, '가난'이 가장 큰 멸시의 대상이 되어버린 세상. 그런 세상에서 스스로 가난한 삶을 선택해 중병에 든 이 세상의 구원자로 나선 사람들. 그런 수녀님들을 생각할 때면 따로 신과 진리를 구할 필요조차 느끼지 못한다. 너무도 아름다운 천사가 내 곁에 있기에. 빈자들 속으로 내려오신 하느님과 성모님의 마음이 느껴지기에.

나흘 밤을 머물고 이른 새벽 피정 센터를 나섰다. 어둠 속에서 노수녀님이 손을 흔들고 있었다. 이 휘황찬란한 도시에서 가난과 순명을 기쁨으로 받아들이는 수녀님들을 보는 것이 마지막일지도 모른다는 생각에 찬바람이 가슴을 베고 지나가는 것만 같았다.

　가슴에 휑한 새벽 바람이 지나갔다. 순례단은 차에 올랐다. 그런데 젊디젊은 한국 수녀님이 다시 내 가슴에 따스한 희망을 불어넣어주었다. 마리아 수녀님이었다.

　"많은 사람들이 수녀가 된 나를 보고, 왜 그렇게 사느냐고 따지듯 묻곤 해요. 하지만 이 삶이 가져다주는 참 기쁨을 모르고 하는 소리지요."

3
가슴으로 끌어안기 눈물이 폭우를 이루다

이스라엘

어디선가 삼소회 수도자들의 평화의 기도가 들렸다. 나만이 아니라,
또 너만이 아니라 우리 '모두 생명을 누리자'고, '모두 살자'고, 기도하는 삼소회를
한 나무가 지켜주고 있었다. 온 생명에 대한 예수님의 사랑을 전하기 위해 2,000년을 서서 기다려온
그 '올 리브(all live)' 나무였다. 그 나무가 모두를 살리기 위한 간절한 절규를
다시 내 가슴에 전해왔다. "너희는 서로 사랑하라."

겟세마네 동산에서 흘린 스님의 눈물

겟세마네 동산의 나무가 울고 있었다. 자신의 손과 발에 다가오는 못을 피하려고 몸부림치는 생명처럼. 나무 중에서도 가장 단단하다는 올리브 나무였다. 그 단단함 속에서 울부짖음이 솟구치고 있었다.

겟세마네 동산에 들어서자마자 우는 듯한 형상의 올리브 나무 수십 그루가 서 있었다. 성당 옆 늙은 올리브 나무는 아마도 예수님의 마지막 기도를 보고 들었을 만큼 2,000년도 넘었을 것이라고 했다.

예루살렘 순례는 주기도문교회서부터 시작되었다. 예수님이 제자들에게 기도문을 가르친 주기도문교회엔 벽마다 각 나라 언어로 주기도문이 쓰여 있었다. 77개 언어 가운데는 "하늘에 계신 우리 아버지"로 시작되는 한글 주기도문도 있었다.

주기도문 앞에서 마리아 수녀님과 마리 코오르 수녀님이 고개를 떨어뜨리더니 하얀 대리석 바닥에 물기가 한 방울 두 방울 어리기 시작했다. 카타리나 수녀님의 눈물도 남몰래 아로새겨졌다. 수녀님들의 눈물은 주기도문 때문만은 아니었다. 예수님께서 육신으로 몸을 딛던 그 땅, 그 체취가 수녀님들의 눈물샘을 열었다.

주기도문교회에서 겟세마네 동산으로 걸어가는 동안 반대편 언덕이 다가오는 듯했다. 무슬림과 유대인의 성전이 한데 집결해 있는 동예루살렘 성전 언덕이었다. 언덕 한가운데에는 황금빛 사원이 우뚝 서 있었다. 새천년의 희망을 암울한 핏빛으로 바꿔버린 그 비극을 망각한 듯 황금사원은 너무나 아름답게 빛나고 있었다.

황금사원은 천연의 바위 위에 세워진 성전이다. 그 바위는 아브라함이 아들 이삭을 제물로 바치려고 했던 바로 그 자리다. 아브라함은 유대인과 무슬림이 모두 시조로 받들고 있는 인물이다. 훗날 솔로몬 왕이 이곳에 신전을 세웠다. 그러나 이 신전은 기원전 586년 바빌로니아에 의해 파괴되었다가 기원전 515년 바빌로니아에서 귀환한 유대인에 의해 재건되었고, 이후 로마에 의해 다시 파괴되었다. 로마에 기독교가 공인된 뒤 교회가 세워졌다가 7세기에 예루살렘을 정복한 무슬림들이 이 자리에 모스크를 세웠다. 그래서 무슬림과 유대인과 그리스도인 모두 성지로 여기는 곳이다.

그런데 무슬림이 관리하는 이 성전을 지난 2000년 이스라엘의 리쿠르드 당 지도자였던 아리엘 샤론이 방문하자 팔레스타인 사람들

주기도문 교회 예수님이 제자들에게 기도문을 가르친 주기도문 교회엔 벽마다 각 나라 언어로 주기도문이 쓰여 있었다. 77개 언어 가운데는 "하늘에 계신 우리 아버지"로 시작되는 한글 주기도문도 있었다. 주기도문 앞에서 수녀님들의 눈에 눈물이 어리기 시작했다. 예수님께서 육신으로 몸을 덮던 그 땅, 그 체취가 수녀님들의 눈물샘을 열었다.

이 발끈했다. 마치 이 성전은 우리의 것이라고 선포하는 듯한 샤론의 모습에 화가 난 팔레스타인 사람들은 항의의 뜻으로 바로 옆 '통곡의 벽' 아래서 기도하던 유대인들에게 돌을 집어던졌다. 그러자 이스라엘이 팔레스타인 사람들을 힘으로 진압하기 시작했다. 팔레스타인 사람들도 이에 맞섰다. 이로 인해 양쪽에서 700여 명이 죽거나 다쳤다. 열두 살 난 팔레스타인 소년이 이스라엘 군의 총에 맞아 그 자리에서 절명하는 장면이 전 세계 텔레비전에 방영돼 충격을 준 것도 이때였다.

이에 분노한 팔레스타인 사람들은 요르단 강 서쪽 네블루스에 있는 유대교 성지인 요셉의 묘를 파괴하고 유대 경전을 찢었다. 그러자 이스라엘 사람들은 즉각 이슬람 사원들에 대한 보복 공격을 감행했다. 당시 클린턴 미국 대통령과 코피 아난 유엔 사무총장 등의 중재 노력으로 급한 불은 껐지만 양쪽의 감정이 악화돼 테러와 유혈 진압의 악순환이 계속되었다.

황금사원 쪽에서 아들을 산제사로 바치려는 아브라함의 칼이 번득이는 것만 같았다. 초등학교 1, 2학년 때쯤이었을까. 나는 교회 장로님이 원장으로 있는 마을 탁아소의 주일학교에 다녔다. 어린 양처럼 꼬박꼬박 주일학교에 나가 성경 공부를 했다. 그런데 아브라함이 아들 이삭의 손을 묶어놓고 하나님께 제물로 바치기 위해 칼을 든 그림을 보고 얼마나 두려움에 떨었는지 아직도 그 기억이 생생하다.

하나님은 아들을 죽이려는 아브라함을 만류했지만 그 후손들은 지금껏 이 일대에서 산 제물을 계속 올리고 있지 않은가. 다만 자신의 자식도, 자신도 아닌 이방 종교인들을.

내 안의 폭력과 살심이 가장 정당화되고 양심의 가책이 가장 덜어지는 순간은 상대방이 악으로 규정되는 순간이다. 그래서 악은 나를 위해, 우리를 위해 만들어진다. 자신은 선이 되고 타인은 악으로 규정하면 더 이상 죄책감을 느끼지 않아도 되기 때문이다. 예루살렘에서 악은 이교도다. 상대가 악이 되면 그때부터 상대는 악이기 때문에 죽어 마땅한 것이다.

그런데 과연 '악'이란 무엇일까. '살아 있는'이라는 뜻의 영어 단어 'live'를 거꾸로 읽으면 'evil', 즉 '악'이 된다. '살아 있게' 하지 않고 '죽이는 것'. 나는 끝없이 되풀이되는 선악 놀음의 현장에서, 진짜 악이란 상대가 아니라 바로 '생명을 죽이는 행위'라고 생각했다.

황금사원을 둘러싸고 상대를 'evil'화하는 마음이 'live(살아 있게)'하는 마음으로 변화되길 기원하는 사이, 순례단은 모두 겟세마네 교회 안으로 들어가고 없었다. 교회 안은 어두컴컴했다. 어두운 한가운데 예수님이 바위 위에 외롭게 무릎을 꿇고 앉아 있었다. 올리브 나무가 그를 지켜보고 있었다. 교회 앞 천연의 바위 위에 그려진 대형 그림은 그림이라고 하기엔 너무나 생생했다. 예수님이 십자가에 못 박히기 바로 전날 기도했던 바로 그 바위 위에 그린 그림이었다.

유럽에서 온 듯한 순례단이 들어서자마자 자리에 얼어붙은 듯 그림 속의 예수님을 보고 멈추었다. 예수님을 바라보던 십대 후반의 한 소녀는 입을 틀어막은 채 울음을 삼켰다. 어두운 그림 아래서 스님들과 교무님들도 수녀님들과 함께 북받쳐오르는 가슴을 부여안은 채 머리를 숙이고 있었다.

"아버지, 아버지의 뜻에 어긋나는 일이 아니라면 이 잔을 저에게서 거두어주십시오."

인간적인, 너무나 인간적인 예수님의 그 기도가 모성을 자극한 것일까. 아니면 그 연약함에 대한 연민일까. 아니었다.

"그러나 제 뜻대로 마시고 아버지의 뜻대로 하십시오."

자신의 원을 접은 예수님의 그 순명에 여성 수도자들의 속울음이 터진 것이다. 예수님께서 이렇게 기도할 때 흘린 땀이 땅에 떨어지는 핏방울같이 되었다는 그 애절함이 전율로 다가온 때문이었다.

당시 예수님을 따르던 많은 사람들은 로마제국의 압제에 시달리는 유대인들을 예수님이 해방시켜 구원해주기를 기대했다. 베아타 수녀님은 유대 민족주의 행동파였던 유다가 예수님을 고발한 것은 예수님이 죽을 위기에 처하면 그 카리스마로 민중 봉기를 일으켜 유대 민족의 구원자로 나설 것이라 믿었기 때문일 거라고 말했다.

그러나 예수님은 분명 유대인이었지만 유대 민족주의자들의 '기대'에 호응하지 않았다. 유대 민족주의자들은 그를 비겁자요, 회색

분자로 매도했을지도 모른다. 예수님이 고통 받는 식민지 동포들의 바람을 뒤로하고 스스로 죽음의 길을 택한 것을 어떻게 이해할 수 있을까.

나는 여전히 이해하기 어려운 예수님의 결정과 싸우고 있었다. 희망 없는 유대 민족을 버리고 로마제국에 빌붙어 권력을 누린 자들처럼 우리에게도 조국과 동포를 등지고 청나라에, 러시아에, 일제에, 미국에 붙어 동포들의 생명을 담보로 오직 제 살 길만 챙기며 호의호식하고 권력을 누리는 이들과 그들을 잇는 자들이 오히려 '정의의 사자'처럼 목소리를 높이는 세상인데. 예수님과 부처님을 들어 자신의 반민족적 행위를 정당화하며 매국과 사욕이 점점 당당해지는 세상인데. 그들에 비하면 핍박만 받던 내 조국을 위한 싸움은 얼마나 정의로운 일인가. 자신의 동포를 위해 싸우는 것보다 더 큰 정의가 어디에 있다는 것인가.

좀더 솔직해지자면, 내게 정의와 사랑의 기준은 나와 내 가족과 내 고장과 내 나라가 아니었던가. 만약 내가 사는 마을에 벼락이 떨어지면 난 제발 우리 집만은 아니길 빌 것이다. 핵폭탄이 우리나라에 떨어진다면 제발 내가 사는 쪽이 아니길 바랄 것이다. 쓰나미 같은 재해가 어느 땅엔가 들이닥친다면 제발 우리나라만은 아니길 바랄 것이다. 전쟁터에 나가 싸울 때 양쪽에서 총에 맞아 죽는 사람이 있다면 제발 내가 아니라 적이길 빌 것이다. 내 자식이 전쟁터에 나가 있는데 신원이 확인되지 않은 누군가가 죽었다는 소식을 들으면 부디 내 자식만은 아니길 빌고 또 빌리라. 그리고 나와 내 쪽이 화를 피했고 다른 사람들이 화를 입은 것을 알면 내 안의 이기심을 안타까운 탄식과 동정으로 포장하려 할 것이다.

이처럼 생명이 걸린 상황에서 피아는 분명했다. 죽어도 좋은 쪽은 상대였고, 반드시 살아야 하는 것은 내 쪽이었다. 그런데 예수님에게서 그 상대가 사라져버렸다. 창세기 이후 그 모든 폭력과 살생의 원한을 상대에게 돌려야 마땅했지만, 예수님은 모든 원한에 대한 책임을 스스로 지고 십자가에 매달렸다. 폭력의 시대에 대한 처절한 참회였다. 폭력에 죽어가는 인류의 폭력성에 대한 대가로 자신을 제물로 내놓은 것이다.

그동안 말 한 마디 없이 조용히 순례단의 말미에서 맴돌던 근하 스님이 대리석 벤치에 앉아 눈물을 흘리고 있었다. 그 앞엔 그의 은사인 본각 스님이 그 모습을 바라보고 있었다. 미국에서 20여 년을 살았고, 세계여성불자대회를 연 본각 스님의 통역을 돕다가 출가한 근하 스님은 달라이 라마와 만날 때 통역을 해달라는 부탁을 받고 순례단을 따라나섰다. 그런데 이제 갓 출가해서인지 늘 삼가고 또 삼가며 침묵을 지켰다. 그런 그가 스승 앞에서 모처럼 입을 열었다.

"예수님도 부처님처럼 평화를 너무나 애타게 바랐다는 것을 드디어 알았어요, 스님."

눈물 흘리는 근하 스님 앞에서 그 비틀리고 뒤틀렸던 올리브 나무가 눈물 속으로 다가왔다. 마치 부활한 그 무엇처럼.

"네 이웃을 사랑하고 원수를 미워하라는 말을 너희는 들어왔다. 그러나 나는 이렇게 말한다. 원수를 사랑하고 너희를 박해하는 사람들을 위하여 기도하여라."

마태가 전한 예수님의 말씀이다.

"모든 사람이 생명과 행복을 누리는 것이 아버지의 뜻이다."

갑자기 내가 애독하는 성경 해설자 톨스토이의 말이 생각났다. 그 모든 사람엔 유대인만이 아니라 아랍인, 황인종, 흑인, 인디언도 제외될 수 없다. 예수님이 구하고자 했던 이들은 '선택받은 백성'만이 아니라 '모든 사람'이었다. 유대인이나 그리스도인만이 아니라 불교도나 무슬림, 원불교도 또한 제외되지 않음은 물론이다. 심지어 원수까지도.

근하 스님은 이렇게 '종교'라는 틀에도, 나와 적이라는 극단에도 속하지 않은 온전한 예수님의 모습을 깨닫고는 울고 있었다.

다시 황금사원이 눈에 들어왔다. 아브라함이 제 자식을 바친 그곳이. 예수님이 자신을 바친 그 자리가. 그러나 이제는 나나 '내 종교'가 아니라 너나 '다른 종교'가 제물로 바쳐지리라는 저주가 내린 그곳이.

어디선가 삼소회 수도자들의 평화의 기도가 들렸다. 나만이 아니라, 또 너만이 아니라 우리 '모두 생명을 누리자'고. '모두 살자'고. 기도하는 삼소회를 한 나무가 지켜주고 있었다. 온 생명에 대한 예수님의 사랑을 전하기 위해 2,000년을 서서 기다려온 그 '올 리브(all live)' 나무였다. 서로가 원한에 원한을 더해가는 인류의 죄를 짊어지기 위해 기도하던 예수님을 지켜본 올리브 나무가 모두를 살리기 위한 간절한 절규를 다시 내 가슴에 전해왔다.

"너희는 서로 사랑하라."

"우리 함께 골고다 언덕을 넘읍시다"

순례 기간 중 삼소회원들의 마음이 하나로 가장 잘 모아진 곳이 바로 겟세마네 동산이었다. 예수님이 십자가에 못 박히기 전 마지막 기도처에선 수녀님들뿐 아니라 스님과 교무님 들도 뭔가 북받쳐오르는 것을 감내하기 어려운 표정이었다.

그 가운데 하정 교무님은 눈물샘의 마중물이 되었다. 그는 올리브 나무 아래서 눈이 붓도록 눈물을 흘렸다. 베아타 수녀님이 다가가 손을 맞잡았고, 둘은 마주 앉아 오래도록 울었다.

삼소회원들이 인도에서 달라이 라마를 친견했을 때, 이웃 종교의 성지를 방문할 때는 그 종교인의 마음이 되라는 주문도 있었지만, 이웃 종교에 대한 원불교인들의 진심 어린 존경은 남다른 데가 있었다.

이웃 종교인을 어떻게 대해야 하는가는 교조인 소태산 대종사님이 몸소 보여주었다. 대종사님 생전에 조송광이란 개신교 장로가 찾아왔다. 대종사님은 그에게 "하느님이 어디 계시냐"고 물었고 조 장로가 답함으로써 문답이 이어졌다.

"하느님은 전지 전능하시고 무소 부재하사 계시지 아니하는 곳이 없다고 합니다."

"그러면 그대가 늘 하느님을 뵈옵고 말씀도 듣고 가르침도 받았는가?"

"아직까지는 뵈온 일도 없사옵고 말하여본 적도 없습니다."

"그러면 그대는 아직 예수의 심통心通 제자는 못 되지 아니하였는가?"

"어떻게 하오면 하느님을 뵈올 수 있고 가르침을 받을 수도 있겠습니까?"

"그대가 공부를 잘하여 예수의 심통 제자만 되면 그리할 수 있느니라."

"제가 오랫동안 저를 직접 지도하여주실 큰 스승님을 기다렸삽더니, 오늘 대종사를 뵈오니 마음이 흡연하여 곧 제자가 되고 싶습니다. 그러하오나, 한편으로는 변절 같사와 양심에 자극이 됩니다."

"예수교에서도 예수의 심통 제자만 되면 나의 하는 일을 알게 될 것이요, 내게서도 나의 심통 제자만 되면 예수의 한 일을 알게 되리라. 그러므로 모르는 사람은 저 교 이 교의 간격을 두어 마음에 변절한 것같이 생각하고 교회 사이에 서로 적대시하는 일도 있지마는, 참으로 아는 사람은 때와 곳을 따라서 이름만 다를 뿐이요 다 한 집안으로 알게 되나니, 그대가 가고 오는 것은 오직 그대 자신이 알아서 하라."

그래도 조 장로가 일어나 절하며 제자 되기를 다시 발원하자 대종사님은 이를 허락하면서 "나의 제자 된 후라도 하느님을 신봉하는 마음이 더 두터워져야 나의 참된 제자"라고 말했다.

대종사님의 이런 정신을 이어가는 좌산 종법사님은 익산 총부에 들른 삼소회원들을 배웅하면서, 인류 역사의 한판 기운을 바꾸는 계기가 되길 소망했다. 종법사님의 기원은 순례자들의 가슴에 늘 화두처럼 새겨져 있었다.

종법사님의 그토록 간절한 서원에도 불구하고 인도와 영국, 이스라엘을 순례하면서 순례단원 사이에 벽과 같은 기류가 느껴질 때가 적지 않았다. 그래서 가슴이 답답해오면 나는 버릇처럼 교무님들에게 다가가 원불교 어른들의 얘기를 듣곤 했다. '길'이라고 내세운 종교의 교리들이 '벽'일 때가 많은 반면, 삶의 스승들에 대한 일화는 내 막힌 가슴을 뚫어주곤 했다.

원불교가 개교된 지 이제 91년에 불과하니 교조인 소태산 박중빈 대종사(1891~1943)나 2대 종법사인 정산 송규 종사(1900~1962), 3대 종법사인 대산 김대거 종사(1914~1998)가 그렇게 먼 시절 분들이 아니어서 그들을 뵈었던 분들의 얘기를 듣는 것이 그다지 어려운 일은 아니었다.

이번 순례엔 3대 종법사 대산 종사님을 직접 시봉했던 인신 교무님과 홍인 교무님이 동행했기에 그 어른들에 대한 갈증을 모처럼 해갈할 수 있었다.

처음 출가해서 3년 간 대산 종사님을 모셨던 인신 교무님은 종교를 가리지 않고 찾아오는 사람들을 온 마음으로 품어주고, 새벽이면 먼 산을 바라보며 돌부처처럼 굳은 채 간절히 심고(마음 기도)하던 모습을 잊을 수 없다고 했다. 홍인 교무님은 대산 종사님을 모시면서 "살아 있는 부처를 체험한 시간이었다"며 감격해했다.

순례단엔 원불교 국제부장으로 익산 중앙총부에 살면서 현 종법사님을 가까이서 모시는 효철 교무님도 있었다. 그런 교무님으로부터 총부 얘기와 종법사님 얘기를 듣는 것은 더할 나위 없는 즐거움이었다.

나도 언제부터인가 익산 총부에 가면 기분이 좋았다. 온화하기 그지없는 좌산 종법사님이 계시고, 누구나 자신의 마음을 들여다보도록 이끌어주신 장산 황직평 종사님 등 경륜 있는 많은 원로들이 계시기 때문이다. 또 총부엔 예순다섯 살이 넘어 현직에서 은퇴한 원로들이 사는 수도원이 있는데, 난 그곳을 '도인촌'이라고 부르기를 주저하지 않는다. 세상과 도의 이치에 밝은 데다 마음이 열려 있는 분들이 함께 모여 사는 곳으로서 지구상에 이보다 더한 곳이 많지 않으리란 생각을 하곤 했다.

원불교 어른들을 뵈었을 때의 느낌이 나만의 것은 아니었던 모양이다. 개신교 목사로서 우리나라뿐 아니라 세계적인 지도자로, 종교 간 대화에도 선구적인 역할을 했던 강원용 목사는 아마 세계의 정신적 지도자들을 가까이서 가장 많이 만난 사람 중 한 명일 것이다. 그가 원불교 3대 종법사인 대산 김대거 종사에 대해 쓴 인물평을 읽은 기억이 있다. 대산 종사는 종단의 최고 어른인 종법사임에도 비닐하우스에서 살았는데, 강 목사는 그 비닐하우스에서 대산 종사를 몇 차례 만났다고 한다. 그는 대산 종사가 열반하자 한 신문에 그를 회고하는 글을 썼다.

나는 기독교를 위시해 꽤 많은 종교의 높은 위치에 있는 지도자들과 만나고 협력해왔으나 내 머릿속에 아주 마음을 편하게 가지고 즐겁게 접할 수 있는 분을 말하라면 첫째로 이분이었다고 생각한다. 물론 나는 원불교와는 다른 기독교 목사지만, 원불교와 그 신도들의 삶의 태도에 대해 아낌없는 찬사를 보내고 있다.

더 거슬러 올라가 2대 정산 송규 종사의 인격과 얼굴은 '나이 마흔이 넘으면 제 얼굴에 대해 책임을 져야 한다'는 말을 다시금 되새겨보게 한다. 철학자 안병욱 교수는 정산 종사를 뵙고 쓴 수필에서 "내가 이 세상에서 본 가장 좋은 얼굴"이라며 "얼마나 수양의 생활을 쌓았기에 저와 같이 화열과 인자가 넘치는 얼굴이 되었을까"라고 감탄했다.

그런 정산 종사와 대산 종사가 의심할 바 없는 부처님으로 따랐던 소태산 대종사의 인품이야 말할 나위가 있을까.

자신과 같은 원만한 인품으로 훈련시킨 소태산의 법력이 이어지고 있기 때문일까. 나이가 많아지고 보면 종교인들도 아집과 고집으로 똘똘 뭉친 경우를 심심치 않게 발견하곤 하는데, 내가 만난 원불교 종사분들은 그렇지 않았다. 5~6년 전쯤이었을까. 효산 조정근 종사가 원불교 교정원장으로 있으면서 기자들을 만날 때였다. 교정원장은 조계종 총무원장과 같은 행정 수반이다. 이제 갓 종교 담당이 되어 원불교에 대해 별로 아는 것이 없던 한 기자가 말하기를, 자기는 박청수 교무가 원불교 교정원장인 줄 알았다고 했다. 종교 지도자인 교정원장에게 하기엔 무례가 될 법한 농담이었고, 여성 수도자가 앞에 나서는 것을 여전히 탐탁치 않게 여기는 종교계 풍토에서 그런 언급에 기자뿐 아니라 박 교무에게까지 불쾌한 반응을 할 수 있어 보였지만, 그는 담담하게 웃으며 응대했다. 오히려 박청수 교무가 하는 일이 얼마나 훌륭한 일인지를 말하는 것을 보면서, 종단의 지도자보다 더 '뛰는 듯한 수도자'까지 마음 깊이 포용하는 그의 인품에 내심 기뻤던 기억이 있다.

또 내 가슴에 깊은 인상을 남긴 일화가 있다. 1994년이었다. 익산의 원불교 중앙총부에서 최고지도자인 종법사를 추대하기 위한 수위단원들의 선거가 있었다. 여든세 살로 교단의 최고 원로인 상산 박장식 종사와 쉰여덟 살에 불과한 좌산 이광정 종사, 두 후보를 놓고 선거가 치러졌다. 상산은 출가 전 당대 만석꾼의 아들인 데다 경성제대를 나온 인텔리였다. 재벌 총수가 될 법한 젊은이가 도를 닦겠다고 소태산 대종사에게 출가한 것 자체가 당시 큰 화제였다. 그의 출가는 가문 전체에 엄청난 영향을 미쳤다. 그의 집안에선 '한국의 마더 테레사'로 불리는 박청수 교무 등 무려 40여 명이 원불교로 출가했다. 그는 교단에 들어와 '원불교의 헌법'과도 같은 교헌을 제정하는 등 교단의 발전에 크게 기여했다.

구한말 이후 우리나라엔 많은 신흥 종교가 탄생했다. 그러나 카리스마를 지닌 초대 교주가 세상을 뜨고 나면 대부분 종권 다툼으로 얼룩져 교단이 사분오열되곤 했다. 원불교도 1대에서 3대까지는 대종사님과 정산 종사님, 대산 종사님 등 강력한 카리스마를 지닌 인물들이 건재했지만, 드디어 교단의 초석을 놓은 초기 지도자들보다 그 이후 세대가 교단의 중심에 서는 과도기에 들어섰다.

선거 결과는 일반인들의 예상을 뒤집었다. 좌산 종사가 종법사로 선출된 것이다. 그런데 표차는 거의 없었다. 교단의 명운이 걸린 시점에 이를 지켜보는 원불교인들의 마음이 복잡했다. 하지만 상산은 선거 과정의 모든 염려를 한순간에 날려버렸다. 그는 자식이나 손자뻘에 불과한 좌산에게 그 자리에서 엎드렸다. 교단의 진리를 수호하는 법주法主로 좌산을 받아들인 것이다. 상산 종사는 오체투지로 절을 했다. 교단의 최고 원로가 새 종법사에게 엎드리자, 이에 감격한 교단의 어른들인 종사님들도 모두 엎드려 절을 했다. 그 광경을 지켜보던 이들은 하나같이 눈시울을 적셨다. 원불교가 원만하고 원융하게 만년 반석에 오르는 순간이었다.

내가 아는 한 세계 종교계에서 원불교만큼 남녀가 평등한 종교는 거의 없다. 원불교 최고 의결 기구는 수위단을 남녀 동수로 정했을 뿐만 아니라 여성 교무에게도 남성 교무와 같은 권리와 의무를 부과했다. 그러자 여성 교무들은 여성 특유의 헌신성을 발휘했다. 원불교가 짧은 역사에도 국내외에서 탄탄한 위치를 차지하기까지 여성 교무들의 역할이 컸다. 마침내 2003년엔 이혜정 교무가 여성으로서 행정 수반인 교정원장을 맡기에 이르렀다.

퇴직한 여성 교무님들을 보면 여성을 배려하는 원불교의 정신을 그대로 읽을 수 있다. 원불교의 은퇴한 여성 원로들은 익산 총부의 여성 수도원에서 산다. 다른 종교에서는 퇴직을 하면 찬밥이 되기 십상인 반면, 나이 들어서도 후배들로부터 지극한 대접을 받기로는 아마 원불교만 한 곳도 없을 것이다. 교당이나 가정 할 것 없이 원불교도의 삶은 검소하기 이를 데 없다. 그러나 원로들의 수도원엔 전국에서 후배 교무들과 신자들이 정성스레 보내준 음식과 선물이 끊이지 않는다.

많은 종교에서 여성들은 헌신적으로 봉사하다가 나이 들어 일을 하기 어려울 때가 되면 한 몸 의지할 데마저 없는 경우가 많다. 교단에서도 은퇴 수도자에게 정성을 쏟지 않아 비참한 신세로 전락하기도 한다. 대종사님은 일찍이 이를 간파하고는 "저들이 나중에 밥도 못 먹고 의지할 데도 없이 떠도는 꼴을 볼 수는 없다"며 서울 종로 5가에 한방병원 겸 약국인 보화당을 세워 은퇴한 여성 수도자들을 보살피게 했다. 여성 수도자들의 은퇴 뒤 삶까지 배려한 대종사님의 따뜻한 마음을 단적으로 알 수 있는 대목이다.

원불교는 여성에 대해서만 열린 것이 아니다. 이웃 종교에 대해서도 원불교만큼 열린 종교를 찾아보기 어렵다. 이런 열린 자세는 교조인 소태산 대종사님의 깨달음에서 비롯된 것이다.

소태산은 스스로 구도 끝에 깨달은 근원적 진리를 일원의 진리라고 했는데, 이를 "우주 만유의 본원이자 제불제성의 심인이며, 일체 중생의 본성"이라고 정의했다. 따라서 근본을 깨달으면 모두가 하나의 근원으로 돌아가는데, 종교들이 성자의 근본 정신을 망각한 채 분파주의로 흐르며 대립한다고 보았다.

소태산 대종사님의 깨달음은 정산 종사님의 '삼동윤리三同倫理'에 의해 더욱 구체화되었다. 삼동윤리란 '모든 종교와 이념과 사상의 근본이 같으니 서로 화합하고 존중하라(동원도리同源道理)', '만물이 하나로 연계돼 있으니 모든 생명을 존중하라(동기연계同氣連契)', '세상 모든 노력이 인간의 행복을 위한 일이니 서로 협력하라(동척사업同拓事業)'이다.

정산 종사님의 이런 정신은 다시 대산 종사님의 종교연합(United Religions ; UR) 제창으로 이어졌다. 대산 종사님은 '정신적 유엔 기구인 UR'과 유엔이 어머니와 아버지처럼 하나의 세계 건설을 위해 한 마음으로 협력하자고 제안했다.

지금까지 삼소회 활동에 큰 역할을 했던 지정 교무님은 스승인 대산 종사님의 말씀을 실현하기 위해 많은 날 기도하며 다른 종교의 수도자들과 교분을 맺어왔다. 베아타 수녀님과 늘 한방을 쓰면서 어떤 도반보다 다정했던 지정 교무님이 골고다 언덕으로 향하며 베아타 수녀님에게 말했다. 우리 함께 예수님의 고통을 그대로 느끼며 저 언덕을 넘자고.

누가 바비인형에게 쇠못을 쥐게 했는가

성벽에서 가장 먼저 순례단을 맞은 것은 총을 든 군인들이었다. 그들은 어렸다. 십대 후반, 많아야 스무 살쯤으로 보이는 유대인 청년들이었다. 네 명의 이스라엘 군인이 중무장한 채 순찰에 나서고 있었다.

예루살렘의 이 성벽 안은 유대교, 그리스도교, 이슬람교가 모두 성지로 여기는 곳이다. 그래서 세 종교의 성지 탈환 의지로 한시도 평안할 날이 없는 곳이다.

순례가 시작된 지역은 아랍 구역이었다. 팔레스타인 아이들이 수업을 마치고 하교하고 있었다. 한 아이가 갑자기 순례단에게 달려들어 공격하는 자세를 취했다. 아이의 고사리 같은 손에 쥐어진 못이 언뜻 눈에 띄었다.

무엇이 저 귀여운 아이로 하여금 손에 쇠못을 쥐게 했을까. 이곳에 온 동양인의 대부분은 그리스도인일 것이고, 아랍인들은 그들을 전 세계에서 이슬람을 핍박하는 미국이나 영국과 한통속이라고 생각하는지 모른다. 귀여운 아이의 행동이 순례단을 멈칫하게 했다. 아이들에게 위해를 당하지 않을까 하는 염려보다는 그 아이가 자칫 이스라엘 군인들에게 그런 행동을 취했다가 경을 치지나 않을지 그것이 걱정이었다. 팔레스타인 아이들이 이스라엘 군인들에게 공격하는 모션을 취했다가 총에 맞아 죽는 일이 적지 않은 나라가 바로 이 땅이기 때문이다.

서방에서 테러 단체로 지목한 하마스가 팔레스타인의 집권당이 되자 이스라엘이 팔레스타인 사람들이 사는 가자 지구의 무역 통로를 폐쇄했다는 얘기를 들었다. 가자 지구에 사는 팔레스타인 사람들의 3분의 2는 하루 소득 2달러 미만의 빈곤층이다. 그런데 이스라엘이 길을 봉쇄해 식량이 거의 바닥났다고 했다. 성전 안의 팔레스타인 사람들은 예루살렘 시민이긴 하지만, 그들의 동포를 아사 상태로 몰아넣고 있는 이스라엘에 대한 분노는 성전 벽 너머의 팔레스타인 사람들 못지않을 것이 자명한 일이다. 1948년 이 땅에 이스라엘이 나라를 세운 이래 벌어진 수많은 정규전에서 거의 백전백패한 팔레스타인 사람들의 분노가 하늘을 찌른다.

옆을 지나가는 귀여운 팔레스타인 여자아이들이 '바비 인형'을 닮았다. '자살 폭탄 바비 인형'은 영국의 한 예술가가 팔레스타인 소녀의 인터뷰를 본 뒤 만들었다고 한다. 팔레스타인 소녀는 원래 의사가 되고픈 꿈 많은 아이였다. 그러나 이스라엘과의 싸움으로 공부는커녕 매일 밤 잠조차 잘 수 없는 고통이 계속되자 팔레스타인의 해방을 위해 목숨을 바치는 순교자가 되기로 결심했다. 이 인터뷰를 본 예술가가 자살 폭탄 테러범들은 특별한 사람이 아니라 평범한 인간들이라는 것을 깨닫고, 그런 귀여운 아이가 폭탄 띠를 두르고 있는 인형을 만든 것이다.

실제로 무슬림 자살 폭탄범들을 연구한 전문가들은 그들이 종교인이 아니라 대부분 고등교육을 받은 일반인들이라는 것을 밝혀냈다. 미국 프린스턴 대학의 경제학자 클로드 베레비가 1980년대부터 2003년까지 팔레스타인과 하마스의 자살 공격자들을 연구한 결과, 그들 중 불과 13퍼센트만이 가난한 환경에서 자랐고 대부분이 중산층 이상인 것으로 나타났다. 또 팔레스타인에서 고등교육을 받은 사람은 국민의 15퍼센트에 불과하지만, 자살 테러범들의 절반 이상이 고등교육을 받은 것으로 밝혀졌다.

서방선 자살 테러범들을 도무지 이해할 수 없는 미치광이로 치부하지만 그들은 그 사회 안에서 정상적으로 자랐으며, 정상적인 판단으로 그런 결정을 내렸다는 결론이었다.

특정한 소수만이 아니라 그들의 보편적인 정서 속에 자리한 분노. 아이들의 귀여운 눈망울에서 그것을 발견한다는 것은 슬픔이었다.

침묵의 순례는 그렇게 아픔 속에서 시작되었다. '비아 돌로로사'

였다. '비아 돌로로사'란 '슬픔의 길'이다. 예수님이 빌라도 총독의 법정에서부터 갈보리 언덕, 즉 골고다 언덕까지 십자가를 지고 가신 길이다.

순례단은 2,000년 전 로마군이 만든 좁은 돌길을 따라 걷기 시작했다. 미로 같은 길엔 예수님이 재판을 받은 1지점부터 희롱을 당한 곳, 쓰러진 곳, 성모 마리아를 만난 곳, 십자가에 못 박힌 곳, 운명한 곳, 시신이 놓였던 곳, 무덤 등 열네 개 지점이 있었다. 각 지점마다 그 상황을 기념하는 교회가 세워져 있었다. 골목을 한 200미터나 갔을까. 각 지점에서 일어난 열네 가지 사건을 그린 판화가 벽에 붙어 있었다.

예수님이 십자가를 지신 제2지점에 이어 십자가 아래 넘어지신 곳에 이르렀다. 그 자리엔 폴란드 예배당이 있었다. 이곳에서 넘어진 예수님의 모습이 조각으로 형상화되어 있었다.

예수님의 지친 육신과 찢긴 마음이 절절히 다가왔다. 그를 죽인 것은 어쩌면 로마가 아니라 그의 동포였다. 로마제국의 빌라도 총독은 유대교의 대제사장과 장로들에게 고소당한 예수로부터 아무런 죄를 찾을 수 없다며 살려주려고 하지 않았던가. 유월절이면 죄수를 한 명씩 방면한 전례대로 예수를 놓아주기 위해 대중에게 물었을 때, 유대인들은 그 자리에 있던 예수님이 아닌 바라바를 방면하라고 했다. 바라바는 강도였다.

로마 군인들은 동포들에게 배척당하고 버림 받은 예수님의 옷을

비아 돌로로사　예수님이 빌라도 총독의 법정에서부터 골고다 언덕까지 십자가
를 지고 가신 수난의 길이다. 예수님이 십자가에 못 박혀 수난 당한 현장에서 진명
스님과 엘리자베스 수녀님이 십자가를 메고 예수님의 고난을 느껴보고 있다.

벗기고 홍포를 입힌 뒤 가시관을 머리에 씌우고 침을 뱉으며 희롱했다. 그의 제자 베드로마저 같은 처지에 몰릴까봐 두려운 나머지 예수님을 알지 못한다고 세 번이나 부인하지 않았던가.

예수님이 짊어진 십자가 속의 묵상에서 나와보니 순례단의 대부분이 그 자리를 떠나고 없었다. 그런데 마리아 수녀님이 그 십자가 밑에 넘어져 있는 예수님을 바라보며 울고 있었다. 유대인이었지만 유대인의 틀에서도 벗어나버린 예수님. 그래서 유대인으로부터 철저히 버림 받은 예수님의 탈교단적이고 탈종교적인 삶이 가슴을 후빈 것일까. 옆에서 마리아 수녀님을 지켜보던 진명 스님도 말없이 눈물을 훔쳐내고 있었다.

교회를 나와 마리아 수녀님, 진명 스님과 함께 순례단을 뒤따르려고 보니 길 옆에 예수님과 십자가를 정교하게 조각한 목각들이 눈에 들어왔다. 갑자기 누나가 생각났다. 신앙의 열정에 들떠 비신자 가족들을 들볶는 누나가 부담스럽기도 했지만, 비아 돌로로사에서 예수님의 슬픔이 내 가슴의 슬픔으로 옮겨오며 누나의 그 마음도 이해가 되었다. 나는 누나를 위해 비아 돌로로사에서 뭔가를 사가고 싶었다.

예수님과 성모 마리아 목각상을 사서 다시 길에 나와 걸음을 재촉했다. 그런데 순례단이 보이지 않았다. 뛰어가보았지만 수녀님도 스님도 교무님도 보이지 않았다. 몇 걸음을 더 가니 시장통이었다. 그곳은 인파로 북새통을 이루었다. 두 갈래로 나뉜 길 가운데 어느 쪽으로 갔는지 알 수가 없었다. 비아 돌로로사는 로마 시대 만들어진 좁은 길인 데다 시장통이어서 빠르게 앞으로 나아갈 수도 없었다. 수많은 인파 때문에 시장통은 움직이기조차 곤란했다.

길은 여러 갈래로 나뉘고 미로처럼 꼬여 있었다. 다음 지점으로 가면 되겠지 하고 6지점과 7지점을 찾아나섰지만, 그 지점들이 순서대로 있지 않았다. 6-7-8-9지점을 순서대로 순례하게끔 되어 있지 않았던 것이다. 주위엔 팔레스타인 사람 외에 외국인이라곤 보이지 않았다. 가끔씩 팔레스타인 무장단체에 인질로 잡히는 사람들의 얼굴이 떠올랐다(순례단이 이곳을 다녀간 바로 뒤 한국방송의 용태영 특파원이 팔레스타인 무장단체에게 인질로 잡혔다).

서둘러 인파를 뚫고 지나는데 어깨를 부딪힌 팔레스타인 청년이 내 얼굴을 향해 주먹을 날렸다. 옆에서 날아온 주먹을 의식하고 피하자 그가 다시 한번 주먹을 날리는 시늉을 했다. 이방인에 대한 증오심이었을까. 아니면 시시때때로 감시의 눈을 번뜩이며 주위를 둘러싸고 있는 중무장한 이스라엘 군인들에 대한 증오심을 표현할 길 없는 젊은 감정의 발산이었을까. 알 길은 없었지만 난 위협을 느꼈다.

내가 순례단과 연결될 수 있는 고리는 없었다. 한국을 떠나올 때 숙소와 전화번호 등이 적힌 종이를 나눠주었지만, 영국보다 훨씬 더운 이스라엘이기에 짧은 옷을 입고 나오면서 그것마저 챙겨오지 않은 것이다. 순례단을 만나지 못하면 숙소를 찾을 길이 없었다. 숙소로 정한 곳은 수도원이었는데 밤중에 도착해 새벽에 나오느라 수도원 이름은커녕 어느 지역 근처인지도 알 수 없었다.

모든 끈과 단절된 느낌이었다. 손에 땀이 흥건히 배어났다. 예수님이 모두로부터 버림 받고 철저히 고립돼 십자가를 지고 간 그 길에서 난 그렇게 철저히 혼자가 되고 말았다.

사랑은 결코 죽지 않는다

여기를 보아도 저기를 보아도 팔레스타인 사람들뿐이었다. 베일을 쓴 수녀님 대신 히잡을 쓴 무슬림 여인들만 눈에 띄었다. 머리 깎은 스님이나 쪽 진 머리를 한 교무님은 아무리 둘러보아도 찾을 길이 없었다.

예수님이 두 번째 넘어진 지점에 가도 삼소회원들은 없었고, 예수님이 세 번째 넘어진 지점에서도 그들의 흔적을 찾을 수 없었다.

예수님의 고독이 심장을 파고들었다. 성서엔 예수님이 태어날 때와 아주 어린 시절의 모습만 그려져 있을 뿐 그 이후 서른 살까지에 대해선 아무런 언급이 없다. 서른 살 때 세상에 모습을 나타낸 예수님은 불과 3년 만에 이 세상에서 처절히 버림 받은 몸이 되어 여기 이 마지막 길을 갔다.

육신은 지치고 지쳐서 70킬로그램에 이르는 십자가를 감당하지 못하고 세 번이나 쓰러지기를 거듭했다. 그 가냘픈 육신의 손과 발엔 못이 박혔다. 지나가는 유대인들은 "성전을 헐고 사흘에 짓는 자여, 네가 만일 하느님의 아들이어든 자기를 구원하고 십자가에서 내려오라"고 했다. 대제사장들도 서기관 및 장로들과 함께 "저가 남은 구원하였으되 자기는 구원할 수 없도다. 저가 이스라엘의 왕이라니 지금 십자가에서 내려올지어다. 그러면 우리가 믿겠노라"고 희롱했다. 그러나 예수님은 십자가에서 내려오지 못했다.

혹시 한국인으로 보이는 수녀님이나 스님들을 보지 못했느냐는 내 물음에 고개를 흔드는 팔레스타인 사람들이 나를 비웃는 것 같았다. 순례단을 놓친 지 한 시간이 넘었지만, 도무지 미로의 끝은 보이지 않았다. 이런 식으로 찾아 헤매다간 영원히 비아 돌로로사의 미아가 될 것만 같았다.

남대문시장보다 몇 배는 더 붐비는 것 같은 시장 속에서, 그런 미로 속에서 어찌 해볼 도리가 없었다. 그 상태에서 무작정 순례단을 찾아 헤맨 자체가 어리석은 일이었다. 그제야 나는 내 어리석음을 깨닫고 다시 처음 출발했던 곳을 찾아 길을 나섰다. 물어물어 길을 더듬어 나아갔다. 북새통을 좀 벗어나는가 했더니 저 멀리서 얼굴이 익은 한 사람이 뛰어오고 있지 않은가. 가이드였다. 그 순간 가이드는 그야말로 나의 구세주였다.

그의 뒤를 좇아갔다. 순례단은 예수님이 못 박힌 11지점의 교회에 있었다. 예수님의 무덤에 들어가려고 수백 명이 뒤에 줄을 서 있었다. 수녀님들과 스님들과 교무님들이 얼마나 걱정한 줄 아느냐며 나 때문에 진짜 슬픔의 길이 됐다고 했다.

큰 교회 안엔 작은 교회와 무덤, 예수님의 시신을 염한 장소 등이 있었다. 이곳에서 예수님은 손과 발에 못이 박혀 십자가에 매달렸다. 로마 시대 십자가형은 가장 고통스런 형벌이었다. 십자가에 매달린 사형수는 기력이 다하면 몸이 늘어져 못 박힌 손발에 힘이 가해지고, 그곳에서 끝없이 피가 쏟아지면서 점차 폐가 눌려 질식사하게 된다고 한다. 건장한 사람들은 무려 15일 간이나 그런 고통을 받으며 죽어가기도 했다는 것이다.

전날 올리브 동산에서 잠 못 이룬 채 기도하고, 채찍 세례를 받아 만신창이가 되고, 가시관을 쓴 채 십자가를 지고 골고다 언덕을 올라온 예수님은 여섯 시간여 만에 운명했다고 한다.

"나의 하느님, 나의 하느님, 어찌하여 나를 버리셨나이까!"

온 땅이 어두워지고 목숨이 다해갈 때 예수님은 "엘리 엘리 라마 사박다니"라고 몸부림치며 외쳤다.

운명하기 직전 예수님은 "내가 목이 마르다"고 했다. 그 타는 목마름을 어찌 말로 형언할 수 있을까. 그때 사람들이 신 포도주가 가득 담긴 그릇이 있는 것을 보고 해면에 포도주를 적셔 갈대에 꿰어서는 예수님의 입에 갖다 댔다. 이윽고 예수님의 영혼이 육신을 떠나갔다.

예수님은 핍박받는 유대 민족의 구원자로 나서 압제자 로마제국을 무너뜨리기는커녕 이렇게 비참한 모습으로 허망하게 떠났다. 세속에서 그가 이룬 성공이 무엇이던가. 유대 민족의 지도자가 되었던가. 추앙받는 종교 지도자가 되었던가. 동포들의 존경을 받았던가. 믿을 만한 제자가 많았던가. 자신을 핍박하던 이들을 기적으로 단번에 물리쳤던가.

아니다. 세속의 성공은 그의 것이 아니었다. 그는 처절히 패배하지 않았던가. 상대를 패배시키는 세속적 승리를 떠나 그는 철저히 자신을 패배시키지 않았던가.

예수님은 그렇게 허망하게 갔다. 그러나 예수님은 운명하기 전 "모든 것을 이루었다"고 했다. 그리고 "아버지, 내 영혼을 아버지 손에 맡기나이다" 하고 숨을 거뒀다. 그것이 마지막 말씀이었다.

내 편, 네 편을 떠나 결국 양쪽 모두로부터 따돌림 받아 처절히 희롱당하고 고통 당한 예수님이 어떻게 '모든 것을 이루었다'는 것일까.

수녀님들은 예수님이 십자가에 매달렸던 바로 그 자리를 떠나지 못했다. 마리아 수녀님과 마리 코오르 수녀님이 흘린 눈물만으로 물줄기가 생길 것 같았다. 스님들과 교무님들도 예수님의 시신을 염했던 바위에 무릎을 꿇어 머리를 맞대고 예수님의 그 아픔을 온몸으로 느꼈다.

예수님의 무덤 옆에 동양인 수사님이 있었다. 일본인인 그는 예수님의 무덤을 지킨다고 했다. 예수님이 묻히시고 부활하신 그 무덤을. 수사님은 10년을 하루처럼 예수님의 부활을 묵상했다. 하루야마 수사님이 말했다. "사랑은 결코 죽지 않는다"고.

내게 일본인은 언제나 우리 동포를 핍박한 사람들이라는 이미지로 다가오곤 했다. 그런 일본인 수사님의 말 때문이었을까. 그 순간 유대인들로부터 더한 고통을 받은 한 팔레스타인 여인의 아들이 내 앞에 '부활한 예수님' 처럼 다가왔다.

불과 석 달 전 텔레비전에서 본 모습이었다. 이스라엘의 한 아동 병원에서 세 명의 이스라엘 소녀가 각각 심장과 폐, 간을 이식받았다. 열두 살 소녀 사마흐 가드반은 죽어가면서 5년이나 심장 이식 수술을 기다려왔다. 종교적인 이유로 장기 기증을 꺼리는 유대인 사회에서 장기를 구하기란 하늘의 별따기였다. 꺼져가는 생명을 바라만 보던 소녀들의 부모들은 장기 기증자가 나타났다는 소식에 구세주를 만난 듯했다.

수술은 성공적으로 끝났다. 수술 뒤 의사는 "따님이 이식받은 장기는 팔레스타인 소년의 것"이라고 말했다. 눈엣가시 같은 팔레스타인 소년이 내 딸을 살리다니. 유대인 소녀들의 부모들은 할 말을 찾지 못했다.

팔레스타인 소년은 열두 살 난 아흐마드였다. 귀여운 아이였다. 아흐마드는 라마단 단식이 끝나자마자 시작되는 이슬람 축제에서 장난감 총을 가지고 놀고 있었다. 그런데 이스라엘 군인들이 아흐마드의 총을 보고 사격을 해 그 자리에서 거꾸러지고 말았다. 아흐마드는 이스라엘의 병원으로 옮겨져 치료를 받았다. 그러나 의사는 살아날 가망이 없다는 진단을 내렸다.

비탄에 빠진 아흐마드의 부모는 두 시간 뒤 아들의 장기를 필요로 하는 사람에게 주라고 말했다. 그리고 이스라엘 사람이건 팔레스타인 사람이건, 대상은 관계없다는 말을 덧붙였다.

일본인 수사님과 헤어져 예수님의 시신을 염했던 바위에 입을 맞췄다. 바위는 차가웠다. 그 차가운 감촉을 타고, 운명하기 전 자신을 십자가에 매단 이들을 용서해달라던 예수님의 기도가 들려왔다. 그리고 그 기도가 내 가슴에 속삭였다. '모든 것을 이루었다, 모든 것을 이루었다'고. 가슴에서 메아리처럼 맴도는 그 무엇은 오랜 폭력에 대한 참회와 용서와 사랑이라고 내 가슴에 속삭이고 있었다. 어떤 상황이라도 지금 여기서 다 용서하고 지금 다 사랑하지 못하면, 천만 년을 살아도 그 삶은 원만해지고 완전해질 수 없다고.

아흐마드 어머니의 눈물이 내 볼을 타고 흘러 예수님의 바위 위에 떨어졌다. 아흐마드의 어머니는 축제 기간 아들에게 안겨진 선물이 총알일 줄은 꿈에도 몰랐다며 흐느꼈다.

누군가는 자신이 받은 상처가 너무 아파 끝없이 다른 사람을 상처 내는 삶을 보낸다. 그러나 누군가의 상처에선 눈물이 영롱한 진주로 바뀐다. 아흐마드 어머니가 진주같이 반짝이는 눈물을 흘리며 말했다.

"축제가 끝나기 전 이스라엘 소녀들에게 더 큰 선물을 주게 돼 기
뻐요."

나의 관세음보살, 나의 성모님

　예수님이 십자가에 매달리고 숨을 거둔 그 자리에서 가장 애통해했을 사람은 성모 마리아였음이 틀림없다. 자식이 눈앞에서 처절히 고통 받으며 죽어가는 모습을 지켜봐야하는 어머니 가슴이 찢어지고 또 찢어졌을 게 분명하다.

　예수님의 어머니, 아흐마드의 어머니, 그리고 우리들의 어머니……. 자식이 품안에 있을 때뿐 아니라 품을 떠난 이후에도 마음으로는 자식을 보내지 못하고 끝내 껴안고 살아가는 그런 어머니들이다.

　부모 곁을 떠나 출가의 길을 택한 수도자들에게도 어머니가 있었다. 십자가의 길에서 숙소로 돌아오는 버스에 올랐을 때 모두가 말을 잃었다. 그때 진명 스님이 그리움에 젖은 눈으로 말했다.

"출가한 몸이고 오십을 바라보는 나이지만 속가 보살님에게 저는 아직도 어린아이에 불과한 모양이에요."

어머니를 어머니라고 부르기보다는 다른 여성 불자들을 부르듯이 '보살님'이라고 하는 것이 어쩐지 가슴을 더 찡하게 했다. 그래도 스님들이 속가 어머니에 대해 허심탄회하게 얘기할 수 있게 된 것만도 조금은 다행스러워 보이긴 한다. 수십 년 전만 해도 출가한 수도자들에게 속가는 꿈속의 집만큼이나 아득하기만 했다. 일단 출가한 수도자는 되도록 속가와 발을 끊고 살아야 한다는 분위기가 지배적이었다.

어머니를 다른 이름으로 부른다고 어찌 어머니에 대한 그리움까지 다를까.

"지리산 자락에 사시는 보살님에게 삼소회 순례를 위해 오랫동안 외국을 돌아다닐 거라고 말씀드렸더니 그러시는 거예요. 차 조심하고, 밤엔 절대 혼자 다니지 말라고."

그래서 진명 스님이 그랬단다.

"보살님은, 내 얼굴 자체가 무기인데 누가 밤에 채가기나 한다고. 착각도 잘하십니다."

진명 스님의 고해성사 아닌 고해성사에 차 안에서는 반짝이는 눈물 속에서도 폭소가 터졌다.

마리아 수녀님은 어머니가 수녀님들도 아니고 스님들, 교무님들과 같이 가니 책 잡히지 않도록 각별히 몸가짐을 조심하라고 신신

당부하더라고 말했다. 출가자의 부모라고 다르랴. 스님이란 스승님의 줄임말이다. 삼계三界의 스승이라는 스님이지만, 부모님에겐 여전히 어디다 두어도 안심이 안 되는 자식일 뿐인 것을. 그런 어머니 얘기가 나오자 수도자들의 눈이 하나 둘씩 차창 밖으로 향했다. 아마도 멀리멀리 시집간 딸이 친정어머니 얘기가 나올 때 그 고생하시는 모습을 그릴 때처럼.

나도 어머니의 모습이 떠올랐다. 순례길을 나설 때 미처 인사도 못 드렸다가 순례 중에서야 고향집에 전화를 걸었다. 팔남매를 시집 장가보내고 고향집에 홀로 사시는 어머니는 그날 밤 홀로 제사를 지내고 있다고 했다. 나도 깜빡 잊어버렸던 큰아버지 기일이었던 것이다.

열여섯 살에 열 살 위였던 아버지에게 시집을 왔을 때, 아버지는 세 살 난 여자아이 하나를 데리고 있었다고 한다. 아버지 바로 위에 형, 내겐 큰아버지가 결혼하자마자 큰어머니가 임신한 줄도 모른 상태에서 병을 얻어 돌아가셨다. 큰어머니는 딸을 낳자마자 친정으로 돌아갔는데, 마음 여린 아버지가 형님의 일점 혈육을 어떻게 버려둘 수 있느냐며 총각의 몸으로 조카를 키우고 있었다는 것이다. 그래서 열여섯 살 새색시가 시집오자마자 애 엄마가 되었고, 어머니는 평생 그 누님을 딸로 키워 시집을 보냈다. 그래서 어머니가 낳은 자식은 일곱이지만 그 누님을 합쳐 어머니가 키운 자식은 여덟이었다. 어머니는 시집와서부터 얼굴 한 번 본 적 없는 큰아버지의 제사를 그때부터 지금까지 60년 넘게 모시고 있다. 큰아버지의 딸인 누님마저 '얼굴 한 번 본 적 없는' 선친의 제사엔 오지 않아서 어머니 혼자 제사를 모시고 있는 것이다. 지금은 누나와 동생들을 따라 교회를 다니면서도 어머니가 얼굴 한 번 본 적 없는 시아주버니의 제사를 혼자서 지내는 것은 형님을 그토록 사랑했던 아버지의 마음으로 돌아가고 싶은 때문일 것이다.

큰방에서 제삿상을 앞에 두고 혼자 앉아 있을 어머니가 차창 밖에 어른거렸다. 내겐 한결같은 어머니의 그 마음이 바로 종교였다.

아버지는 세 살 난 조카를 키우고 있었지만 집엔 겉보리 한 됫박도 없이 가난한 데다. 일제시대 징용을 피해 도망가 탄광에서 일하다 수은 중독이 되어 언제 돌아가실지 모르는 지경이었다. 서당 훈장이었던 외할아버지는 그런 사정을 모른 채, 사람 됨됨이 하나만 보고 아버지에게 꽃처럼 고왔던 어머니를 시집보냈다.

100여 가구가 살던 우리 시골 마을엔 큰 샘물이 있었다. 너럭바위 속에서 늘 맑은 물이 콸콸콸 나와서 한눈에도 영험이 있어 보였다. 옛날부터 아무도 손을 대지 않은 새벽에 가장 처음 물을 떠 3년 간 끊임없이 먹으면 아무리 죽을 병도 낳는다는 전설이 있었다. 어머니는 시집와서 3년 간 단 하루도 거르지 않고, 100여 가구 마을 사람 중 맨 처음으로 꼭두새벽마다 그 물을 떠 아버지에게 드렸다. 아버지는 그 덕에 죽음의 위기를 넘겼다. 그것이 어머니가 남편에게 들인 '정성'이었다.

우리나라도 이젠 딸을 낳아야 비행기를 타고, 아들 낳아봐야 별 볼일 없다는 말이 나올 정도가 됐지만, 딸이 사람 대접 받은 지가 불과 30년이나 됐을까. 1950~60년대까지 우리 집안만 해도 '자식'이란 대를 이을 아들을 말하는 것이었다. 그러니 시집와서부터 키운 조카딸 외에도 내리 딸만 넷을 낳은 어머니의 마음이 어땠을까. 그래서 어머니는 "내 팔자엔 아들이 없는 모양이니 다른 여자한테서 아들을 낳아오라"고 해서 결국 아버지가 여자를 하나 얻긴 얻었다. '시앗을 보면 돌부처도 돌아앉는다' 는 속담조차 어머니에겐 맞지 않았던 모양이다. 어머니에게 미안해 아버지가 다른 여인 집에 가지 않으면 쌀가마를 지워주면서 제발 다녀오라고 등을 떠밀었다니 말이다. 그래도 어머니는 아들 꿈을 완전히 접지는 못한 모양이었다.

우리 마을 강 건너 앞산은 험준하기 이를 데 없었는데, 그 험로를 한참이나 올라간 곳에 조그만 절이 하나 있었다. 어머니는 아들을 점지해주십사 하고 불공을 드리러 가는 길에 쌀을 머리에 이고 한 번도 땅바닥에 내려놓지 않았다고 한다. 부처님께 올릴 공양물을 내려놓으면 부정을 탈까봐, 너무 힘이 들면 머리에 인 채 나무에 살짝 기댔다가 다시 올라가서 밤새 불공을 드렸다. 그 정성 덕인지 내가 태어나 아버님이 다른 여인 집에 발길을 끊어 우리 가계가 복잡해질 일은 없어졌다. 그것이 어머니가 부처님에게 올리는 '정성'이었다.

그런 정성도 정성이지만, 손을 놀리는 어머니의 솜씨는 신기에 가까웠다. 20여 명의 삯꾼을 사서 들판에서 함께 일하다 새참 때가 되면 바람처럼 논두렁을 가로질러 집으로 갔다가는 잠시 뒤 어느새 삯꾼들이 모두 먹을 음식을 가져오곤 했다. 추수 때가 되면 들판에서 우리 집 머슴들과 삯꾼들이 다 돌아간 뒤에도 혼자 남아 밤늦도록 이삭을 주웠다. 한 줌도 안 되는 이삭을 줍느라 온 논바닥을 뒤지는 것을 보고는 어린 눈에도 저것을 건지자고 저 고생을 한단 말인가 싶어 한심스럽기만 했다. 그것이 어머니가 한 톨의 쌀에 기울이는 '정성'이었다.

그렇게 쌀 한 톨도 아까워하던 어머니였지만 들판에서 식사를 할 때면 늘 밥 한 술씩을 떠 논두렁에 놓으며 '고수레'를 해 뭇 생명들과 함께 나누고, 집에 온 행상이나 걸인은 그냥 돌려보내는 법이 없었다. 우리 집은 큰 동네에서도 가장 앞쪽에 있는 데다 가장 큰 집이었기에 걸인과 행상들이 아예 아지트로 여기곤 했다. 어머니는 가족들이 먹는 상에 그들을 함께 앉혔다. 그래서 몇 년 동안 한 번도 이를 닦지 않은 듯한 걸인이 입으로 쪽쪽 빤 숟가락이 찌개 그릇에 들어갈 때면, 비위가 약한 나는 밥숟가락을 놓아버리곤 했다. 왜 거지들에게 밥을 주느냐고 푸념을 하면 어머니는 배고픈 사람에게 밥 한 술 주는 것보다 더 좋은 일은 없다며, 배고파본 사람만이 배고픈 설움을 안다고 말할 뿐이었다. 그것이 어머니가 가엾은 이들에게 들이는 '정성'이었다.

그런 어머니가 홀로 된 것은 마흔여덟 살 되던 해였다. 아버지는 자비로웠고 유머가 넘쳤기에 백이면 백 싫어하는 사람이 없었다. 그런 아버지가 내 나이 열다섯 살에 뇌출혈로 눈을 감자 마을 사람들과 일가 친척들과 아버지의 지인 등 500여 명이 우리 집 방과 마루, 마당과 뒷밭까지 가득 메워 함께 통곡했던 기억이 아직도 생생하다. 우리 가족들은 아버지가 돌아가신 그날 이후 매년 제삿날이면 그날 함께 울었던 마을 사람들을 불러다 지금까지도 음식을 대접하고 있다.

아버지가 돌아가신 뒤 홀로 칠남매를 떠안은 어머니가 한 고생이야 이루 말로 다 할 수 없다. 평생 고생만 하고 살아온 사람은 그 상처를 원망으로 투사하는 게 당연한 일일지 모르지만 어머니에겐 그런 심리적 인과도 맞지 않았다.

언젠가 골병이 든 어머니를 위해 한 친척이 병에 뱀술을 담아왔다. 그런데 뱀술을 담아온 그 소주병이 농약병으로 쓰던 것이었다. 어머니는 뱀술을 마시고 곧바로 병원 응급실로 실려 갔는데, 의사들도 고개를 살래살래 저을 정도로 상태가 심각했다. 그렇게 죽어가면서도 어머니는 당신이 죽는 건 아랑곳없이, 이대로 죽으면 뱀술을 준 친척이 화를 입지나 않을지 오직 그 걱정뿐이었다. 그것이 은혜를 입은 상대에 대한 어머니의 '정성'이었다.

우리 마을에 '귀염이'라는 천덕꾸러기 할머니 한 분이 살았다. 나이가 들어 빨래는커녕 밥도 못 끓여먹고 옷에 오줌똥을 쌌지만 누구도 돌볼 사람이 없었다. 그분을 몰래몰래 돌보신 분도 어머니였다. 누나들이 그것을 알고 평생 그 모진 고생을 했으면 이제 좀 자신만 생각하고 살지, 왜 남의 똥빨래 수발까지 드느냐고 성화를 부렸다. 그러면 "안 한다"면서도 또 몰래 그 집에 가서 수발을 들곤 했다. 그것이 이웃에게 들인 어머니의 '정성'이었다.

이렇게 얘기하고 보니 무슨 위인이나 되는 듯하지만, 내 어머니는 평범하기 그지없는 데다 평생 시골에서만 살아왔고 신문 한 장 볼 줄도 모르는 촌로일 뿐이다. 대단한 업적을 남긴 위인전의 여성과는 비교할 수 없는 그런 촌로인 것이다. 하지만 어머니의 그런 모습 안에서 관세음보살님과 성모님을 발견하지 못한다면 어디에서 자비와 사랑을 찾을 것인가.

내겐 어머니를 가슴으로 만나는 것만큼 큰 축복은 없다. 우리나라에는 비록 출가자라 하더라도 어머니에게 효성을 다한 이들이 있었다. 석가모니 부처님의 환생으로 추앙받는 진묵대사는 전북 완주 왜막실에서 어머니가 열반할 때까지 지극 정성으로 모셨고, 우리나라 근대 선禪을 중흥시킨 경허선사도 청계산 청계사와 서산 천장암에서 어머니를 모시고 살았다.

근래에도 그런 분들을 적지 않게 보았다. 평택 만기사의 원경 스님은 절에서 어머니가 열반하기까지 정성 들여 모셨고, 젊은 시절 선방을 돌아다니던 대선 스님도 완주 요덕사에서 혼자 사는 어머니를 모셨다. 충주 석종사 선원장 혜국 스님은 상좌들의 노모를 대신 봉양했다. 출가 뒤 혼자 남게 된 노모가 걱정돼 수행에 전념하지 못하는 제자들을 위해 자기가 대신 자식 노릇을 하며 제자들을 도운 것이다.

내가 가장 좋아하는 선사 중에 중국의 황벽선사가 있다. 내가 몇 년째 사용하는 다포에 "뼛속에 스며드는 추위를 겪지 않고서 어찌 매화 향기를 얻으리오"라고 쓰여진 글도 황벽선사의 것이다. 선사로서의 탁월한 면모도 면모려니와 내가 더욱 진하게 느끼는 것은 그의 어머니 사씨 부인의 향기다. 내 어머니가 관세음보살처럼 보듬어주신 분이라면, 사씨 부인은 지혜보검처럼 자식의 무지와 집착을 단칼에 베어준 문수보살이다.

황벽선사는 세 살 때 아버지를 여의었다. 그는 어려서 도벽이 심했다. 그것이 한두 번으로 끝나지 않고 꼬리가 길었던 모양이다. 짐승들과 농기구까지 훔친 그가 어느 날 이웃집 머슴에게 발각되고 말았다. 어머니 사씨가 아들을 앉혀놓고 말했다.

"훔치는 데도 세 가지 길이 있다. 가축이나 잡동사니처럼 작은 것을 훔치는 사람이 있는가 하면 나라를 훔치는 사람이 있고, 또 천하를 훔치는 자도 있다. 작은 것을 훔치는 것은 양심을 좀먹는 짓이다. 큰 것을 훔치면 백성을 도탄에 빠뜨릴 수도 있고, 잘살게 할 수도 있다. 천하를 훔치는 것은 모두를 버려야 가능하다. 그러나 천하를 훔치면 온갖 중생을 윤회에서 건진다. 너는 어떤 것을 훔칠 테냐?"

어린 황벽은 한참을 생각하더니 천하를 훔치겠다고 했다.

그 뒤로 황벽은 집 안에 있는 물건들을 다른 아이들에게 주거나 내다버렸다. 이를 본 어머니가 아들을 다시 앞에 앉혔다.

"버리는 데도 세 가지 길이 있다. 첫째는 물건을 버리는 것이고, 둘째는 육친을 버리고 출가 수행하는 것이다. 셋째는 탐욕을 버리는 것이다. 물건을 버리는 것은 누구나 할 수 있지만, 육친을 버리고 출가 수행하기는 어렵다. 그러나 탐욕을 버리는 것에 비한다면 출가 수행은 쉽고도 쉬운 일이다. 너는 셋 중에 무엇을 버리겠느냐?"

한참을 생각하던 황벽은 탐욕을 버리겠다고 했다. 그리고 곧장 출가해 황벽산을 거쳐 천태산의 백장선사 문하에 들어갔다.

어느 날 어머니 사씨가 황벽을 찾아갔다. 1,500리 길을 두 달이나 걷고 또 걸어서 외아들을 보겠다고 찾아간 것이다. 그러나 황벽은 어머니를 만나주지 않았다. 결국 두 달을 기다린 어머니는 편지 한 통만을 남기고 떠났다.

내가 그 먼 길을 걸어 황벽 스님을 찾아온 것은 스님을 데려가거나 마음을 흐트러뜨리려 함이 아니었다. 그럴 거라면 애초에 출가를 권유하지도 않았을 것이다. 다만 어미의 마음이 이토록 간절함을 보여주기 위함이었다. 부디 열심히 정진하고 또 정진하라. 스님이 집을 떠날 때의 그 마음을 잊지 않는다면 깨달음은 가까울 것이다. 어미가 자식을 생각하는 그 마음으로 화두를 챙긴다면 어찌 깨달음이 달아나겠는가.

승가의 규율만 생각하고 스님만을 선지식으로 여기며 큰 바다와 같은 어머니의 마음을 간과했던 황벽. 그에게 어머니의 편지 한 통은 날 선 검이 되어 그의 겉치레를 싹둑 날려버렸다. 황벽이 드디어 초심자의 마음으로 돌아가 큰 깨달음을 얻는 계기가 된 것이다.

부처님을 낳아준 마야 부인과 키워준 어머니, 예수님을 낳아준 성모 마리아가 없었다면 그분들이 어떻게 세상에 나올 수 있었을까. 이 세상에서 가장 위대한 분들에게도 그들을 낳아 사랑으로 기른 어머니가 있었다.

그렇듯이 하느님과 부처님에게 귀의한 순례단 한 분 한 분도 또 다른 성모님과 관세음보살님이 수호천사와 신장처럼 지켜주고 있는 듯했다. 차창을 바라보는 한 순례자의 눈동자 위로 떠오르는 얼굴이 있었다. 때론 자비의 눈물과 한결같은 정성으로, 때론 지혜의 칼로 화현하는 우리들의 어머니였다.

지구에서 가장 위험한 도시

순례단 모두가 장벽을 보는 순간 할 말을 잃었다. 장벽은 두껍고 아득히 높았다. 손을 뻗어도 뻗어도, 아마 장대를 든다 해도 닿을 수 없을 것 같았다. 8미터 높이라고 했다.

이처럼 거대한 콘크리트가 동예루살렘의 주택가를 가로지르고 있었다. 예루살렘에서 팔레스타인 사람들의 거주 지역을 둘러싸는 분리 장벽이었다. 그 장벽 위엔 고압선이 지나고 있었다. 장벽은 주택가 골목을 가로질렀고, 담장은 어느 집 안으로 들어가 집을 둘로 갈라버렸다. 동예루살렘에서 한 마을에 살던 사람들이 넘기엔 너무 높은 담이었다.

순례단이 이 지역을 방문하기 직전에 끝난 팔레스타인 총선에서 하마스가 승리했다. 하마스는 무장 저항 조직이다. 검은 두건으로 얼굴을 가린 채 등장하는 하마스는 서구에선 테러 단체로 불린다. 이 하마스가 총선에서 승리해 팔레스타인을 이끌게 된 것이다. 그래서인지 이런 때 예루살렘을 방문해도 되느냐는 염려 섞인 얘기도 많이 들은 터였다.

순례단이 분리 장벽에 가겠다고 하자 현지 가이드는 벽밖에 볼 것이 없는데 뭐 하러 가느냐고 했다. 그러나 우리의 마음과 마음 사이의 벽을 허물기 위해 나선 순례단이 분리 장벽을 지나칠 수는 없었다.

그러나 막상 그 앞에 도착하자 벽은 미사일을 발사해도 쓰러지지 않을 만큼 강고해 보였다. 벽 앞에서 여성 수도자들은 무력한 자신의 존재를 새삼 깨달았다. 장벽은 순례단을 압사시킬 듯 앞으로 앞으로 다가오는 듯했다.

2005년부터 쌓기 시작한 분리 장벽은 팔레스타인 지역을 300킬로미터나 둘러쌀 예정이라고 한다. 팔레스타인 사람들에 의한 폭탄 테러가 잇따르자 이스라엘이 한 도시 안에서 팔레스타인 거주 지역 둘레를 벽으로 둘러 막아버리고 있는 것이다.

순례단이 기도를 하는 사이 옆으로 돌아가보니, 그 옆은 이제 장벽을 쌓기 위해 기단 위에 철근들만 뾰족뾰족 나와 있었다. 어디서 나타났는지 청년 하나가 다가오더니 철근을 뛰어넘어 팔레스타인 지역으로 사라졌다. 잠시 후 네 소년이 역시 위태위태하게 그 철근을 뛰어넘었다.

소년은 이 벽마저 쌓아올려진 다음에는 1분이면 오는 곳을 한 시간 넘게 돌아와야 한다고 했다. 소년의 눈동자 속에도 콘크리트 장벽이 어른거렸다. 팔레스타인과 쌍방 합의 없이 이스라엘이 일방적으로 쌓는 장벽이 높이 올라갈수록 소년의 증오심도 그만큼 자라고 있었다.

미국과 영국을 등에 업고 세계적인 군사 강국으로 부상한 이스라엘에 비해 너무나 초라한 팔레스타인. 이스라엘의 침입으로 고향과 집은 물론 부모, 형제, 자매를 잃은 팔레스타인 사람들은 자신의 몸에 폭탄을 둘러멘 자살 테러로 약자의 좌절을 절규하고 있다.

예루살렘의 예루는 '도시'를 의미하고 살렘은 '평화'를 뜻한다. 따라서 예루살렘이란 '평화의 도시'다. 그런데 어쩌다가 예루살렘이 지구상에서 가장 위험한 도시가 된 것일까. 이 역시 제국의 침략으로 비롯되었다. 2,000년 전 로마가 침략하기 전까지 예루살렘은 평화로운 땅이었다. 서기 135년, 로마제국이 이 지역에서 유대인들을 추방했다. 그때부터 유대인들은 터전을 잃고 세계의 유랑민이 되었다.

아랍인들도 7세기에 아라비아 반도를 통일한 사라센 제국을 건설하여 동로마제국을 멸망시키고 인근 지역을 장악했다. 이곳은 팔레스타인으로 불렸다. 팔레스타인 사람들은 그때부터 예루살렘을 성도로 삼아왔다. 십자군 원정 당시 기독교도들이 일시적으로 점령한 시기를 제외하고는 아랍인들이 이 지역을 통치해온 것이다.

예루살렘 분리 장벽 어쩌다가 '평화의 도시'라는 뜻을 가진 예루살렘이 지구상에서 가장 위험한 도시가 된 것일까. 팔레스타인과 쌍방 합의 없이 이스라엘이 일방적으로 쌓는 장벽이 높이 올라가는 만큼 팔레스타인 사람들의 증오와 저항도 커져가고 있다.

그런데 이곳을 떠난 지 2,000년이 다 돼가도록 유대인들은 선조들의 땅을 잊지 않았다.

유대인이란 민족이라기보다 유대교를 믿는 사람들이란다. 여호와로부터 선택받았다는 선민 의식이 강한 유대인들은 유랑민으로 떠돌면서도 그들끼리 똘똘 뭉쳐 자신들의 신앙을 지켜왔다. 어느 곳에 가서도 결코 섞이지 않고 자기들끼리만 뭉치는 배타적인 유대인들은 어디서나 '눈엣가시' 같은 존재로 부각되었다. 19세기 후반 유럽에서 반유대인 운동이 전개된 것도 그 때문이었다. 그리고 나치에 의해 유대인 600여만 명이 비참하게 살해당하는 홀로코스트가 자행되기도 했다.

세계대전이 발발하기 이전에 팔레스타인은 오스만 제국의 지배 아래 있었다. 독일 편을 든 오스만은 패전국이 돼 멸망했다. 세계대전 중 영국은 아랍인들을 설득해 오스만과 싸우게 했다. 마침내 오스만과 싸워 이긴 아랍인들은 팔레스타인에 그들의 독립 국가를 세우고자 했다.

그러나 유럽에서 축적한 엄청난 부를 바탕으로 유럽의 정치권을 움직인 유대 거부들의 막후 조종으로 시오니즘의 불길이 거세졌다. 유럽의 많은 유대인들이 팔레스타인으로 돌아왔고, 가난한 아랍인들은 그들에게 땅을 팔았다.

1차 세계대전 이후 이 지역을 지배하던 영국의 정책은 눈 가리고 아웅 하는 식이었다. 이스라엘과 팔레스타인 모두에게 독립을 약속하는가 하면, 유대인들이 걷잡을 수 없이 밀려들어오고 이에 대해 팔레스타인 사람들의 반발이 거세지자 두 손 들고 문제를 유엔에 넘겨버렸다. 이때 유엔은 인구 60만 명인 이스라엘에 이 땅의 3분의 2를 주고, 이스라엘보다 다섯 배나 많은 인구 300만 명의 팔레스타인에는 땅을 3분의 1밖에 주지 않는 국가 경계를 선포했다. 유럽과 미국에서 돈의 힘으로 정치권을 조종한 유대인의 로비력 덕택이었다. 이스라엘은 이 선포를 받아들여 독립 국가를 세웠다. 그러나 팔레스타인은 국가 건설을 포기하고 무장 투쟁을 시작했다.

이스라엘이 건국을 선언하자마자 팔레스타인은 1차 중동전쟁을 벌였다. 그러나 이스라엘에게 패했다. 1970년대까지 이집트, 시리아, 요르단 등이 참여하는 2, 3, 4차 중동전쟁이 계속되었지만 아랍의 이슬람 국가들은 이스라엘에 연전연패했다. 이스라엘 뒤엔 미국과 영국이라는 골리앗이 버티고 있었기 때문이다.

이 땅에서 쫓겨난 팔레스타인 사람들은 1960년대부터 레바논을 거점으로 '팔레스타인 인민 해방군(PLO)'을 결성해 게릴라 투쟁을 전개했다. 그러나 PLO마저 1982년 레바논을 침공한 이스라엘에 의해 궤멸되다시피 했다.

총선에서 승리한 하마스 조직의 탄생은 1987년 이슬람 저항운동인 인티파타(민중 봉기)로 거슬러 올라간다. 2004년 이스라엘에 의해 표적 암살된 하마스 지도자 아메드 야신 등 일곱 명의 지도자는 대부분 교사 출신이었다. 이들은 애초 교육을 통해 점진적인 개혁을 하고자 했지만 대규모 민중 봉기가 일어나자 저항운동의 지휘부가 됐다. 하마스의 목표는 이스라엘이 전쟁으로 점령한 모든 영토를 수복하는 것이다.

이런 이슬람 저항 세력에 맞서 이스라엘은 국제사회의 빗발치는 여론을 무시한 채 이처럼 팔레스타인 사람들을 벽으로 에워싸고 있다.

장벽엔 검은 페인트로 큰 글씨가 쓰여 있었다.

"부시, 블레어, 샤론. 테러리스트."

미국의 조지 부시 대통령과 영국 블레어 총리, 이스라엘 샤론 총리를 테러리스트라고 비난한 것이다.

"이 장벽은 곧 붕괴될 것"이라고 써놓은 글도 있었다.

여성 수도자들은 평화의 기원문을 읽었다. 그 소리는 장벽에 부딪혀 순례단에게 되돌아왔다. 쌓다 만 장벽 위에서 고양이 한 마리가 기도하는 여성 수도자들을 바라보고 있었다.

장벽을 떠날 시간이었다. 그러나 수녀님과 스님과 교무님 들이 줄지어 벽을 오갔다. 마치 옴짝달싹 할 수 없는 장벽 사이에 갇힌 사람처럼 그들의 절망도 깊어갔다.

우리는 떠나야 했다. 2,000년 전 예루살렘을 짓밟았고 결국은 지금의 벽이 놓이게 된 단초를 제공한 제국의 도시 로마로. 모든 나라와 식민지 백성이 로마의 군마와 칼 아래 굴복해서 평화가 이뤄졌다는 '팍스 로마나'의 도시로 가는 것이다.

강한 세력 아래 굴종하고, 그편에 서는 것을 평화라고 말하는 사람들이 있다. 그들은 2,000년 전 '팍스 로마나'에 경배했고 지금은 '팍스 아메리카'를 절대자처럼 섬긴다. 인간의 욕망과 두려움은 강자를 우상화하고 신격화하기에 이르렀다. 그래서 7만 기의 핵무기를 지닌 미국에 대해선 아무도 문제를 제기하지 않지만, 단 한 기의 핵무기를 만들려는 약자를 인류의 파괴자로 비난하는 미국에겐 자연스레 동조한다. 강자가 두려운 약자들은 강자의 손가락질에 따라 "사탄이다" 비난하고 "도둑이야"라고도 외친다.

약자들의 땅과 자유를 빼앗고 저항자들을 노예로 데려와 지은 '평화의 심장부'. 그 로마로 가는 비행기에 오르자 '평화의 도시'는 점점 멀어져갔다.

4
완전히 하나되기 **화해의 포옹을 나누다**

이탈리아

인천공항에서 19일 간의 대장정을 끝내고 헤어지는 순간이었다. 본각 스님이 무엇엔가 끌리듯
베아타 수녀님에게 다가갔다. 베아타 수녀님도 스스럼없이 팔을 벌렸다. 둘은 꼭 껴안았고
귀국 비행 내내 얼굴에 드리웠던 회한의 표정은 발그레한 홍조로 바뀌었다. 서로에 대한
용서와 포옹이 가져온 축복이었다. 이들의 포옹은 순례의 마지막 장면이 되었다.

지금도 그를 위해 기도하나요

그 긴 여정 동안 그야말로 순례에 전념하느라 관광객의 한가함을 누릴 여유가 없었다. 그래서였을까. 밤새 비행기를 타고 오느라 잠도 제대로 못 잤지만, 로마에서만큼은 잠시라도 분위기를 잡아보려는 여성 수도자들의 열정은 뜨겁기만 했다. 독신 수도자 열여섯 명은 '로마의 휴일'을 즐길 마음의 준비를 끝낸 듯했다.

로마에 오기 훨씬 전부터 '트레비 분수에서 아이스크림을 쏘라' 거나 '트레비 분수에 동전을 던져야 한다'고 수녀님과 스님, 교무님들이 소곤대는 얘기를 자주 들었던 터라 막연하게나마 그들이 설레며 가고자 하는 곳이 어디인지 짐작만 하고 있었다. 모처럼 시내로 진출한 이들은 "야, 말로만 듣던 로마"라며 신나했다.

빡빡 민 머리에 회색 승복을 바닥까지 늘어뜨리고 로마 시내를 걷는 스님들의 모습이 '패션의 도시'라는 로마에서도 눈길을 휘어잡았다. 정성 들여 해 입은 선재 스님의 승복 패션을 보면 로마의 패션 디자이너들도 울고 갈 것만 같았다. 또 머리를 말아올려 비녀를 꽂고 청순한 치마 저고리를 입은 교무님의 패션은 어떠한가. 한국의 여러 수도자들이 어울린 패션이 로마 거리를 자연스런 수도복 패션쇼장으로 만들었다. 지나는 행인들도 신기한 표정이다. 저런 옷은 어느 나라에서, 어떤 사람들이 입는 옷이냐는 듯이.

나보나 광장 가까이 가자 카타리나 성당이 눈에 들어왔다. 카타리나 성녀의 무덤이 있는 곳이었다. 카타리나 성녀는 일자무식이었지만 어느 순간 지혜가 열려 학자들의 수호 성인이 됐다고 한다. 카타리나 수녀님의 세례명이 이 성녀에게서 딴 것인데 교수인 수녀님에게 딱 어울리는 수호 성인이 아닐 수 없었다.

카타리나 성당에 들어가는 것은 예정에 없던 일이었지만, 순전히 카타리나 수녀님을 위해 모두 성당에 들어가 기도했다. '카타리나 수녀님이 성녀가 된다면 세상의 말괄량이들에게 큰 희망이 될 텐데'라고 생각하니 혼자 웃음이 나왔다.

30여 년 전 카타리나 수녀님이 수도회에 입회할 때까지도 수도회의 규칙은 엄격하기 그지없었다고 한다. 수도회 대문 밖을 나가 성당까지 갈 때도 손을 앞으로 모은 채 눈은 지그시 내리고 앞만 보고 걸어야 했다. 설사 아는 사람이 있어도 함부로 아는 체를 해서도 안 됐다. 밖에서 아는 남자를 만나 꼭 대화를 해야 한다면 수도원으로 데려와 얘기를 해야 했다. 수도원 안에서 노래를 불러서도, 큰 소리를 내서도 안 됐다. 수도회에 입회하기 불과 몇 달 전 서강대 졸업여행 때만 해도 서울에서 설악산까지 버스 안에서 레퍼토리가 한 번도 끊이지 않게 노래하면서 갈 정도로 끼 많았던 카타리나 수녀님이 어떻게 수도원 생활을 견뎌냈는지 미스터리가 아닐 수 없다.

더구나 그는 사람을 너무나 좋아한다. 아는 사람을 만나고도 모른 체하고 지나간다는 것은 적어도 카타리나 수녀님에겐 불가능한 주문이다. 그러니 윗분들의 경고는 늘 그의 몫이었다. 그러면 카타리나 수녀님의 반응은 한결같았다.

"좋은 걸 어떡해요?"

그렇게 사람 좋아하는 그가 어떻게 자기를 좋아하는 남자들을 다 물리치고 수녀가 될 수 있었는지 그 또한 미스터리다. 천성이 명랑하기 그지없는 카타리나 수녀님은 늘 웃는 얼굴이다. 누가 웃는 얼굴을 싫어하랴.

대학 시절 그 눈부신 미소에 반한 남성들이 왜 없었을까. 그가 수도회에 들어가버리자 모교인 서강대 남학생들이 "꼭 찍어놓은 여자들은 수녀가 된단 말이야"라고 한탄했다는 얘기가 전해지기도 한다.

서강대를 졸업하고 그가 성가수녀회에 입회할 때 실은 목숨을 걸고 항전한 남자가 있었다. 고등학교 때 농촌 봉사활동을 갔다가 만난 남학생이 카타리나 수녀님을 짝사랑했던 모양이다. 고시를 준비하던 그는 시험에 합격하면 결혼할 생각으로 불철주야 공부에만 전념하다가 짝사랑하던 여인이 수녀가 된다는 소식에 식음을 전폐하고 누워버렸다. 남자의 어머니가 마침내 그 사연을 알고선 카타리나 수녀님을 찾아왔다. "내 아들이 뭐가 어때서 그러느냐, 내 아들 살려내라"고 했다. 고민이 된 수녀님은 어른 수녀님들과 상의했다. 어른 수녀님은 "거기에 속아넘어가선 절대 안 된다"고 말했다. 예상 문제지의 정답 그대로였다.

단식 투쟁으로 카타리나 수녀님을 굴복시킬 수 없자, 그 남자가 드디어 광화문 성가수녀회로 수녀님을 찾아왔다. 그래서 둘은 덕수궁 돌담길을 걸으며 마지막 데이트를 했다.

"당신이 아는 누군가가 계속 기도하는 사람이라면 얼마나 좋아요. 당신을 위해 기도해주는 사람이 있다면 행복하지 않나요?"

그 남자를 돌려보내기 위한 수단이었는지, 아니면 진심이었는지 카타리나 수녀님은 그렇게 말해주었다.

"어차피 남녀가 덕수궁 돌담길을 함께 걸으면 반드시 헤어진다던데?"

내게 묻는 수녀님의 베일 밖으로 드러난 흰머리가 바람에 흔들렸다. 36년 전 청춘은 이미 전설이 되었음을 알려주기라도 하듯이. 그래도 마음속에서 묻고 있었다.

'수녀님, 지금도 그를 위해 기도하시나요?'

진명 스님은 "출가할 땐 오직 출가 생각만 하느라 이제 (남자와) 사랑할 기회가 영영 없을 줄은 몰랐다"고 했다.

"그럴 줄 알았으면 진즉 사랑을 좀 해보는 건데. 얼마나 후회가 되던지."

동감의 표시일까. 진명 스님의 말에 모두 박장대소했다. 선재 스님은 "당연하지. 출가 전에 다 해봤어야지" 하면서 약을 올렸다.

진명 스님은 중학교 때 간이 붓는 병으로 1년 반이나 학교도 못 가고 치료를 받아야 했다. 그런 중병을 앓게 되자 죽음에 대해 고뇌하느라 이성에 눈을 뜨는 사춘기를 지나쳤다는 것이다.

진명 스님이 학인 시절 서울에서 부산으로 출타를 할 때였단다. 그가 이십대 초반이었을 때다. 출가자의 처지여서 사사로운 얘기들을 나누고 싶지 않았지만, 젊은 나이에 출가한 스님에 대해 일반인들은 궁금한 게 많았다. 스님 옆자리에 한 노신사가 앉아 있었다. 아무래도 그가 쳐다보는 것이 말을 걸어올 것 같아 스님은 계속 책에 시선을 고정했다. 그런데 잠시 책을 덮자마자 노신사가 기회를 놓치지 않고 말을 걸어왔다. 나중에 기차에서 내렸을 때 비서들이 달려와 "회장님, 회장님" 한 것으로 보아 기업체 회장님인 듯했다.

"이 좋은 세상에 왜 출가를 했느냐?"는 질문부터 시작되었다. 그러더니 "이제라도 좋아하는 남자가 나타나면 어떻게 할 거냐?"고 물었다. 그러자 진명 스님이 말했다.

"할아버지는 걱정도 많으시네요. 부처님보다 더 좋은 분이 나타나면 당연히 가야지요."

그러자 그가 젊은 비구니 스님을 당돌하다는 듯이 쳐다보더란다.

여성 출가자들은 이성 문제에 있어서 스스로 철저해진다. 그러나 아주 드물게 속퇴를 해 결혼을 하는 경우도 있다. 그러면 스님들은 아쉬워하면서도 '인연의 결과'로 이해한다. 그가 쌓은 전생의 업과 인연에 의해 그렇게 됐다는 것으로 생각하는 것이다.

그런 면에서 스님들은 자유스러운 편이다. 어쩌면 자유는 두려움 없는 자신감에서 나오는지 모른다. 선재 스님과 진명 스님에게 부처님보다 더 멋진 분이 나타나면 어떻게 할 거냐고 물었다. 그러자 둘이 짠 듯이 동시 스테레오가 터져나왔다.

"가야지!!!"

그들의 장난기 어린 소리를 고대 로마의 지혜의 여신 미네르바가 반겼다. 미네르바 광장엔 수많은 인파로 넘쳐났다. 한국에서 온 미네르바들도 아이스크림을 사서 입에 물었다. 수녀님과 교무님이 아이스크림을 나눠 먹고, 스님이 수녀님의 입에 아이스크림을 넣어주면서 2주 넘게 동거하며 쌓은 친근감을 보여주었다. 승복과 수도복 속에 감춰진 천진한 동심이 로마의 햇살 아래 드러나고 있었다. 말괄량이 수녀님, 장난스런 스님, 개구쟁이 교무님 들이 골목을 휘감고 돌았다. 마리아 수녀님은 진명 스님, 엘리자베스 수녀님과 함께

어깨동무를 하고 트레비 분수로 향했다.

마리아 수녀님은 가톨릭 수녀님들 중에서도 보기 드물게 자유스러워 보였다. 틀에 갇히기보다는 여유가 넘쳤던 마리아 수녀님은 로마에 오기 전부터 로마에 가면 남자친구가 기다리고 있다고 뽐내곤 했다.

로마에서 묵은 수도원에 아니나 다를까, 마리아 수녀님의 남자친구라는 분이 1층 로비에서 기다리고 있었다. 바티칸에 유학 중인 신부님이었다. 마리아 수녀님과는 어려서부터 같은 성당에 다닌 친구였단다. 그런데 자라서 남자는 신부님이 됐고, 여자는 수녀님이 됐다. 멀리 이국 땅에서 공부하는 그를 위해 스님들과 교무님들은 남은 고추장과 김 따위 반찬을 챙겨주느라 여념이 없었다.

마리아 수녀님과 삼소회원들에게 스파게티를 사주려고 한 달 동안 먹을 것 안 먹고 돈을 절약했다는 신부님의 아쉬움을 뒤로한 채 우리는 차에 올랐다. 마리아 수녀님도 1층 로비에서 가진 짧은 만남을 뒤로하고 신부님과 작별했다. 마리아 수녀님은 특유의 명랑함 그대로 차창 밖으로 손을 흔들었다. 그러나 차 안의 다른 눈빛들이

로마 트레비 분수 트레비 분수에 동전을 던지면 사랑이 이뤄진다는 속설이 있다. 트레비 분수에 가득 찬 인파는 저마다 못 이룬 사랑을 그리워하듯 열심히 분수대에 동전을 던졌다. 저 멀리에서도 익숙한 패션들이 늘어서 분수대로 동전을 던지고 있었다. 수도자가 되기 전 소녀로 돌아간 이들이었다.

얼마나 안타까워하던지.

　가끔 말은 호쾌한 대장부처럼 내뱉지만 정작 삶 속에선 살피고 또 살피는 여성 수도자들의 심중을 헤아리는 그 눈빛들과 차창 밖의 풍경을 보고 있으려니 가슴 시린 무언가가 밀려왔다.

　살아 숨쉬는 듯한 거대한 조각상들 앞에 맑은 폭포수가 연못으로 쏟아지고 있었다. 트레비 분수였다. 영화 〈로마의 휴일〉에서 앤 공주가 자전거를 타고 나오는 그 분수 광장이다. 광장은 사람들로 꽉 차 발 디딜 틈이 없었다. 트레비 분수에 동전을 던지면 못다 이룬 사랑이 이뤄진다거나 꿈에 그리던 사람과 다시 로마에 올 수 있다는 속설에 따라 손을 잡거나 껴안고 분수에 동전을 던지는 연인들이 많았다.

　트레비 분수에 가득 찬 인파는 저마다 못다 이룬 사랑을 그리워하듯 열심히 분수대에 동전을 던졌다. 저 멀리에서도 익숙한 패션들이 늘어서 분수대로 동전을 던지고 있었다. 수도자가 되기 전 소녀로 돌아간 이들이었다. 분수대를 배경으로 한 줄로 늘어선 채 동전을 던지면서 사진을 찍었고, 누군가는 분수대를 향해 기도했다.

　거친 마음의 파도를 넘어 대양으로 대양으로 나아가는 기도일까. 수도자 앞 분수대엔 '바다의 신'이 있었다. 그리고 '바다의 신' 양쪽엔 대조적인 두 해마(바닷말)가 있었다. 왼쪽 해마는 거칠게 목을 돌리며 반항하고 있고, 오른쪽 해마는 유순하게 순명하는 모습이다. 천진하게 분수대를 뛰는 수도자들을 향해 내 아픈 가슴이 묻고 있었다.

'수녀님, 스님, 교무님! 당신은 지금 어느 쪽에 서 있나요?'

땅에는 평화, 사람에겐 자비를

이들이 모두 같은 피부, 같은 얼굴, 같은 나라, 같은 종교, 같은 사람들이라면. 판테온 앞 광장을 가득 메우고 온갖 언어로 수다를 떨며 즐거워하는 다종 다양한 사람들을 보며 그런 생각을 했다.

미켈란젤로가 '천사의 설계'라고 극찬했다는 판테온. 2,000여 년 전에 만들어진 신전의 연륜보다 나는 한 건물에 온갖 신을 다 안고 있는 그 정신에 더욱 끌렸다.

'판'이란 '모두'를, '테온'은 '신'을 뜻한다. 무려 30만의 신이 있었다는 로마. 판테온은 그 모든 신에게 봉헌하는 품이 넓은 집이었다.

정면에서 10여 개의 거대한 기둥이 떠받치고 있는 건물 안으로 백인들이 들어가고, 이어 약간 거무스름한 사람들이 들어갔다. 그리고 한국의 여성 수도자들이 뒤따랐다. 그 많은 신들의 후예들이 들어섰다. 천장엔 햇살이 쏟아지도록 직경 9미터의 구멍이 뚫려 있다. 어둠 속에서 한 줄기 햇살이 수녀님과 스님과 교무님 들의 머리 위로 쏟아져내렸다.

이 판테온이 왜 로마 시대 정신을 상징한다고 했을까. 신이란 인간 정신의 표징이다. 로마는 이처럼 인간의 다양성을 인정하고 신의 다양성을 인정했다. 그것이 천년 왕국, 세계 제국 로마의 힘이었다.

지성에서는 그리스 인보다, 체력에서는 켈트 인이나 게르만 인보다, 경제력에선 카르타고 인보다 뒤떨어진 로마 인들이 어떻게 세계를 지배할 수 있었을까. 『로마인 이야기』의 저자 시오노 나나미는 그 해답을 로마 인의 현실주의와 관용에서 찾았다. 나의 신만이 아니라 남의 신을 인정할 줄 아는 이런 관용의 정신이 바로 로마의 예지였다는 것이다.

판테온에서 베네치아 광장으로 향하는 동안 누군가 우리가 스쳐 지나간 '진실의 입'에 대해 얘기했다. 영화 〈로마의 휴일〉에도 나오는 산타 마리아 인 코스메딘 교회의 입구 회랑에 있는 '진실의 입'은 거짓말을 하면 손이 빠지지 않는다는 전설이 있다. 로마를 찾은 사람들은 과연 로마의 진실을 보고 진실을 말할 수 있을까. 특히 '자신의 종교'에 대해.

베네치아 광장에 이르자 이탈리아를 통일한 비토리오 에마누엘

레 2세의 기마상이 있는 비토리아노가 순례단을 맞았다. 베네치아 광장에서 콜로세움으로 가는 길에는 "정적들에게도 관용적이었다"는 카이사르의 동상이 서 있다.

카이사르 옆을 지나 콜로세움으로 향할 때 가이드는 소매치기를 조심하라고 일렀다. 멀리서 아이들 네다섯 명이 달려오며 옆을 지나쳐 갔다. 이들이 바로 로마의 유명한 소매치기들이란다. 저 원형극장을 달리던 기마병의 후예일까. 도로와 보도를 올라갔다 내려갔다 하며 내 옆을 바람처럼 지나가는데 그야말로 쏜살같았다.

소년들이 지나간 곳으로 원형 경기장 콜로세움이 그 위용을 드러냈다. 2,000년 뒤에 지어진 서울 월드컵 경기장의 위용에도 뒤지지 않을 것 같았다. 이 경기장은 80개의 출구에 5만 5천여 명의 관객이 동시에 입장과 퇴장을 할 수 있었다고 한다. 아마 그래서 "콜로세움이 멸망할 때 로마는 멸망하며, 그때 세계도 멸망한다"는 이야기가 나왔을 것이다.

날은 이미 어두워지고 있었다. 여기저기 불빛이 하나둘 밝혀졌다. 콜로세움을 배경으로 한 영화 〈쿼바디스〉의 영상이 파노라마처럼 뇌리에 펼쳐졌다. 수많은 검투사, 짐승들의 주검과 피, 그리고 군중의 함성이.

콜로세움 낙성식 땐 검투사와 맹수의 싸움이 무려 100일 동안 계속됐다고 한다. 이때 검투사 수백 명과 함께 맹수 5천 마리가 죽었다고 전해진다. 콜로세움이란 이름은 이 경기장 앞에 네로 황제의 거대한 콜로수스(거인상)가 있었기 때문에 붙여졌다고 한다. 네로 황제는 당시 그리스도인들을 탄압해 훗날 대표적인 폭군으로 불렸다. 그러나 당시엔 콜로세움에서 끊임없는 흥행을 펼쳐 사람들이 승리의 쾌감을 누리게 했다. 그래서 네로는 시민들에게 인기가 높았다고 한다.

당시 콜로세움은 약육강식의 밀림으로 꾸며졌다. 산과 숲, 신전을 본 딴 세트장 가운데로 맹수와 검투사가 갑자기 모습을 드러내고 대결했다. 맹수의 밥으로 던져진 이들은 식민지에서 끌려온 노예들과 그리스도인들이었다. 그래서 가톨릭은 로마를 악으로 여겼다. 중세시대 자신들을 그토록 핍박했던 로마의 콜로세움을 파괴했을 만큼 로마의 핍박에 대한 그리스도인들의 원한은 깊고도 깊었다.

기원후 64년, 로마에 대화재가 일어났다. 무려 엿새 동안 화마가 로마의 화려한 유적들을 남김없이 태워버렸다. 로마 시민들 사이에선 네로 황제가 자신의 뜻대로 로마를 재건하기 위해 노예를 시켜 로마를 불태웠다는 소문이 나돌기 시작했다. 네로 황제는 희생양을 찾았다. 그것이 바로 그리스도인들이다. 이때부터 그리스도인들은 여기저기서 맞아죽고, 십자가에 매달려 산 채로 불태워졌다.

네로가 그리스도인들을 희생양으로 선택한 것은 이미 그들이 로마 인들로부터 미움을 받고 있었기 때문이다. 모든 신을 존중하는 종교관을 가진 로마 인들로선 이스라엘 백성들이 오랜 옛날부터 따라온 여호와만을 믿으며 다른 신을 부정하는 그리스도인들의 독선을 이해할 수 없었다. 그러나 그리스도교는 지하 묘지인 카타콤베에 은거하면서 로마의 노예와 여성 등 약자들을 대상으로 전도했다. 엄청난 핍박에도 불구하고 그리스도인들의 순교와 신앙으로 인해 그리스도교의 교세는 갈수록 커져갔고, 점차 원로원과 황실까지 파고들었다.

마침내 312년에 콘스탄티누스 황제가 밀라노 칙령을 반포해 그리스도교를 공인했다. 밀라노 칙령으로 인해 유대 식민지 백성의 종교가 세계 제국의 종교가 되고, 노예의 종교가 황제의 종교가 되었다.

"어떤 종교든 관계없이 각자 원하는 종교를 믿고, 거기에 수반되는 제의에 참가할 자유를 완전히 인정받는다. 어떤 신이나 어떤 종교라도 명예와 존엄성이 훼손당해서는 안 된다."

밀라노 칙령은 이렇듯 신앙의 다양성을 인정하는 로마 정신에 따른 것이었다.

그리스의 역사가 디오니시우스가 『고대 로마사』에서 "로마를 강대하게 만든 것은 종교에 대한 사고방식이었다"고 평했을 만큼 다양성에 대한 인정이 다민족 융합체를 유지하는 나름의 비결이었다.

그런데 그 관용의 정신에 의해 지하에서 지상으로 나온 그리스도인들이 피해자에서 가해자로 변해 로마 시대 자신들이 받은 핍박보다 훨씬 심하게 인류를 박해했다는 것을 '진실의 입'이 말했다. 그 '진실의 입'은 교황 요한 바오로 2세였다.

2005년에 선종한 교황 요한 바오로 2세는 2000년에 열린 사순절 예배 때 지난 2,000년 동안 가톨릭 교회가 저지른 죄를 인정하고 용서를 구하는 미사를 집전했다. 그는 이 자리에서 역사상 한때 기독교인들이 무자비한 수단과 행동으로 교회의 명성을 더럽혔다는 점을 인정했다. 그가 말한 가톨릭의 과오는 십자군 원정과 종교 재판, 유대인 대학살인 홀로코스트 등이었다.

　중세의 마녀사냥은 1484년 교황이 '긴급 요청' 회칙을 발표해 마녀가 있다고 한 데 이어, 도미니크 수도회 성직자 두 명이 『마녀의 쇠망치』라는 마녀사냥 지침서를 내면서 본격화됐다. 이 지침서는 "교회에 가기 싫어하는 여자는 마녀다", "열심히 다니는 사람도 마녀일지 모른다"는 식의 내용을 담고 있었다.

　여성들을 잡아오면 먼저 실오라기 하나 없이 발가벗겨 온몸의 털을 남김없이 깎았다. 그런 뒤 철샷줄로 고문대에 꽁꽁 묶어 온몸을 바늘로 찔렀다. 악마의 흔적을 찾기 위해서였다. 바늘에 찔리면 누구나 마녀처럼 얼굴이 일그러졌기 때문에 심판관들은 '마녀가 분명하다'고 판명했다. 바늘로 찔러도 마녀 같은 기색이 없으면 손발을 묶어 마녀 욕탕이라는 욕조에 집어넣고 떠오르면 마녀라고 결론지었다. 마녀로 판명되면 그녀의 재산은 고문관에게 상금으로 주어졌다. 고문관은 이렇게 평범한 여성을 마녀로 둔갑시킬 때마다 부자가 되었다.

　마녀가 된 여성은 화형 당하거나 산 채로 뜨거운 솥 안에서 죽어갔다. 18세기 계몽 사상이 등장해 마녀사냥이 중단되기까지 이런 방법으로 5만 명 이상의 여자가 죽어갔다. 완전히 발가벗겨진 여인이 산 채로 매달려 화형을 당하는 장면은 당시 사나이들에게 최고의 흥행거리였다.

콜로세움에서 맹수의 밥이 되어 로마 인들에게 최고의 흥행을 제공했던 그리스도인 성직자들은 반대로 네로 황제 같은 심판관의 자리에 앉아 '여성들의 살육'을 흥행거리로 제공했다. 이로 인해 예수님의 인류 구원에서 결코 여성도 제외되지 않았다는 사실을 되새기려는 여성들, 남성 우위의 고정된 교리에 속박되지 않고 조금이나마 사상의 자유를 가지려 한 여성들은 처절하게 죽어갔다.

1095년 교황 우르반 2세의 칙령으로 시작된 여덟 차례 원정에서 1,500명의 십자군이 4년 간 무려 7만여 명의 예루살렘 인을 학살한 십자군 원정을 비롯해 나치가 유대인 600만 명을 학살할 때 유대인에 대한 적대감으로 그를 방조한 것도 씻기 어려운 죄다. 하지만 그리스도교가 저지른 더 큰 죄악은 평화로운 원주민들의 땅을 침략함으로써 원주민 종족과 전통의 뿌리까지 파괴해버린 것이다.

더구나 '관용'이란 로마 정신으로 역사의 중심에 등장한 그리스도교가 어떤 관용도 없이 2,000년 동안 지구를 피로 물들이며 평화의 최고 파괴자가 되었다는 것은 교황 요한 바오로 2세의 고백 이전에 '역사의 진실'이었다.

요한 바오로 2세가 고백하기 전 한국의 그리스도교 원로인 조찬선 목사가 피를 토하는 심정으로 가톨릭과 개신교가 저지른 피의 역사를 고발한 『기독교 죄악사』란 책을 펴냈다. 조 목사는 감신대와 이화여대 교수, 이화여대 교목, 전국기독교학교 교목을 지낸 원로 목사이다. 그는 신대륙의 침략자 콜럼버스가 서인도 제도와 미 대륙에서 어떤 일을 저질렀는지 그 실상에 대해 '진실의 입'이 되어 말했다. 콜럼버스는 독실한 가톨릭 신자였다.

콜럼버스 일행이 마리엔 왕국의 섬에 도착했을 때, 원주민들은 신기한 배와 이상한 사람들을 하늘에서 내려온 천사인 줄 알고 전원을 초대해 성대한 환영 만찬을 베풀어주었다. 콜럼버스가 타고 온 배 한 척이 파선되었을 때도 온 국민이 나서서 구조하는 일을 도왔을 뿐 아니라 필요한 재료를 모두 제공하고 배 수리까지 도와주었다. 그들의 도움으로 콜럼버스 일행은 죽음의 고비를 넘길 수 있었다. 그러나 이들 가톨릭 신도들은 며칠 뒤 안정을 되찾자 원주민촌을 기습 공격해 전 주민을 살해해버렸다.
도미니카 섬의 중심부에 있는 하라과 왕국의 여왕은 우아하고 인자하고 사랑이 넘쳤다. 그녀는 콜럼버스 일행이 왔을 때 낯선 손님에게 호의를 베풀고 수차 죽을 위기에서 구해주었다. 그러나 콜럼버스는 그 나라의 유력자와 귀족들 3,000여 명을 은혜를 갚는다며 만찬에 초청해 몇 채의 가옥에 집합시켰다. 그리고 일시에 불을 놓아 태워죽였다. 불을 피해 밖으로 뛰쳐나오면 콜럼버스의 군인들이 창으로 찔러죽였다. 도망가다 넘어진 어린애는 칼로 다리를 잘라버렸다.

그러나 이미 멸족됐거나 아무런 힘도 없는 이들에 대한 역사는 찾아볼 길이 없다. 그런 곳에서 죽어간 소수의 가톨릭 신자들은 '성인'과 '복자'로 시성되는 것과 달리. 콜럼버스도 신대륙 발견 400돌을 기념해 '성자'로 추천되었다.

이처럼 '예수의 이름으로' 온 이들에게 죽어간 원주민이 무려 8천만 명에서 1억 명에 달하는 것으로 추산된다. 그리고 지구 문명이 이뤄놓은 고귀한 자산인 잉카 문명과 아즈텍 문명을 비롯해 각 마을과 각 섬의 아름다운 전통이 낱낱이 파괴되었다.

내가 아는 가톨릭 신부님과 수사님, 수녀님, 신자 들의 모습에서 그런 살인과 폭력의 모습을 찾는다는 것은 불가능하다. 대부분은 신사적이고 사랑이 넘친다. 그러나 이런 믿을 수 없는 일을 가능케 한 교리적 독선에 맞설 만한 용기를 가졌는지는 알 수 없다.

16세기 하이티 섬에서 자행된 원주민 학살에 대해 들은 도미니카 수도회 소속 사제 안토니오 데 몬테시노스는 무지한 정복자들을 향해 피를 토하며 질타했다.

"무구한 인종에게 그토록 잔인한 짓을 자행하다니요. 당신들은 절대 용서받을 수 없는 죄를 저질렀습니다. 대체 어떤 정의가 인디오들에게 그렇게 하라고 했나요? 당신들은 무슨 권리로 자기 나라에서 평화롭게 살아가는 사람들에게 전쟁을 선포했나요? 그들은 인간이 아닌가요? 그들은 이성이나 영혼을 가지고 있지 않나요?"

그러나 그런 범죄를 행한 집단이 힘이 있거나 당대의 '정통'이라는 이유만으로 순응하고 이를 돕거나 부추기는 종교인들이 더 많았다. 그것이 지금까지 지상에 사랑과 평화의 역사가 아니라 피의 역사가 씌어지게 된 큰 이유이다.

교목으로서 학생들을 지도했던 조찬선 목사처럼 역시 서울 대광고에서 학생들을 지도하다 강의석 군이 '종교의 자유'를 요구했을 때 그의 손을 들어주었던 류상태 목사는 많고 많은 그리스도인들의 비리도 문제지만 문제의 뿌리는 그리스도교의 독선적 교리라고 했다. 인류의 평화가 어떻게 깨졌는지를 정확히 살펴보기만 한다면, 미국 인디언 멸망사인 『나를 운디드니에 묻어주오』라는 책을 몇 쪽만이라도 읽어본다면 누군들 그렇게 생각하지 않을까.

인디언 멸망사를 읽은 뒤 효창공원을 거닐며 한 선배에게 물었다. 장난치듯 산 채로 팔과 다리를 베는 것은 동물에게도 차마 못할 짓인데, 어떻게 인간에게 그럴 수 있는지 이해하기 어렵다고. 그랬더니 선배는 나와 다른 적으로 규정되는 순간 이미 상대는 인간이 아니라 죽여도 아무런 죄책감이 들지 않는 하찮은 존재일 뿐이라고 했다.

나의 신 외엔 모두 악마라는 도그마는 나 이외엔 모두 죽어 마땅하다는 살육으로 이어졌다. 그들은 땅 끝까지 전도에 나서며 평화와 자비의 땅을 만들겠다는 구호를 내세웠다.

선교사를 앞세운 미군들이 운디드니의 인디언들을 거의 몰살시킨 뒤였다. 그들은 부상 당한 인디언 47명을 포장도 없는 마차에 싣고, 혹심한 추위 속에 3일 간 방치하다가 교회 예배당으로 데려갔다. 크리스마스 트리로 장식된 교회 설교단 뒤엔 플래카드가 걸려 있었다.

"땅에는 평화, 사람에겐 자비를."

인디언을 청소한 땅엔 아프리카에서 평화롭게 살던 사람들이 노예로 수혈되었다. 하워드 진은 『미국 민중사』에서 이를 생생하게 증언한다.

사냥당한 흑인들은 목에 쇠고랑을 차고 채찍을 맞으며 1천 킬로미터가 넘는 해안으로 끌려갔다. 이동 중에 다섯 명 가운데 두 명이 목숨을 잃었다. 해안지대에 도착하면 짐승처럼 우리에 갇혔다. 노예 상인들은 그들을 발가벗긴 뒤 검사해 품질 등급을 정하고 쇠를 달구어 가슴에 이를 표시했다. 10일에서 15일이 지난 뒤 노예 무역선이 도착하면 흑인들은 어둡고 습기차고 층 사이가 50센티미터에 불과한 배 밑창에 차곡차곡 갇힌 채 목과 발엔 사슬이 채워졌다. 이 가운데 3분의 1은 신대륙에 도착하기 전에 죽었다. 이렇게 아메리카 대륙에 끌려간 아프리카 흑인이 1,000만에서 1,500만 명에 달했다. 이는 노예 상인들이 아프리카에서 포획한 흑인의 3분의 1 정도로 추산됐다.

이렇게 해서 유럽 못지않은 독자적 문명을 구축했던 1억 명의 아프리카 대륙 흑인들 가운데 5천만 명이 죽거나 노예로 붙잡혀 갔다. 교회는 이를 아무런 양심의 가책도 느낄 필요가 없는 정당한 일이라고 옹호했다.

그 평화롭던 아프리카는 서구 사회 사람들이 비만을 어쩌지 못해 골치를 앓고 있는 동시대에 빵 한 조각과 마실 물 한 모금조차 없어 죽어가고, 에이즈 등 병이 창궐하고 분쟁이 끊이지 않는 저주의 땅이 되었다. 아프리카에 대한 구호의 손길과 구제비를 자랑하는 교회와 선진 제국의 자비에도 불구하고.

콜로세움 앞에서 청년 둘이 말을 걸어왔다. 그들은 알아들을 수 없는데도 자꾸만 말을 시켰다. 뭔가를 도와주겠다는 것처럼 미소와 제스처를 취하며 수녀님과 스님과 교무님 들을 붙잡고 말을 걸고 있었다.

그러나 가이드는 그들이 소매치기의 바람잡이일지 모른다며 조심하라고 했다. 그들이 뭔가 도움을 요청할 수도 있었는데 우리는 그들을 도울 수 없었고, 그들이 우리에게 뭔가 호의를 베풀려 한 것인지도 모르지만 우린 어떤 것도 받아들이고 싶지 않았다. 그래서 로마의 밤이 슬펐다.

"수녀님이 예수님을 안 믿으면 누가 믿어요?"

콜로세움을 벗어나면서 영국 캔터베리 대성당에서 빚어진 일촉즉발의 위기가 떠올랐다. 영국 성공회의 캔터베리 대성당에 도착해 지하에 있는 조그만 석실에서 예배를 볼 때였다. 캔터베리 대성당은 성공회 성당이었기에 성공회 소속인 카타리나 수녀님과 엘리자베스 수녀님이 사전에 예배를 준비했다. 두 수녀님은 미리 준비한 기도문을 한 명 한 명에게 나눠주었다. 그 종이엔 수녀님들과 함께 스님들과 교무님들이 읽어야 할 기도문이 쓰여 있었다.

"하느님이 창조하신 세계의 기쁨을 위하여 기도합시다."

자기 차례가 된 한 스님이 기도문을 읽자 스님들의 얼굴이 일그러지기 시작했다. 스님 차례에 읽도록 돼 있는 기도문은 "만물을 지으신 하느님의 아들 우리 주 예수 그리스도를 통하여 기도하나이다. 아멘"으로 끝나고 있었다.

그리스도교는 우주가 한 분 절대자인 여호와 하느님에 의해 창조됐다고 믿지만, 불교에선 한 분 절대자에 의해 창조된 게 아니라 세상 모든 것은 모였다가는 흩어지기를 반복한다고 본다. 그런데 수녀님들이 읽는 기도문은 "인류를 위하여 기도합시다", "우리를 반대하는 이들을 위하여 기도합시다", "자연 환경 보존을 위하여 기도합시다", "가난하고 소외된 이들을 위하여 기도합시다" 등 보편적인 내용인데, 하필이면 창조론을 언급한 기도문을 스님이 읽도록 돼 있었다.

그만이 아니었다. 또 다른 스님이 읽게 된 기도는 "하느님의 창조 질서를 기리며 기도합시다"였다.

"전능하시고 영원하신 하느님, 주님께서는 온갖 놀라운 질서와 생물로 가득 찬 우주를 만드셨나이다."

스님의 기도 소리가 조금씩 떨리고 있었다.

이 기도 후 분위기가 썰렁해지기 시작했다. 그날 밤 숙소인 수도원의 기도방에 모든 삼소회원이 모여 앉았다. 이토록 속앓이만 하면서 갈등을 키울 게 아니라 터놓고 한번 얘기해보자고 모인 자리였다.

일단 판이 벌어지자 그 동안 곪았던 고름들이 한꺼번에 터지기 시작했다. 먼저 스님들이 포문을 열었다. 어떻게 부처님 성지에선 고개도 숙이지 않던 분들이 이토록 남의 종교에 대한 배려가 없느냐는 것이었다. 한 스님은 "수녀님들이 부처님 탑 앞에서 고개를 돌렸을 때 모욕감에 눈물이 났다"며 눈물을 훔치기도 했다.

타종교의 독선에 대한 얘기가 쏟아질 땐 과연 이 순례가 지속될 수 있을지 기약할 수 없을 것만 같았다.

두 시간여 동안 폭풍이 치고 비바람이 몰아쳤다. 갑자기 카타리나 수녀님이 일어서서 두 팔을 벌리더니 나를 십자가에 못 박으라고 했다. 그는 기도문을 같이 읽으면 좋아할 줄 알았다며 그게 이렇게 큰 문제가 될 줄 몰랐다고 했다. 그러자 겟세마네 동산에서 예수님의 고통을 생각하며 통곡했던 원불교 하정 교무님이 입을 열었다.

"지금까지 그리스도교의 지나친 배타성 때문에 타종교인들이 입은 상처가 얼마나 깊은 줄 아십니까?"

자신의 의지대로만 처신하기 어려운 수녀님들의 사정을 누구보다도 이해하는 하정 교무님이었다. 그렇지만 그리스도인의 배타성의 연장선상에서 타종교인들이 피해의식을 느끼기 십상이라는 것을 말해주었다.

수천 년 종교의 문제가 그 자리에서 해소될 수는 없는 일이었다. 하지만 곪아 있던 화농이 터져버린 듯 시원한 감도 없지 않았다. 그날 밤 오고 간 말들의 여진 때문에 수녀님과 스님과 교무님 들은 잠 못 이루는 밤을 보냈을지 모른다. 그러나 다음날 아침엔 다시 '비 갠 뒤 하늘' 같은 모습이었다. 충돌할 때 하더라도 다시 본마음으로 돌아올 수 있는 것이 바로 수도자의 힘이기도 했다.

카타리나 수녀님도 지진이 한바탕 지나간 듯한 표정들을 보면서 가슴을 쓸어내렸다. 그리스도인들의 배타성으로 인해 타종교인들이 받은 상처를 수녀님도 모르지 않았다. 카타리나 수녀님은 내게 순례를 떠나기 직전 서울에서 겪은 얘기를 들려주었다. 지하철을 탔는데 '예수 천국 불신 지옥'이라고 쓴 띠를 어깨에 두른 사십대 중반의 남자가 자신에게 다가와 "예수 믿으시오"라며 위협적으로 말하더라는 것이다. 어떻게 수도복을 입은 수녀에게 그럴 수 있는지 할 말을 잃고 말았단다. 그때 맞은편에 앉아 있던 사람이 "아니, 수녀님이 예수님을 안 믿으면 누가 믿어요?"라고 하자, 그 남자가 달려가 "당신이 무슨 상관이냐"며 "지옥 가고 싶어"라고 협박하더라는 것이다. 수녀님은 이 일을 겪은 후 며칠 동안 떨리더라고 했다.

우리나라에선 개신교가 가톨릭조차 이단시하곤 한다. 그리고 역사 이래 그리스도교의 범죄는 로마 가톨릭이 저지른 범죄로 규정한다. 개신교가 로마 가톨릭의 부패와 죄악을 고발하며 교회를 개혁하려 했을 때 그들은 로마 가톨릭으로부터 화형을 당하는 등 이루 말할 수 없는 고통을 겪었다.

그런 박해를 받으면서 가톨릭의 죄를 끊고 예수 그리스도의 모습으로 돌아가겠다던 개신교는 가톨릭의 과오와 단절했을까.

영국에서 구교로부터 탄압받고 오늘날 미국의 건설자가 된 청교도들은 미국에 건너갔을 당시 가톨릭 신자들과 조금도 다를 바 없었다고 조찬선 목사는 전한다.

청교도들이 메이플라워 호를 타고 오랜 항해 끝에 케이프 코드 반도 북단인 프로빈스타운에 도착했을 때, 원주민들은 이 침략자들을 일거에 전멸시킬 수 있었다. 그러나 마사소잇 추장은 병들고 굶주리고 헐벗고 떠는 그들을 불쌍히 여겨 식량과 겨울용 침구를 주어 연명할 수 있게 해주었다. 청교도들은 원주민들이 아닌 '하나님의 은총'에만 감사했다. 그들이 가져온 전염병으로 그 지방 원주민의 절반이 죽자 청교도들은 '하나님께 병균의 역사를 감사' 했다.

그러나 청교도들이 식량을 훔치기 시작하자 다른 원주민들은 자신들을 방어하기 위해 연합군을 조직해 이방인들에 대항했다. 그러자 청교도들은 평화 교섭을 하자며 연합군 부족의 추장 네 명을 만찬에 초청했다. 이에 마음을 연 추장들이 오자 잠복해 있던 청교도가 그들을 일시에 암살하고, 추장들의 목을 긴 장대 끝에 매달아 20년 동안이나 플리머스 청교도 마을 앞에 걸어두었다. 유럽의 그리스도인들은 이렇게 인디언 원주민을 말살하고 미 대륙을 장악했다.

많은 나라를 다니면서 선교사들로 인한 여러 얘기를 들을 때마다 너무 가슴이 아팠다. 우리나라는 미국에 이어 두 번째로 많은 선교사를 외국에 파견하고 있다. 내가 가장 가슴 아팠던 것은 가히 침략의 역사라고 할 수 있는 유럽이나 미국에서 지배자로 살았던 사람들과는 달리, 식민과 피압박의 설움을 수없이 받은 우리가 미국인이나 유럽인들보다 더 제3세계 사람들을 멸시하고 공격한다는 점이다.

주변 강대국에 의해 수없이 짓밟히고 신음한 고난의 역사를 가진 우리나라야말로 서양과는 다른 방식으로 약자들의 마음을 어루만지며 진정한 벗이자 봉사자로서 예수님의 사랑을 실천할 수 있는 나라가 아닌가.

언젠가 인디언 수우 족 추장이 백인들 앞에서 행한 연설을 읽고는 밤새 잠을 이룰 수 없었다. 너무도 선하고 순결한 그 영혼이 깊은 아픔으로 다가왔다.

당신들은 우리 부족이 가진 대지의 한 조각 속으로 낯선 자처럼 걸어 들어왔다. 우리는 당신들을 형제처럼 맞이했다. 당신들이 처음 왔을 때 우리는 숫자가 많았고 당신들은 적었다. 그러나 이제 당신들은 숫자가 많고 우리는 적다.

우리는 좋은 사람들이지 나쁜 사람들이 아니다. 당신들이 우리에 대해 듣고 있는 소문은 전부 사실이 아니다. 당신들은 우리를 살인자와 도둑으로 알고 있다. 우리는 그런 사람들이 아니다.

우리에게 땅이 더 있었다면 기꺼이 당신들에게 주었겠지만 이제 우리에게 남은 땅은 아무것도 없다. 우린 당신들에게 내쫓겨 섬처럼 작은 땅에서 죄수처럼 살고 있다.

미국 서부 지역을 여행한 적이 있는 사람 아무에게나 물어보라. 우리는 당신들에게 너무도 친절하게 대해주었다. 당신들도 대지의 아들이고, 우리 역시 대지의 아들이다.

그러나 이상해라. 당신들은 그렇지 않다. 우린 당신들과의 약속을 지키는

데 당신들은 지키지 않는다.

우리가 원하는 것은 우리 자신이 되는 일이지 당신들처럼 되는 일이 아니다. 우리가 원하는 것은 당신들의 자유, 당신들의 깨달음이 아니라 우리 자신의 자유와 우리 자신의 깨달음이다.

부라고 하는 것, 그것은 우리에게 좋은 것이 되지 못한다. 우리는 저세상에 그것을 갖고 갈 수가 없다. 우린 부가 아니라 사랑과 이해를 원한다.

당신들의 목사 한 사람도 우리에게 말하기를, 우리가 이 세상에서 갖고 있는 재산은 다음 세상으로 갈 때 갖고 갈 수 없다고 했다. 그런데 이상해라. 그 목사를 포함해 문명인들 모두가 이 세상의 부를 우리에게서 강탈하는 일에만 몰두하고 있으니 무슨 까닭인가?

오늘 오후에 나는 집으로 돌아간다. 내가 말한 것에 대해 당신들이 잘 생각해보기를 바란다. 우리는 곧 이 대지를 떠날 것이지만 대지 그 자체는 영원하다. 우리가 그 영원함을 파괴해서는 안 된다.

예수님은 자신을 박해한 사람마저, 원수마저 사랑하라고 하셨다. 그 말씀이 육화된 사람들이 내 가슴에 새겨져 있다. 원주민들의 땅에 은인을 원수처럼 배반한 그리스도인들만 있었던 것은 결코 아니다. 언젠가 재세례파 선교사들이 남미 에콰도르로 원시 부족 선교를 위해 떠났다. 이들은 경비행기에서 선물을 먼저 떨어뜨린 뒤 원시 부족의 마을로 향했다. 하지만 이들은 머지않아 강가에서 창에 찔려 죽은 채로 발견됐다. 그로부터 40년 뒤 죽은 선교사의 아들이

다시 그곳을 찾았다. 그런데 원시 부족은 이번엔 창 대신 호기심으로 그를 맞았다. 그들은 40년 전 죽은 선교사들 옆에 사냥총이 있었는데 왜 그들이 총으로 자신들을 방어하지 않았는지 궁금해했다. 선교사의 아들은 "아버지가 '자신이 죽음으로써 남을 살리고, 이웃을 내 몸처럼 사랑하고, 원수를 축복하라'는 그리스도의 가르침을 그대로 따랐을 뿐"이라고 말했다. 그러자 원주민들이 그리스도인의 길을 걷겠다고 자청했다.

나는 또 한 명의 재세례파인 더크 월렘스가 자신을 박해하던 자를 물에서 건져주는 장면을 그린 삽화를 잊을 수 없다.

1569년 네덜란드의 어느 추운 겨울날이었다. 종교적 박해를 받던 월렘스가 어느 날 감옥을 탈출했다. 그러자 박해자들이 그를 쫓았다. 월렘스는 강을 건너가고 있었다. 다른 박해자들은 아직 강둑에 도착하지 않았는데 한 박해자가 그를 바짝 뒤쫓고 있었다. 강엔 얼음이 얇게 얼어 있었다. 월렘스가 강을 건넌 뒤 얼음이 깨져 그를 뒤쫓던 박해자가 물에 빠졌다. 박해자는 수영을 하지 못했다. 죽을 위기에 처하자 그는 자신이 쫓던 월렘스를 향해 소리쳤다. "살려주시오"라고. 월렘스는 그 소리를 듣고는 물 속에서 허우적대는 박해자에게 달려갔다. 월렘스가 박해자를 구하자, 강둑에서 다른 박해자들이 그를 체포하라고 소리쳤다. 결국 월렘스는 체포돼 얼마 뒤 산 채로 불태워졌다.

나는 그 그림을 보며, '월렘스는 왜 도망가지 않고 돌아가 박해자를 구했을까' 가슴으로 묻고 또 물었다. 박해자들과 윌렘스 모두 '예수의 이름으로' 기도하는 이들이었다. 한쪽은 자신의 아성을 지키기 위해 다른 생각을 가진 사람들을 '예수의 이름으로' 죽이는 것도 서슴지 않고, 또 한쪽은 '예수의 이름으로' 자신을 죽이려는 사람조차 살리는 사람이었다. 사람들은 결코 윌렘스를 따르려 하지 않지만, 과연 어떤 것이 예수님이 말씀하신 '좁은 문' 인가를 모르는 것은 아니다.

우리가 도착한 곳은 안셀모 수도원대학 앞이었다. 그 수도원 앞에 몰타 기사국의 수도원이 있었다. 몰타 기사국은 인구 80명인 세계에서 가장 작은 초미니 국가다. 돌로 지어진 그 수도원 대문에 뚫린 열쇠 구멍은 로마의 명물이다. 그 조그만 열쇠 구멍 속으로 세 나라를 동시에 볼 수 있기 때문이다.

수녀님과 스님과 교무님 들도 앞 다투어 열쇠 구멍으로 세 나라를 동시에 보았다. 그 작은 열쇠 구멍 속으로. 그 작은 구멍 속엔 이탈리아란 대국과 인구 1천 명의 바티칸 시국, 인구 80명의 몰타 시국이 '함께' 있었다.

틱낫한 스님의 첫사랑

로마에서 아시시로 향하는 길엔 초원이 양탄자처럼 펼쳐져 있었다. 전 국토가 골프장인 듯한 초원과 멋진 집들이 영국의 풍경과 닮았다. 다만 산을 찾아보기 어려운 영국과 달리 우리나라의 태백산맥에 비견할 만한 아펜니노 산맥이 등줄기처럼 뻗어 있고, 하얀 눈이 얹힌 설산이 푸른 초원 끝에 걸쳐 있다.

로마에서 세 시간을 달려 아시시 옆에 있는 움브리아 지방에 도착할 무렵 비가 추적추적 내리고 있었다. 늘 우산을 들고 다녀야 한다는 영국에서도 비 한 번 맞은 적이 없는 순례단이 처음 맞는 비였다. 드디어 꿈에 그리던 프란치스코 성인이 머물던 곳이다.

나도 세상의 많은 순례지 가운데 가장 가보고 싶었던 곳이 바로 프란치스코 성인의 삶이 깃든 아시시였다. 영국에서 만난 성공회

조황식 신부도 아시시에서 보낸 며칠 간을 가장 아름다운 추억으로 간직하고 있었다. 아시시에서 열린 축제엔 프란치스코 성당의 수도사들도 수도원 담장 밖으로 나와 일반인들과 함께 어울려 춤을 추더란다. 그런데 어느덧 수도원의 폐문을 알리는 종이 울리자마자 수도사들이 길게 늘어뜨린 치마를 걷어올린 채 한꺼번에 수도원을 향해 달려가더라는 것이다. 그 모습에 춤을 추던 이들이 모두 넋을 놓고 바라보다 웃음을 터트렸다고 한다.

보슬비를 맞으며 다가가는 순례단을 성모 마리아가 반겼다. 성모상은 '천사들의 성모 마리아 대성당' 지붕 위에서 금빛으로 빛나고 있었다. 순례단은 프란치스코 성인의 신비 속으로 걸어 들어갔다.

1182년에 이 지방에서 태어난 프란치스코는 마흔네 살의 나이로 이 성당 자리에서 선종했다. 성당 안 프란치스코가 숨을 거둔 자리 벽면에 펼쳐진 대형 그림엔 누운 프란치스코 옆에서 공동체 형제들이 그의 죽음을 애통해하는 가운데 하늘에서 천사들이 내려오고 있었다.

부유한 포목상의 맏아들로 태어난 프란치스코는 이 마을 골목대장이었다. 술 마시고 여자들과 놀기 좋아하던 바람기 다분한 방탕아였다. 그가 스무 살 때 아시시와 페루지아 간에 전쟁이 터졌다. 기사가 돼 폼을 잡고 싶었던 그는 이 전쟁에 나갔다. 그러나 전쟁 중 포로가 돼버렸다. 온갖 고초를 겪다가 다음해 평화조약이 체결돼 간신히 풀려났지만 세상 무서울 것 없던 청년 프란치스코는 포로로 고생했던 후유증으로 병석에 누우면서 심경에 변화를 겪기 시작했다. 그러나 스물세 살 때 다시 기사가 되기 위해 어느 백작의 군대에 입대했다. 그러던 어느 날 환시 속에서 "왜 주인을 섬기지 않고 종을 섬기느냐?"는 메시지를 듣고 불현듯 집으로 돌아왔다.

다음해 로마의 성 베드로 대성전을 순례하고 돌아오던 중이었다. 그가 징그럽다고만 여기던 나환자들을 만나 끌어안고, 고름 투성이인 나환자들의 상처에 입을 맞추었다. 그러자 형언할 수 없는 축복이 밀려왔다. 희한한 체험이었다. 이제 프란치스코는 예전의 그가 아니었다. 그때부터 마을의 건달들 대신 거지들과 어울리며 그들에게 자신이 가진 모든 것을 나눠주고 기도하는 생활을 시작했다.

어느 날 프란치스코 성당 인근 성 다미아노 소성당에서 자신이 무엇을 해야 할지 인도해달라고 예수님에게 기도했다. 그때였다.

"프란치스코야, 허물어져가는 나의 집을 고쳐 세워라."

프란치스코는 십자가에서 들려오는 목소리를 들었다. 종교적 체험이 깊어진 프란치스코는 더욱더 자신이 가진 것을 가난한 이들에게 나눠주었다. 이를 보다 못한 그의 아버지가 아시시의 주교에게 그를 데리고 가 재산 상속권을 포기하고, 그가 가진 모든 것을 되돌려달라고 했다. 프란치스코는 이에 저항하기는커녕 몸에 걸친 옷까지 홀라당 벗어주고 알몸이 되었다. 그러자 감격한 주교가 프란치스코를 끌어안고 자신의 외투로 그의 몸을 감싸주었다.

그때부터 프란치스코는 일체의 소유를 거부하고 남루한 차림으로 거친 음식을 먹으며 살았다. 아시시에선 어디서나 청빈한 형제애적 사랑을 실천한 프란치스코의 기운이 느껴졌다.

프란치스코는 수도회를 상하 관계가 아니라 형제애적 사랑을 나누는 형제회로 만들었다. 그는 형제들에게 금이나 은, 동전도 지니지 말고, 길을 떠날 때는 속옷 두 벌 이상과 신발, 지팡이도 지니지 말라고 했다.

방탕아의 삶을 접은 청년 프란치스코는 이곳에 움막을 짓고 수도자로서의 삶을 시작했다. 그러나 건장한 젊은이였던 프란치스코는 육체적 욕망을 견디기 어려웠다. 한겨울 미칠 듯한 정욕에 휩싸인 프란치스코는 장미의 가시 넝쿨 위를 구르며 정욕을 이기기 위해 몸부림쳤다. 그리고 장미 가시에 찔려 온몸이 피투성이가 되면서 정욕을 이겨냈다. 그때부터 이 정원의 장미에선 가시가 사라지고, 장미 향기가 그치지 않는다고 한다.

성만큼 매혹적인 게 있을까. 너무도 매력적이어서 한번 빠지면 헤어나기 어려워 가시에 찔리기 십상이다. 젊은 날의 유혹과 시험을 견뎌낸 수행자들의 얘기엔 늘 애틋함이 남는다. 언젠가 틱낫한 스님도 첫사랑을 잃고 가슴 아렸던 추억을 고백한 적이 있다.

스물네 살 기운 뻗치던 시절, 베트남 산악지대의 절에 살던 그는 스무 살 여승을 만나 첫눈에 사랑에 빠졌다. 음력 설날 아침 예불을 마치고 여승과 함께 부엌에서 불을 쬐면서 "당신을 사랑한다"고 말하려고 무진 애를 썼지만 다른 말만 늘어놓았다. 여승은 한참 귀 기울여 듣다가 무슨 말인지 한 마디도 못 알아듣겠다고 말했다.

그는 사이공 인근의 절로 옮겨 그 여승과 불경 공부를 하며 사랑을 나누었다. 그러나 더 이상 이런 관계를 지속하기 어려움을 알고 베트남 북쪽으로 여승을 떠나보내기로 했다. 이별의 순간 여승이 자리에서 일어나 그의 머리를 껴안았다. 그도 자신의 몸을 여승의 가슴에 내맡겼다. 그것이 처음이자 마지막 신체 접촉이었다.

나는 너무 괴롭다.

내 혼은 얼어붙었다.

폭풍의 밤에 버려진 기타의

여린 줄처럼, 내 가슴은 떨린다.

그렇다. 봄은 벌써 와 있다.

그러나 저 이상한 새들의 울음소리엔

선명한 신음소리가

어김없이 섞여 들리는구나!

아침 안개는 피어올랐고

봄의 미풍은

나의 사랑과 절망을 노래한다.

너무나도 무심한 우주여, 왜?

항구로 나 혼자 왔다.

그리고 이제 혼자 떠난다.

고향 가는 길은 아주 많이 있다.

그것들이 침묵으로 내게 말한다.

나는 절대를 부른다.

시방 구석마다에

봄은 왔건만,

아아, 들리는 노랫소리는

이별의 노래뿐.

젊은 비구승 틱낫한 스님의 시엔 이별의 아픔이 절절히 배어 있다. 만약 그에게 수행이 없었다면 그의 사랑은 단지 '애착'이나 '비탄'으로만 머물렀을지 모른다. 틱낫한 스님은 한 여승에 대한 사랑을 붓다의 자비심으로 꽃피웠다.

틱낫한 같은 수행자가 되고자 출가했을지라도 청춘에겐 아직 넘어야 할 산이 많다. '가시 없는 장미 정원'을 안내하는 가이드가 사제가 될 신학생을 뽑을 때 시험관이 묻는 질문을 들려준다. 만약 "여성에 관심이 있느냐"는 물음에 신학교 입학 희망자가 "없다"고 답하면 그는 탈락 1순위가 된다고 한다. 청년이 여성에게 관심을 갖고 정욕을 느끼는 것은 지극히 정상이라는 것이다. 그러나 일단 신학교에 들어가면 공동체 생활을 하는 신학생들은 엄격한 규율 속에서 자위행위를 비롯한 성욕의 발산이 금지된다. 수십 명이 나란히 잠을 자는 신학생들이 손을 이불 안으로 넣을 수 없도록 하는 것이나, 갓 출가한 행자나 사미승들이 화장실에 갈 때는 두 명이 짝을 지어 가도록 하는 것도 이 때문이다.

단체 생활을 할 때는 그나마 욕구가 자연스럽게 제어되기도 하지만, 혼자서 모든 것을 감내해야 할 때 유혹은 더욱 커질 수밖에 없다. 그래서 스님들 가운데는 자신의 남성을 스스로 제거해버리는 이도 있었다. 내가 아는 건실한 비구 스님 한 분도 어린 시절 믿고 따랐던 스님들이 하나 둘씩 환속하는 것을 지켜보았다. 그가 사랑하고 따르던 사형조차 떠나가는 것을 보고 그 이유를 몰라 궁금해하는 그에게 누군가 "그놈의 물건 때문에 유혹을 못 견뎌서 그렇지"라고 얘기했다. 충격을 받은 그는 그 순간 부엌으로 들어가 낫으로 자신의 남성을 잘라 생명을 잃을 뻔했다.

인간에게 성욕은 식욕이나 수면욕과 함께 원초적인 본능에 해당한다. 수도자의 수도 과정은 이런 본능적인 욕망과의 싸움이다. 불교의 『능엄경』에서도 "음욕을 끊지 않고서 선정을 이루려는 것은 모래를 쪄서 밥을 지으려는 것과 같다"고 했으니, 피 끓는 청춘으로 불도를 이루려는 수도자에게 성욕만큼 무서운 것이 또 있을까. 그러나 어쩌면 욕망의 정도가 그 내면의 정도인지 모른다. 성욕 또한 욕망이기 때문이다.

불교 교리의 백과사전이나 다름없는 『아비달마 구사론』에 보면 하늘나라(천계)에선 인간 세계보다 성욕이 훨씬 엷어진다고 한다. 특히 위로 올라갈수록 더욱더 엷어져 사왕천과 도리천에서는 천신과 천인들이 우리 인간처럼 교접을 하긴 하지만 사정하는 대신 바람을 발사한다. 야마천에서는 포옹만 하고, 도솔천에서는 단지 악수만 해도 된다. 또 화락천에서는 서로 웃기만 해도 되고, 타화자재천에서는 서로 눈만 마주쳐도 성욕이 해결된다고 한다. 결국 욕망이 적을수록 하늘은 가깝고, 욕망이 적어질수록 더 높은 천계에 오른다는 것이다.

아시시에서 프란치스코와 함께 빼놓을 수 없는 이가 있다. 클라라 성녀다. 클라라는 아시시의 귀족 가문에서 프란치스코보다 11년 늦게 태어났다. 그는 프란치스코를 만난 뒤 한밤중에 몰래 집을 빠져나와 그에게 향했다. 프란치스코에 의해 훗날 클라라 수녀회로 불리는 '가난한 자매들의 수녀회'가 탄생하게 됐고, 클라라는 많은 자매들과 함께 프란치스코의 청빈과 사랑의 삶을 살며, 빛이라는 뜻을 지닌 그의 이름처럼 태양 프란치스코의 빛이 되었다.

프란치스코 성당엔 클라라가 프란치스코에게 해준 옷이 전시돼 있었다. 남녀의 사랑을 넘어 하느님과 인류, 자연의 사랑으로 승화한 프란치스코와 클라라의 사랑 앞에서 순례단도 발걸음을 멈췄다.

여자는 어려서부터 꽃반지를 끼고 화관을 쓴다. 언젠가 커서 시집갈 때 할 것을 소꿉장난하면서 미리 해보는 것이다. 프란치스코 성당 화단엔 작은 들꽃이 피어 있었다. 스님 한 분이 꽃을 따 수녀님의 손가락에 꽃반지를 묶어주었다. 한 나이 든 수녀님이 다시 젊은 스님의 손에 반지를 만들어주었다.

클라라 성녀의 무덤엔 살아 있는 것처럼 생생한 클라라 상이 누워 있다. 머리에 예쁜 화관을 쓰고서. 프란치스코 상 앞에 한참 동안 앉아 있던 한 스님이 클라라 성녀의 화관 앞에서 합장하고 또 한참이나 고개를 숙이고 있었다.

그래도 사람만이 희망이다

프란치스코의 자애로운 눈이 그를 향하고 있었다. 프란치스코의 부드러운 손길은 그의 목덜미를 쓰다듬고 있었다. '천사들의 성모 마리아 대성당' 장미의 정원에 있는 프란치스코 동상은 늑대와 그렇게 마주하고 있었다.

프란치스코가 쓰다듬고 있는 늑대는 인근 산악 지방인 구비오에 살았다고 한다. 그 늑대는 원래 사납기 그지없었다. 마을에 나타나 어린아이들을 물어죽이고 온 마을을 공포의 도가니로 빠트린 야생 늑대였다. 이 소식을 들은 프란치스코가 그 늑대를 찾아나섰다. 늑대는 으르렁대며 살기 등등하게 프란치스코에게 대항했다. 그때 프란치스코가 늑대를 향해 입을 열었다.

"내게로 오너라, 늑대 형제여. 그리스도의 이름으로, 네가 나와 다른 사람들을 다치게 하지 않을 것을 명령한다."

그러자 놀랍게도 늑대가 돌진을 멈추고 순한 양처럼 프란치스코의 발밑에 누웠다. 프란치스코가 늑대에게 말했다.

"늑대 형제여, 너는 이 지방에서 큰 잘못을 저질렀다. 그래서 이 동네 전체가 너의 적이다. 하지만 늑대 형제여, 너와 그들 사이가 평화롭기를 원한다. 그래서 그들이 더 이상 너로 인해 다치지 않기를 바란다."

프란치스코가 늑대에게 이제부터 친구가 될 것을 청하자 늑대가 꼬리를 흔들어 답했다. 그 뒤부터 마을 사람들은 늑대에게 먹을거리를 주었고, 늑대는 더 이상 마을 사람들을 위협하지 않았다.

프란치스코는 사람을 물어죽인 늑대조차 '적'으로 규정해 응징하거나 우리에 가두지 않고 친구로 받아들였다. 프란치스코가 친구로 받아들인 것은 늑대만이 아니었다. 모든 자연이 바로 친구이자 하느님의 화현이었다.

"오, 나의 주님. 당신의 모든 피조물과 함께, 특히 형제인 태양과 더불어 찬양받으소서."

프란치스코는 이렇게 자연을 찬미했다. 그는 늑대와 새들, 그리고 꽃들과 대화를 나눴다.

프란치스코가 언젠가 이곳을 산책하다가 아몬드 나무에게 다가가 "아몬드 나무여, 하느님에 대해 말해다오"라고 부탁했다. 그러자 그 추운 겨울에 아몬드 나무에서 꽃이 피어나기 시작했다.

장미의 정원 입구 쪽 벽의 조그만 프란치스코 상 옆에 하얀 비둘기 한 쌍이 있었다. 프란치스코가 선종한 뒤부터 지금까지 한쪽이 숨을 거두면 다른 비둘기가 찾아와 짝을 채우면서 끊임없이 한 쌍의 비둘기가 프란치스코 상을 지키고 있다고 한다. 신비한 일이 아닐 수 없다. 성인과 비둘기의 우정은 천 년 동안 계속되고 있었다. 그래서 나는 생각했다. '선민 유대인'에게만 해당되는 구원의 약속을 예수님께서 인류 전체로 확대했다면, 인간에게만 국한된 '하느님의 축복'을 대자연으로 넓힌 프란치스코 성인은 대자연의 구원자라고.

프란치스코의 그 아름다운 삶을 되새기면서, 그런데 왜 그리스도교가 이끌다시피 한 서구 사회는 인류와 자연의 조화를 외면하고, 오히려 야생 늑대보다 더한 정복욕과 공격성으로 자연을 파괴한 것일까 생각했다.

서구의 역사는 자연 정복과 파괴의 역사다. 자연이야 어찌되든 상관없이 자신들이 이룬 영화만을 '하느님의 은총'이라고 생각했다.

하느님께서는 "우리 모습을 닮은 사람을 만들자! 그래서 바다의 고기와 공중의 새, 또 집짐승과 모든 들짐승과 땅 위를 기어다니는 모든 길짐승을 다스리게 하자!" 하시고, 당신의 모습대로 사람을 지어내셨다. 하느님의 모습대로 사람을 지어내시되 남자와 여자로 지어내시고 하느님께서는 그들에게 복을 내려주시며 말씀하셨다. "자식을 낳고 번성하여 온 땅

천사들의 성모마리아 대성당 프란치스코 상 프란치스코에게는 모든 자연이 바로 친구이자 하느님의 화현이었다. 그는 늑대와 새들, 그리고 꽃들과 대화를 나눴다. '장미의 정원' 입구 쪽 벽의 조그만 프란치스코 상 옆엔 하얀 비둘기 한 쌍이 있었다. 프란치스코가 선종한 뒤부터 지금까지 한쪽이 숨을 거두면 다른 비둘기가 찾아와 짝을 채우면서 끊임 없이 한 쌍의 비둘기가 프란치스코 상을 지키고 있다고 한다.

에 퍼져서 땅을 정복하여라. 바다의 고기와 공중의 새와 땅 위를 돌아다니는 모든 짐승을 부려라!" 하느님께서 다시 말씀하시기를 "이제 내가 너희에게 온 땅 위에서 낟알을 내는 풀과 씨가 든 과일나무를 준다. 너희는 이것을 양식으로 삼아라."(창세기 1장 26~29절)

성경의 많은 문구 가운데, 탐욕을 가진 자들은 이를 정당화할 문구를 부각시키게 마련이다. 그러나 예수님은 이렇게 말씀하셨다.

"너희는 남에게서 바라는 대로 남에게 해주어라. 이것이 율법과 예언서의 정신이다." "좁은 문으로 들어가거라. 멸망에 이르는 문은 크고 또 그 길이 넓어서 그리로 가는 사람이 많지만 생명에 이르는 문은 좁고 또 그 길이 험해서 그리로 찾아드는 사람이 적다." "거짓 예언자들을 조심하여라. 그들은 양의 탈을 쓰고 너희에게 나타나지마는 속에는 사나운 이리가 들어 있다. 너희는 행위를 보고 그들을 알게 될 것이다."(마태복음 7장 12~16절)

근시안적인 구약시대의 관점에서 벗어나 이 별의 공존공영을 위해 무소유와 가난의 삶을 제시한 예수 그리스도의 말씀이 탐욕자들과 정복자들의 '구미'에 과연 맞았을까. 예수님은 '행위'를 보고 그들을 알 수 있을 것이라고 했지만, 갈수록 '행위'는 숨고 '믿음'만 강조된다. 행위와 믿음이 전혀 별개인 것처럼. 마치 믿음이 클수록 많이 정복하고 많이 파괴할 수 있다는 듯이.

　이젠 지구의 평화를 더 많이 해치고 더 많이 오염시킨 이들이 지구를 지키는 '독수리 5형제'로 자처하고 있다. 얼마 전 영국의 한 신문이 국제 환경 단체인 그린피스의 최신 보고서를 인용해 중국의 환경 파괴에 대해 대대적으로 보도한 적이 있다. 중국은 이미 세계 최대의 목재 소비국으로 부상한 열대우림 파괴국이며, 미국만큼이나 많은 온실가스를 배출하기에 이르렀다는 내용이었다. 또 2031년 중국의 국민소득이 지금의 미국 수준에 달한다면, 현재 세계에서 소비하는 곡물의 3분의 2를 소비하고, 하루 세계 석유 소비량 8,400만 배럴보다 많은 9,900만 배럴을 중국 한 나라가 소비하게 될 것이라고 예고했다. 중국이 그런 소비로 나아간다면 인류는 참담한 문명 붕괴를 경험하게 될 것이라는 경고도 빼놓지 않았다.

　또 미국 환경보호국장은 얼마 전 중국을 방문해 중국의 대기오염이 미국에까지 치명적인 영향을 미치고 있다고 경고했다.

　중국의 산업화와 사막화, 대기오염의 심각성을 우리나라는 매년 봄이면 체감하고 있다. 황사에 숨막혀하면서 환경 문제가 '자타불이自他不二(나와 타인, 인간과 자연이 둘이 아님)'임을 폐부 깊숙이 느끼고 있지 않은가. 앞으로 중국의 사막화가 가속화되면 우리나라는 사람이 숨쉬기 어려운 폐허로 변해버릴지도 모르는 일이다. 그래서 중국의 환경 문제는 우리에게 생명과 직결되는 문제다. 그런데도 이런 문제를 미국이 제기하는 것이 난센스라고 본다.

1997년 일본 교토에서 선진국들이 2012년까지 이산화탄소 발생량을 의무적으로 1990년 대비 5.2퍼센트 줄이기로 합의한 교토의정서를 채택했는데, 2001년 이 국제 협약 서명을 일방적으로 철회해버린 그 미국이기에.

19세기 이래 세계 인구는 여섯 배로 증가한 데 비해 에너지 수요는 80배나 증가했다. 그 에너지의 대부분을 미국을 비롯한 선진국이 사용하고 있는 것은 두말할 나위가 없다. 세계 인구의 20퍼센트도 안 되는 선진국 사람들이 세계 에너지의 80퍼센트를 쓰고 있는 형편이다. 그렇게 에너지를 사용함으로써 화석 연료는 이미 바닥을 드러내고 있다. 지금처럼 에너지를 소비한다면 앞으로 40년 뒤에는 석유가 바닥날 것이라고 한다.

지구의 자원은 한정돼 있다. 10명이 사는 집에 먹을 빵이 10개뿐인데 한두 사람이 7~8개의 빵을 먹는다면 대부분은 굶을 수밖에 없다는 것이 상식이다.

지구의 형편은 우리가 상상하는 것 이상으로 좋지 않다. 만약 지구가 100명의 마을이라면, 미국 등 선진국의 부자들 15명은 비만이지만 12명은 굶어 죽어가고 있다. 지구인 100명 가운데 무려 70명은 영양 부족 상태에 놓여 있다. 그러나 미국은 가난한 나라의 굶주리는 이들에게 가야 할 식량의 대부분을 육식을 위한 가축용 사료로 소비하고, 더구나 곡식값 하락을 막기 위해 곡창지대의 엄청난 밀밭을 불질러버리기도 한다.

인도인들이 연간 200킬로그램의 곡물을 소비하는 데 비해 미국인들은 무려 800킬로그램을 소비한다. 모두 미국처럼 살기를 열망하는 세상이다. 그런데 현재 지구 인구 65억 가운데 미국처럼 곡물을 소비하는 이들이 25억 명만 되어도 나머지 40억 명은 그 자리에서 모두 굶어죽는 수밖에 없다.

선진국들이 부를 쌓으며 '하느님의 은총'이라고 했던 것이 실은 많은 주검 위에서 가능했다는 것을 자각할 날은 언제일까.

20세기 100년 간 이 푸른 별 위의 생명체 가운데 포유류의 20퍼센트와 조류의 11퍼센트가 이미 멸종했거나 거의 멸종되어가고 있다. 또 지구의 생명들이 숨쉬도록 산소를 만들어주는 열대우림의 1,500만 헥타르가 사라져버려 그곳에서 살던 동식물들이 생존 기반을 잃어버렸다. 그래서 지구의 허파로 불리는 아마존의 물 가운데 4분의 3은 비가 되지 못한 채 대서양으로 그냥 흘러들어가고 있다. 순환의 질서가 깨짐으로써 생명으로서 온전한 기능을 상실하고 있는 것이다. 그 환경 파괴의 중심엔 늘 미국을 비롯한 서구 제국과 자본이 있다.

우주의 바다에 떠 있는 지구호가 난파되어가는 것을 보면서도 보수는커녕 일신의 편리만을 위해 복판에 구멍을 내는 짓을 서슴지 않는 것을 어떻게 보아야 할까. 인류의 탐욕과 이기심과 부조리를 알면 알수록 지구상에서 문제는 오직 '인간'이라는 생각뿐이었다.

서구의 정복적이고 파괴적인 문화는 문명이라는 단맛을 가져다주었지만 더 큰 환경 재앙을 유발함으로써 다른 생명체는 물론 인류 자신의 생존조차 보장할 수 없게 했다. 영국의 물리학자 스티븐 호킹 박사는 "지구는 재난으로 멸망할 위험이 점점 커지고 있다"면서 외계에 새로운 식민지를 찾지 못하면 인류는 멸종하게 될 것이라고 경고했다. 그조차 환경 문제에 대한 근본적인 반성을 통해 문제를 해결하려 하기보다는 지금까지 지구를 이 지경으로 만든 방식대로 끝없는 확장을 통해 돌파하려는 서구적 발상에서 벗어나지 못하고 있다. 그런 그는 외계의 식민지 개척조차 앞으로 100년 동안서로 죽이는 일을 피할 수 있을 때 가능할 것이라고 말했다. 인류가과연 100년 간 서로 죽이는 일을 피할 수 있을까.

몇 년 전이다. 인간에 대한 절망감이 더해갈 즈음 누군가로부터 아마존의 우와 족에 대한 얘기를 들었다. 그 얘기에 얼마나 설레었고, 얼마나 가슴 아팠던가.

우와 족은 안데스 산맥 깊은 곳 코바리아 강 근처 숲에서 뭇 생명들과 함께 살아왔다. '우와' 라는 말은 '명상하다' 는 뜻이라고 한다. 그들은 명상과 노래와 인디언 의식을 통해 고유한 영성을 유지하고 있다. 우와 족이 더욱더 내 가슴을 울린 것은 여름 한철 모든 부족원이 함께 하는 단식 이야기였다. 우와 족은 더 이상 자연을 파괴하지 않고 그들이 수확한 식량만으로 전 부족이 1년 동안 살아가기 위해 여름 한철은 단식을 하며 명상을 한다는 것이다.

그처럼 자연의 벗으로 살아가는 그들의 땅을 미국의 석유 회사가 나서서 개발에 들어간다고 했다. 우와 족은 개발이 이뤄지면 그들의 땅이 송두리째 파헤쳐지고, 그러면 삶의 터전이 지상에서 사라질 수밖에 없다고 강력하게 반대했다.

그러나 자신들의 땅이 무자비하게 파헤쳐질 위기 상황에서 우와 족은 미력하기만 했다. 그들은 마침내 자신들의 터전이 파헤쳐진다면 모든 부족원이 자살을 하겠다고 선언하기에 이르렀다.

우와 족의 자살이 바로 자신들의 죽음이 되리라는 것을 서구인들이 깨달을 날은 언제일까. 그리고 그리스도인들이 그들을 전도하려는 야망에서 벗어나, 정작 그들로부터 무소유와 가난과 '자연과 함께하는 영성'을 겸허히 배울 날은 언제일까.

소수이긴 하지만 내 희망을 앞서 실천한 서구의 환경운동가와 수도자들이 있다. 2005년엔 아마존의 벌목꾼들로부터 농민들을 지켜오던 노트르담 수녀회의 도로시 스탱 수녀가 아마존 파괴자들이 보낸 살인 청부 업자들의 총을 맞고 숨졌다. 아마존을 지키기 위해 반평생을 수많은 살해 위협에 시달리면서도 결코 그곳을 떠나지 않았던 '아마존의 천사'는 그렇게 아마존과 하나가 되었다.

'천사들의 성모 마리아 대성당'을 나와 프란치스코와 클라라, 그리고 가난한 수도자들의 탁발 행렬이 이어졌던 거리를 삼소회 수도자들이 걷고 있었다. 스스로 걸인이 되고, 스스로 동식물의 친구가 되었던 이들이 걷던 길이었다.

나는 그 길에서 우리나라에 왔던 프란치스코와 수많은 클라라를 생각했다. '동방의 프란치스코'로 불리는 이현필 선생이 떠난 지 40년이 넘었지만 여전히 그의 삶을 따르는 이들이 사는 경기도 벽제의 동광원 분원을 얼마 전에 찾았다. 이현필 선생은 전라도 무등산 일대에서 폐병 환자와 고아들을 돌보면서, 자신은 거의 먹지도 입지도 않은 채 눈길을 맨발로 걸으며 고행의 삶을 살다가 벽제 분원에서 1963년에 별세했다. 동광원에선 수녀라는 말 대신 순우리말 언니의 높임말인 언님으로 부른다. 내가 갔을 때 그 공동체 원장이기도 한 박공순 언님은 홀태에 몇 단도 안 되는 벼를 훑고 있었다. 논에서 바로 벼를 탈곡하는 세상에, 농업박물관에서나 찾아봄직한 홀태를 그는 아직도 쓰고 있었다.

수도복을 입지 않고 평상복으로 살아가는 할머니 언님들은 겨우살이용 나뭇단을 차곡차곡 쌓아놓은 찬 부엌에서 땔감으로 군불을 지피고 있었다. 40년 전 그곳에 정착한 뒤 버려진 땅 4천여 평을 개간해 농사지으며 농약 한 번 쓰지 않고 사서 고생해온 이들이었다. 편리함과 성공만을 좇는 세상에 언님들이야말로 바보 중 바보였다.

공순 할머니는 "숨쉬는 것이 기도지요. 하느님이 주신 공기를 마시는데 어찌 감사하지 않을 수 있겠소"라고 했다.

남의 것을 송두리째 빼앗고도 면피성 동정을 베푸는 그런 사랑이 아니라, 스스로 가난한 곳에 처하면서 자족하고 인간과 자연의 생명을 위해 헌신하며 공기가 주어진 것만으로도 한없이 감사하는 언님들을 보며 내 자신이 얼마나 부끄러웠는지 모른다.

"가지면 더 갖고 싶고, 하느님마저 이기려는 게 사람 마음 아니 겠소."

끊임없이 더 많이 갖고 싶고, 더 많이 거느리고만 싶은 인간의 욕 망이 만든 지옥을 공순 할머니는 오래전에 벗어나 이미 천국에 있 었다. 공순 할머니는 그보다 수천 배 많이 가진 부자보다, 엄청난 신자를 거느린 어느 종교인보다 여유가 있었고, 평안했고, 행복했 다. 그에겐 더 이상 갖고 싶은 것도, 넓히고 싶은 땅도 없었다. 이미 하늘나라가 그 안에 있기에.

삼소회원들도 욕망의 넓은 문을 두고 가난의 좁은 문을 선택한 사람들이다. 교화 현장을 진두지휘하면서도 한 달에 용금 30만 원 으로 살아가지만 늘 깔끔하고 아름다운 삶을 유지하는 교무님들, 한 달에 10~20만 원도 안 되는 돈을 받으면서 어려운 이들을 위해 자신을 던지는 수녀님들, 자신은 검약하기 이를 데 없이 살면서도 남에게 베푸는 손은 크기만 한 스님들……. 어떻게든 다른 사람의 몫, 다른 나라의 몫, 자연의 몫을 빼앗아 내 배만 채우려는 세상에 아직 이렇게 살아가는 이들이 있다.

수도자들이 우산을 쓰고 프란치스코와 클라라가 걷던 담장 밑을 따라 걸었다. 인간을 향해 흐르는 슬픔과 기쁨의 내 눈물이 아시시 의 하늘에서 희망이란 이름의 꽃비로 내리고 있었다. 그래도 인간 이 희망이었다.

용서는 자신에게 베푸는 최고의 자선

순례의 마지막 아침이었다. 끝날 것 같지 않는 여정도 드디어 끝이라는 아쉬움과 설렘 때문에 그때까지 누구도 뜻밖의 팡파르가 기다리고 있을 것이라곤 예상치 못했다. 순례단은 교황 베네딕트 16세를 알현하기 위해 성 베드로 광장으로 향했다. 광장엔 아침부터 수많은 사람들이 교황님을 알현하기 위해 줄을 서 있었다. 교황청 실내로 들어서자 여러 나라에서 온 8천여 명이 그룹별로 노래를 부르거나 악기를 연주하며 축제 같은 분위기를 연출하고 있었다.

삼소회원 중엔 대표 격으로 두 명만 맨 앞줄에 앉을 수 있었다. 본각 스님과 베아타 수녀님이 앞줄에 앉고 다른 분들은 중간쯤에 자리를 잡았다. 본각 스님과 베아타 수녀님은 불교와 가톨릭의 좌장 격으로 순례단 안에서 자기 교단의 수호자 같은 분들이었다. 가끔씩 다른 종교 의식과 교리 문제가 불거질 때면 모두가 가장 먼저 두 분의 눈치를 살필 정도였다. 그런 분들이 동행과 떨어져 둘만 함께 앉게 된 것이다.

그런데 그때 예상치 못한 일이 발생했다. 한국 가톨릭에서 그토록 고대했던 두 번째 추기경이 예고 없이 발표된 것이다. 마치 삼소회가 세계 성지 순례를 마치고 오기를 기다렸다는 듯이. 교황님이 "정진석 니콜라오"를 부르자 베아타 수녀님이 벌떡 일어나 박수를 치며 환호했다.

"수녀님, 진심으로 축하드려요."

본각 스님이 수녀님의 손을 잡으며 축하했다. 그 흥분을 뒤로하고 순례단은 귀국 비행기에 올랐다.

하지만 기쁨도 잠시, 그 간의 순례를 회상하는 순례단 한 분 한 분의 얼굴엔 깊은 회한이 깃들었다. 신앙이 다른 이들과 함께한다는 두려움이 단지 두려움으로 끝나지 않고, 여러 차례 벽을 절감한 데 대한 아픔이자 아쉬움이었다.

인천공항에서 19일 간의 대장정을 끝내고 헤어지는 순간이었다. 본각 스님이 무엇엔가 끌리듯 베아타 수녀님에게 다가갔다. 베아타 수녀님도 스스럼없이 팔을 벌렸다. 둘은 서로를 꼭 껴안았고 귀국 비행 내내 얼굴에 드리웠던 회한의 표정은 발그레한 홍조로 바뀌었다. 서로에 대한 용서와 포옹이 가져온 축복이었다. 이들의 포옹은 순례의 마지막 장면이 되었다.

교황 베네딕트 16세 알현 순례의 마지막 날 아침 교황청에는 예상치 못한 경사가 기다리고 있었다. 한국 가톨릭에
서 그토록 오랫동안 고대했던 두 번째 추기경이 예고 없이 발표된 것이다. 교황님이 '정진석 니콜라오'를 부르자 베아
타 수녀님이 일어나 박수를 치며 환호했다. 본각 스님이 수녀님의 손을 잡으며 축하해주었다.

귀국 며칠 뒤 순례단은 추기경 발표 현장에 있었던 인연을 잊지 못해 정진석 추기경님을 찾아 축하했다. 이 자리에서 카타리나 수녀님은 이웃 종교 수도자들과 함께한 순례를 돌아보며 "서로 다른 예배 방식으로 빚어진 갈등을 어떻게 풀어야 할지 고민이 많았고, 서로 다른 종교인들이 어떻게 함께 살아가야 하는지 생활로 경험한 여행이었다"고 했다. 진명 스님도 "타종교에 대해 아는 것이 많이 부족하고, 이해가 필요하다는 것을 깨달았다"고 말했다. 진솔한 고백들이었다.

그러자 추기경님은 "부부도 일주일만 함께 여행하면 돌아올 때는 말을 안 하게 된다"고 삼소회원들을 위로했다. 그리고 곁에 있던 카타리나 수녀님과 손을 맞잡았다.

우연이지만 정 추기경님과 카타리나 수녀님은 해방 이후 우리 민족의 아픔을 안고 살아오신 분들이다. 정 추기경님은 추기경 서임이 결정된 뒤 부친이 월북했다는 사실이 알려졌다. 일제시대 사회주의 운동을 하다가 월북해 1950년대 북한 정부에서 공업성 부상(차장)을 지낸 정원모 씨라는 것이다. 추기경님도 언론 보도 이후, 부친이 북에 있다는 얘기를 들었다고 했다. 그는 어린 시절 부친에 대한 이야기를 듣지 못하고 자랐으며, 어머니로부터 아버지가 일본으로 간 뒤 연락이 끊겼다는 이야기만 들었다. 아버지가 북에 계시다는 얘기는 성인이 된 후 서울대에 입학할 무렵 어머니와 친척들로부터 들었다. 한 번도 아버지를 뵙지 못한 채 삼팔선을 경계로 헤어져 살았던 것이다. 추기경님의 부친이 북쪽 정부의 지도부였던 반면, 카타리나 수녀님의 부모님은 북쪽의 희생자였다. 그러나 언제부터인지 수녀님은 남과 북 희생자 모두 외세에 의해 원치 않는 죽음과 고통을 겪은 이들로 연민으로 대하기 시작했다.

"오소서 오소서 평화의 임금, 우리가 한 몸 이루게 하소서."

카타리나 수녀님의 노래가 그토록 내 영혼을 흔들었던 것은 아마도 그의 내면에 가득한 간절한 울림 때문이었을까. 나는 다종교인 순례단에 맞춰 '평화의 임금'을 '평화의 나라'로 고쳐 부르곤 했는데, 단순하면서도 가슴을 울리는 화음에 감격한 나머지 천 번도 넘게 불렀다.

정 추기경님은 추기경이 되자마자 남북의 화해에 대해 용서보다 회개가 앞서야 한다고 했다. 그가 용서보다 회개를 앞세운 것은 어쩌면 북쪽에 있었던 아버지의 십자가를 대신 짊어진 때문인지 모른다. 그는 판문점이 가까운 문산에 화해의 동산을 만든다고 했다. 그 화해의 동산은 파리 몽마르트 언덕에 있는 성심성당을 본 딴 것이라고 한다. 성심성당은 프러시아와 프랑스가 어처구니없는 이유를 들어 벌인 전쟁에 대해 회개하고 보속하기 위해 프랑스 사람들이 헌금을 내서 지었다. 그 후로 100여 년 동안 회개하고 보속하는 성체 강복이 하루도 빠짐없이 이어지고 있는 곳이다. 전쟁에 대해 회개하고 속죄하면서 화해를 열어가자는 것이다.

'눈에는 눈, 이에는 이'라는 세간의 법칙을 넘어서는 것을 볼 때 사람들은 그것을 자신의 삶으로 받아들이지는 못할지라도 그것이 생명의 길이며 구원의 길임을 직감한다. 교황 요한 바오로 2세가 1981년 자신의 복부에 총격을 가해 죽음 직전으로 몰아넣은 범인을 사면했을 때도 마찬가지였다. 교황은 이탈리아에 요청해 터키인 메흐멧 알리 아그차를 사면시켜 본국에 송환시켰다. 소련 KGB의 교사를 의심했던 이탈리아 검사들은 교황 암살 미수 사건의 진실을 밝힐 기회가 영원히 사라졌다며 개탄했다. 하지만 교황은 과거의 진실을 밝히기보다는 화해와 평화를 위해 아그차에 대한 용서를 선택했다.

달라이 라마는 용서와 화해의 삶을 보여주고 있다. 중국의 침공으로 수많은 동포와 고향땅을 잃고 유랑하면서도 끝까지 폭력이 아닌 자비심으로 중국인을 대해야 한다는 달라이 라마의 말은 듣는 이의 가슴을 저미게 한다. 3년 전 달라이 라마 곁에서 20년째 수행해온 청전 스님과 함께 히말라야 오지를 여행하면서 달라이 라마에 대한 많은 얘기를 들었다. 그 가운데 가장 가슴 아픈 얘기 중 하나가 1960년 히말라야에서 활약했던 캄빠 유격대에 관한 것이다. 티베트가 나라를 잃은 직후 네팔 접경 지역에서 캄빠 유격대가 게릴라전을 적극적으로 펼치자 중국이 네팔 정부에 압력을 넣었다. 이에 네팔 정부는 인도에 망명해 있는 달라이 라마에게 게릴라들을 해산시켜줄 것을 요청했다.

달라이 라마가 티베트에서 인도로 망명한 지 1년이 되던 1960

년. 당시 대對중국 게릴라가 많이 조직됐는데, 그 중 가장 힘 있는 단체가 네팔 접경 히말라야 산중에 근거지를 둔 캄빠 유격대였다. 달라이 라마는 육성 녹음을 유격대에게 보냈다. 유격대원들은 들뜬 마음으로 녹음기 앞에 모였다. 그러나 달라이 라마는 용감하게 싸워달라고 당부하기는커녕 "나라를 위해 고생하고 싸우는 것은 훌륭하지만 사람을 죽이는 것은 부처님의 가르침이 아니다"라고 하며 "모두 총을 버리고 인도로 망명해오든가 고향으로 돌아가라"고 호소했다. 유격대장은 눈물을 흘리는 대원들에게 달라이 라마의 말씀을 따르자며 그들을 돌려보낸 뒤 혼자 모든 책임을 지고 자결했다.

달라이 라마의 이런 가르침에 따라 티베트에서 가혹한 고문과 같은 탄압을 받으면서도 티베트 스님들은 보살 수행을 멈추지 않는다. 언젠가 히말라야를 넘어온 한 스님이 달라이 라마를 만나 눈물을 흘리며 '자신의 위기'를 고백했다. 그 스님은 형제 자매를 죽인 중국인들에 대해 자비심을 잃을 뻔했다고 털어놓았다. 보살 수행을 하는 그에게 최대의 위기란 자신이나 가족이 위해를 당한 사실이 아니라 자신의 마음에 증오심이 싹 터 자비심을 잃는 것이었다.

달라이 라마를 친견한 뒤 마리아 수녀님은 그분을 뵙기 전에 이미 그분으로부터 큰 은혜를 입었다고 했다. 누군가 한 사람이 미치도록 미웠던 적이 있었는데 그런 미움 때문에 숨이 막힐 즈음 달라이 라마의 책을 읽다가 "용서는 자신에게 베푸는 최고의 자선"이란 말을 접했다. 수녀님은 그 뒤 용서는 상대가 아니라 바로 자신에 대한 자선임을 깨닫고, 그 길고 험한 증오의 동굴을 빠져나왔다.

증오를 넘어선 자의 화음과 미소만큼 평화로운 게 있을까. 어디선가 카타리나 수녀님의 노랫소리가 들려왔다. 참 고운 노래다.

수녀님, 스님, 교무님!
당신은 지금 어디에 서 있나요?

순례를 끝내고 돌아와 순례단원들은 하나같이 몸살을 앓았다고 한다. 무리한 여정 탓도 컸지만, 평생 다른 신앙으로 살아온 사람들과 부대끼면서 느낀 내면의 몸살이기도 했다. 세상이 너무도 쉽게 선택하는 비난과 심판이 아니라 용서와 관용을 택하려는 성숙의 과정에서 겪는 아픔일 수도 있었다.

순례를 처음 계획하던 때부터 함께하며, 오랫동안 꿈만 꾸어온 순례가 실제로 가능하도록 발 벗고 나섰던 나 자신도 순례 도중 때론 실망하고 때론 안타까웠다. 세상의 평화에 앞서 작은 공동체의 평화, 나아가 내면의 평화가 더욱 절실해지기도 했다. 더구나 성지순례나 음악회보다 이웃 종교인을 대하는 대화의 지혜, 그리고 이웃 종교를 배우고 이해하려는 실질적인 노력이 더욱 아쉽기만 했다. 너무나 소중한 화합의 씨앗이 내실 없는 의욕만으로 결실을 맺기도 전에 부서지지 않을까 조마조마했다. 그런 안타까움으로 순례를 다녀온 뒤 죽음 같은 잠에 빠져든 어느 날 아침이었다.

짹짹짹…… 찌르르 찌르르…… 삐리리 삐리리…… 휘휙…….

다종 다양한 화음이 어느 날 벼락처럼 다가왔다. 산 밑에 사는 나는 내 방에 그대로 누운 채였다. 산과 나무들과 닿을 듯 접해 있는 창문을 열고 잤는데, 그 창문으로 온갖 소리의 향연이 내 온몸으로 다가왔다. 놀라웠다. 늘 산만 찾아서 산에서 살아왔지만 왜 그 동안 이 많은 소리를 듣지 못했는지 의아스러웠다.

어느 봄날 시골에서 잠을 잘 때 들녘에서 들려오는 개구리 소리를 듣는 느낌이나, 산사에서 묵을 때 부엉이 울음소리를 듣는 생경함이랄까. 수십 종이 넘는 어미새와 아기새 등 온갖 새들의 소리였다. 그런데도 그때까지는 단지 '새소리'라고 뭉뚱그려 듣고, 뭉뚱그려 상상했을 뿐이었다. 그런데 실제론 이토록 종류도 다르고 크기도 다르고, 목소리뿐 아니라 노래하는 분위기까지 다른 새들이 각기 다른 화음을 내고 있었다. 참으로 경이로웠다.

귀가 밝은 청중은 오케스트라의 각기 다른 악기 소리를 하나하나 구별할 수 있고, 눈이 밝은 엄마는 말 못하는 아가의 표정 속에서도 온갖 얘기를 듣는다.

그 순간 순례 때 미처 보고 듣지 못한 한 분 한 분의 각기 다른 표정이 가슴으로 느껴지기 시작했다. 그들은 서툰 대화의 방식이나

서로 다른 삶의 관습 때문에 어긋날 때마다 때론 울음이나 비난으로, 때론 슬픔이나 침묵으로 이를 표현했다. 그러나 그것은 모두 "나도 사랑하고 싶고 사랑받고 싶으며, 평화로운 세상을 만들고 싶다"는 울림의 다른 표현이었다.

세상에 떠도는 그 많은 소리와 그 많은 내면의 울림을 우리는 과연 듣고 있는 것일까. 때론 투정이나 비난으로, 때론 싸움으로 표현되기도 하는 그 사랑의 절규를.

인간이 살아가는 세상에서 갈등 없는 세계가 존재하리란 순진한 꿈을 꿀 만큼 나는 순진무구하지 않다. 오히려 갈등은 언제나 빚어질 수 있으며, 그것은 때로 생동감과 자유의 증거라고 생각한다. 때로는 가장된 평화를 위해 강요된 억압이 더 큰 고통을 가져오며, 자유로운 논쟁과 경쟁이야말로 진정한 화해의 전주곡이라고 믿는다. 관건은 갈등 자체가 아니라 그 갈등을 증오와 싸움으로 고착화하느냐, 아니면 갈등을 통해 자신을 성찰함으로써 평화의 계기로 삼느냐 하는 것이 아닐까.

나는 삼소회와 19일 간의 순례를 함께 했지만, 아마도 인간사의 갈등에 고뇌하는 이들과 함께 울면서 40여 년, 아니 억겁 동안 순례를 해왔는지 모른다. 3년 전엔 1년 간 신문사를 쉬고 인도를 순례했다. 그때 우연히 히말라야의 다람살라에서 삼소회원과 만난 것이 계기가 돼 이번 순례에 동행해줄 것을 처음부터 요청받았으니, 그 순례의 인연이 이번까지 이어진 셈이다.

당시 내가 그런 장기간의 순례를 떠난 것은 오래도록 부대껴온 인간들에게서 벗어나고 싶어서였다. 인간에 대한 애착과 미움에서 떠나고 싶어서였다. 그래서 떠났고, 인도의 오지를 원 없이 헤매고 다녔다. 그런데 기막힌 일이었다. 내 앞에 아는 사람이라곤 하나 없이 히말라야 천혜의 절경들이 펼쳐져 있는데도, 그렇게 그리던 샹그릴라와 천국이 펼쳐져 있는데도 오직 인간만이 그리웠다. 아름다우면 아름다울수록 그것을 함께 느끼고 공유할 수 있는 인간의 부재가 그토록 안타까울 수 없었다. 벗어나고 싶던 지옥 같던 세상이, 그토록 놓고 싶고, 떠나고 싶고, 잊고 싶던 인간들이 그토록 그리웠다.

어쩌면 순례란 그 소중함을 잊고 살아온, 때론 귀찮아하고 미워하기까지 한 존재들을 재발견하는 과정인지 모른다.

히말라야의 한 명상 센터에 머물 때 그런 나를 기다렸다는 듯이 일깨우는 문구가 있었다.

"행복은 여기에 있는데 그대는 거기에서 찾고 있다. 그것이 없는 곳에서 찾아 헤매지 말고 그것이 있는 곳에서 찾아라."

히말라야에선 한국을, 한국에선 히말라야를 그리는 식으론 평생, 아니 억겁을 찾아다녀도 '행복은 늘 여기가 아닌 거기에 있는 꼴'이므로 행복은 끝내 찾아질 수 없다는 사실. 내가 서 있는 바로 그 자리의 문제를 회피하고 끊임없이 '문제 없는 곳'을 좇으려 한다면 눈과 다리가 피로해질 뿐 아니라 가슴이 더욱 공허해진다는 것. 그토록 간단한 이치를 왜 늘 간과하고 마는 것일까.

인간이 인간의 세계를 떠난다면, 인간이 인간을 버린다면, 물고기가 물을 버리고 따로 생명수를 찾는 것과 무엇이 다를까. 머리가 아프다고 머리를 자를 수 없는 것처럼, 생각과 믿음이 달라 골치가 아프다고 인간들과 모두 등을 돌리고 홀로 살 수 없다는 것을 나처럼 80킬로그램의 몸무게가 60킬로그램이 될 만큼 발바닥이 부르트도록 순례해야만 알 수 있는 것은 아닐 것이다.

어쩌면 우리는 때론 사랑하고 때론 다투었던 이들이 바로 내가 숨쉴 '공기'였다는 것을 알기 위해 그 긴긴 미움과 다툼의 순례를 하고 있는지 모른다. 행복과 천국과 극락을 일구어야 할 곳은 전설 속의 샹그릴라나 피안이 아니라 때론 미워하고 때론 사랑하는 이들이 있는 바로 여기라는 사실을 깨닫기 위해. 사람들을 떠나고 싶었던 것이 아니라 실은 소통이 막혔던 사람들과 가슴을 터놓고 만나고 싶었던 것이 아닐까.

우리는 혼자가 아니며 혼자일 수도 없다. 언제나 누군가와 함께한다. 가정에서, 마을에서, 직장에서, 교회와 절에서, 그리고 지구별에서……. 누군가와 함께 사는 세상에서 내가 무시당하거나 고통 받고 싶지 않듯이, 그도 무시당하거나 고통 받기를 원하지 않는다. 내가 존중받고 싶듯이 그도 존중받고 싶고 사랑받고 싶어한다. 개인과 개인끼리만 아니라 공동체끼리도 마찬가지다. 그것은 누구도 부인할 수 없는 '관계'의 법칙이다.

그런데 '함께' 하는 세상에서 우리를 딜레마로 몰아넣는 게 있다. 가정에선 가정에만 집중하기를 원하고, 마을 사람들은 마을에 헌신적인 사람이 되어주기를 기대한다. 교회와 절에선 세상 무엇보다 신앙이 최우선시되어야 한다고 강조한다. 직장에선 모든 것에 우선해 일 중심이기를 바란다. 그처럼 벗들 사이에선 무엇보다 우정과 의리가 소중하다 하고, 국민들은 누군가 가정과 신앙을 포기해서라도 국가를 위해 애국해주기를 바란다. 마치 오직 그 가운데 하나의 공동체만으로 이 세상의 존립이 가능하고, 하나의 공동체에 충실한 것만으로 이 세상이 행복해질 수 있다는 듯이.

하지만 삶의 바다에서 가정과 마을, 벗, 직장, 나라, 믿음 가운데 어느 하나 무시해도 좋은 것이 있을까. 그 공동체들은 경쟁 관계에 있는 것이 아니다. 오히려 가정은 모든 공동체의 샘터이고, 신앙은 공동체의 안식처이며, 직장은 공동체원들의 활력소이고, 국가는 다양한 공동체를 보호하고 다른 공동체와 협조하며 이 초록별을 수호할 책임을 진 공동체다.

그런데도 가정 외에 모든 공동체를 도외시해버린다면 스스로 외딴 섬이 되는 것이다. 또 자기 고장, 자기 학교에 대한 애정이 배타를 수반할 때 패거리 이기주의로 공동체에 균열이 가고, 오직 국가와 민족 제일주의 구호만이 강조될 때 히틀러의 망령이 되살아날 수 있다. 그처럼 종교가 다른 공동체와 인류와 대자연의 평화를 위한 밑거름이 되기는커녕 종교 그 자체만을 위해 존립하면 군림하는 권력이 돼 마녀사냥과 같은 종교 재판이 되풀이될 수도 있다.

크든 작든 모든 공동체는 하나같이 서로 협조하고 보듬어야 할 것들이다. 이 세상은 한 가정만으로, 한 학교만으로, 한 나라만으로 존속되지 않는다. 한민족이나 중국의 한족, 게르만족, 유대인 등 하나의 민족만으로도, 백인종이나 황인종 등 하나의 피부색만으로도 존속할 수 없으며, 가톨릭이나 개신교, 불교, 이슬람, 힌두교 등 하나의 종교만이 존재하지도 않는다는 것을 인류 역사는 말해주었다. 우리는 늘 배타적이기를 요구받지만 배타하려야 배타할 수 없는 상호 공존의 한마당에서 살아왔고, 또 그렇게 살아가야 한다.

그것이 우리가 세상의 평화와 행복을 원한다면 내가 속한 작은 단위의 공동체들뿐 아니라 지구별의 이웃 공동체들에 대해서도 친절과 사랑, 예의가 필수적인 이유다.

한 남자가 가정에 충실하다는 것이 직장과 나라와 신앙을 도외시하는 것을 의미하지 않듯이, 한 신앙인이 자기 종교에 충실한 것이 다른 종교에 무지하여 무시하는 게 아니라는 것 또한 분명하다. 훌륭한 불자, 훌륭한 그리스도인, 훌륭한 원불교인으로서 자신의 믿음이 소중함을 깨달은 아름다운 신앙인은 다른 신앙 및 다른 신앙인의 아름다움도 볼 수 있을 것이라고 나는 믿는다.

어떤 신앙, 어떤 민족이건 누군가의 아름다움을 보고 환히 웃어줄 수 있는 사람이라면 그가 바로 아름다운 꽃이다. 누군가의 아픔을 보고 눈물 흘릴 수 있는 사람이라면 그가 바로 진정한 가족이다.

이 책과 함께 순례를 마치며, 그 동안 생각과 신앙이 달라 답답하고 믿기만 했던 그 누군가를 있는 그대로 존중하고 사랑해주기로 했다면, 그대가 바로 이 아름다운 초록별의 희망이다.